乱世を看取った男

山名豊国

吉川永青

時代小説文庫

角川春樹事務所

本書は二〇二一年九月に小社より単行本として刊行されました。

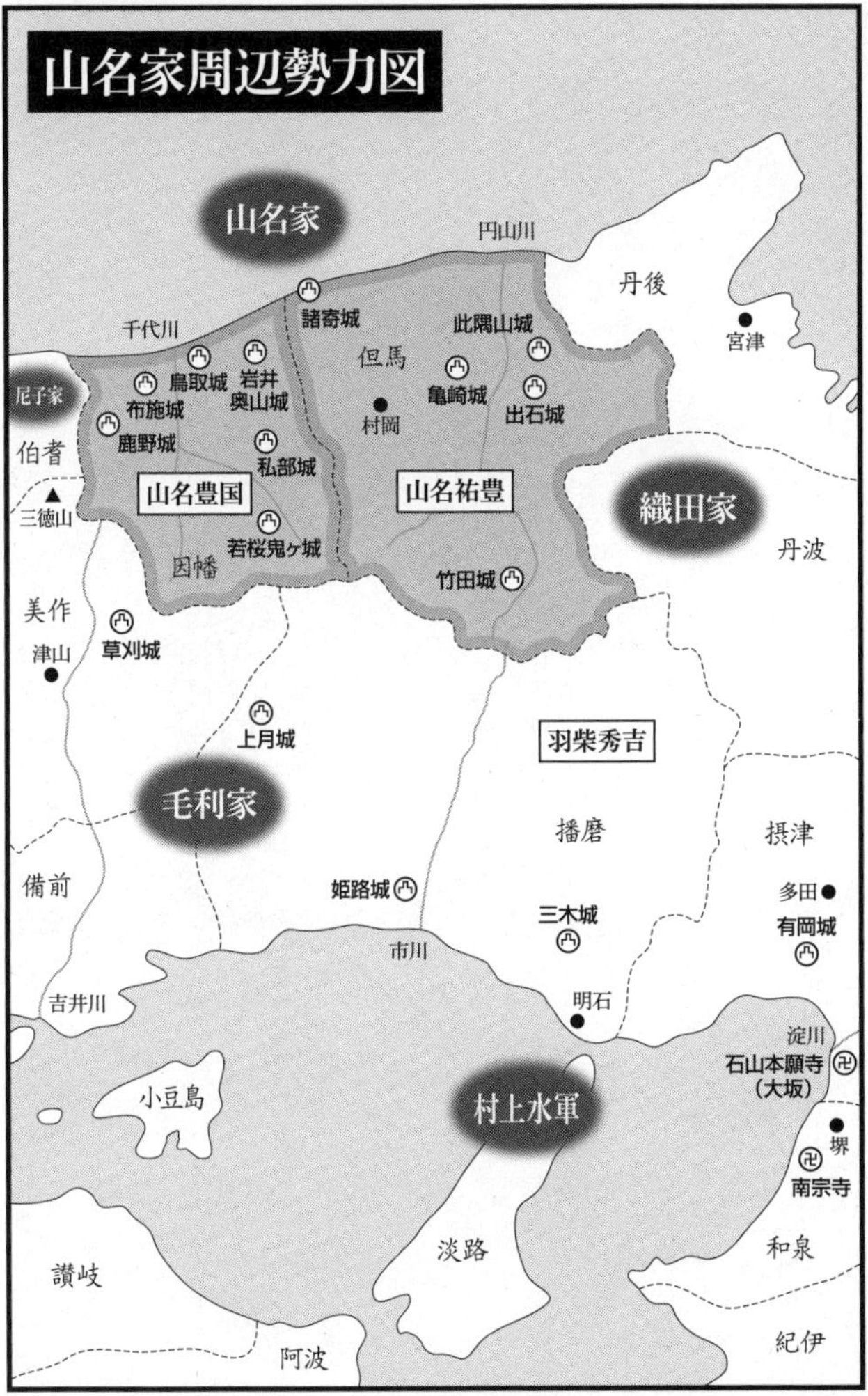
山名家周辺勢力図
山名家
円山川
丹後
諸寄城
千代川
此隅山城
宮津
但馬
鳥取城
岩井
尼子家
布施城
奥山城
亀崎城
出石城
村岡
鹿野城
伯耆
私部城
山名豊国
山名祐豊
織田家
三徳山
若桜鬼ヶ城
丹波
因幡
竹田城
美作
草刈城
津山
上月城
羽柴秀吉
毛利家
播磨
摂津
備前
姫路城
多田
三木城
有岡城
市川
吉井川
明石
淀川
石山本願寺
（大坂）
小豆島
村上水軍
堺
南宗寺
淡路
和泉
讃岐
紀伊
阿波

目次

第一章 兄と弟

一　名家

やけに強く照り付ける日が、じりじりと肌を刺す。こめかみを伝う汗を鬱陶《うっとう》しく思うも、九郎《くろう》はただ前を見据えて静かに呼吸を繰り返した。眉《まゆ》と鼻筋太く、整った顔立ちの中、切れ長の目が凜《りん》と引き締まる。

向かい合う男――傅役《もりやく》の岡垣次郎左衛門《おかがきじろうざえもん》が、ゆっくりした摺《す》り足《あし》で左へ動いた。応じて体の向きを変える。九郎の格好は右足が前、左足が引かれる形になった。

「しゃっ！」

岡垣の構える木刀が鋭く、小さく振り上げられる。刹那《せつな》の後、右足の踏み込みと共に九郎へと打ち込まれた。

「何の！」

日頃《ひごろ》は穏やかな目元に熱いものが漲《みなぎ》り、それを弾《はじ》けさせるように左足を踏み込む。小さな体を低く屈《かが》め、起き上がりの勢いで木刀を斜め上へ撥《は》ね上げた。

互いの得物《えもの》がぶつかり、乾いた音を叩《たた》き出す。打ち下ろしを弾き返されて、岡垣の脇《わき》が大きく開いた。

「おらあ」

先からの動きに任せ、隙《すき》のできた懐《ふところ》へ体当たりを食らわせる。蹈鞴《たたら》を踏ませたところへ木刀を突き込み、喉元《のどもと》でぴたりと止めた。

岡垣は自らの得物で身を支え、笑みを浮かべた。

「いやはや、参り申した。左足を引いた格好で、隙ができたと思いましたのに」

利き腕が右の場合、剣を打ち込むには右足を踏み出すものだ。その右足が端《はな》から前に出ていては踏み込みが小さくなり、勢いが殺《そ》がれる。それを以《もっ》て岡垣は「隙」と見たのだ。しかし。

「あの格好で打ち込まれたら、型に拘《こだわ》ってはいられないよ。おまえの方が大きいのだから、受け身に回れば私は負けてしまうからな」

だから敢《あ》えて右利きの型を崩し、不意打ちの形で攻め込んだ。まともに戦って分が悪いなら、やりようを変えねばならない。そう明かすと岡垣は「ははは」と豪快に笑った。

「これで十歳を数えたばかりとは恐れ入りますな。俺《おれ》の六年前とはえらい違いじゃ。九郎様がおわさば、名家・山名《やまな》が盛り返す日も遠くありませんな」

山名家は清和源氏《せいわげんじ》の義国《よしくに》流で、新田義重《にったよししげ》の子・三郎義範《さぶろうよしのり》が上野国《こうずけのくに》多胡郡《たごぐん》に山名郷を領して興した家である。

遠い昔には、常に貧窮しているような家だった。それが一転したのは、足利尊氏《あしかがたかうじ》が鎌倉《かまくら》幕府を打倒すべく起《た》った折である。往時の当主・山名時氏《ときうじ》は尊氏に従って戦功を重ねた。

これによって室町《むろまち》幕府での厚遇を得ると、次代・氏清《うじきよ》の時には日本六十六州のうち十一州を山名一族が占め、六分一殿《ろくぶんのいち》とまで呼ばれるようになった。

　すると幕府は、あれこれ理由を付けて山名家の領国を削り、力を殺ぎに掛かる。それでも累代当主はこの艱難辛苦《かんなんしんく》に立ち向かい、五代前、宗全《そうぜん》入道・持豊《もちとよ》の頃には十ヵ国を領するまでに家運を戻した。

　しかし。その宗全も打つ手を誤る。幕府内の権勢争いに身を投じ、ひとつの戦《いくさ》を起こしてしまった。九十年前、応仁《おうにん》の乱である。

　宗全はいわゆる「西軍」の大将だったが、劣勢の中で世を去った。以後の世は戦乱の時代となり、その中で、英主を失った山名家は力と勢いを衰えさせた。かつて治めていた分国も次々に失われ、今となっては但馬《たじま》と西隣の因幡《いなば》を家領に残すのみである。

　この苦境を撥《は》ね退《の》け、中興を――一族の悲願は未《いま》だ十歳の九郎も承知していた。

「おまえの言うとおり、山名の力になるために武を磨いている。だが私だけではないぞ。伯父上には嫡男の棟豊《むねとよ》殿がおられるし、我が父上や兄上もおられるのだ」

　山名宗家の現当主は伯父の祐豊《すけとよ》である。九郎の父・豊定《とよさだ》は祐豊の弟で、因幡の守護代を任されていた。豊定は九年前に因幡へ赴いたのだが、九郎と兄・源十郎《げんじゅうろう》は幼いがゆえ但馬に残され、伯父の居城・此隅屋形《このすみやかた》で育てられてきた。

「九郎様」

　岡垣と話していると、背後に少し離れた御殿から呼び掛けられた。鳥の囀《さえず》るが如《ごと》き愛らしい声である。九郎は「あ」と頰《ほお》を緩め、庭に面する廊下へと目を向けた。

「藤殿《ふじ》」

「麦湯を持って来ました。剣のお稽古《けいこ》、少しお休みしませんか」

伯父・祐豊の娘、二つ歳下《としした》の従妹《いとこ》であった。祐豊の子らの中でも、この姫とは特に仲が良い。

「ありがとう。少し体を冷ましたかったのだ」

ちらりと岡垣を見上げれば、笑みが返される。二人して向かうと、藤は手にした盆を廊下に置き、後ろの部屋――九郎に宛《あて》がわれている――を背にして座った。

「はい、九郎様」

盆に乗った湯飲みは三つ。二つは小さく、ひとつは三倍も大きい。九郎に渡されたのは最も大きいものであった。

「これはこれは！　姫様、九郎様だけ大盛りですな」

岡垣が嬉《うれ》しそうに「ふは」と笑う。藤は、ぷいと顔を背けて口を尖《とが》らせた。

「いけませんか？　わたくしは、いつか九郎様のお嫁にしていただくのですから」

そっぽを向いた頰が桜色に染まっていた。幾らか縦長のふっくらした顔は、伯父に似ている。眦《まなじり》がやや吊《つ》っているのも父譲りだが、鈴を張ったような二重の目は母譲りか。伯父の目は糸を引いたが如く細い。

藤を見ていると、岡垣がにやついた顔を向けてきた。照れ臭い思いを苦笑いで覆い隠し、受け取った麦湯をひと口含む。

と、藤がこちらを向いた。

「ね、九郎様。仰《おっしゃ》いましたよね。お嫁に取ってくださるって」

「確かに言ったけれど。でも次郎は今、私の師匠なのだ。麦湯の多い少ないで違いを付けてはいけないぞ」

やりとりを聞いた岡垣が、堪《こら》えきれないように「わはは」と膝《ひざ》を叩いた。

「九郎様のお嫁になりたいのなら、従わねばなりませんな」

藤は無言で、つまらなそうに俯《うつむ》く。上目遣いに岡垣を見る目が「うるさいですよ」と怒っていた。

麦湯を飲み終えて「さて」と腰を上げる。岡垣と共に再び木刀を取り、庭の中央へ向かった。と、廊下の先から声が渡った。藤の座る辺りに向かって右手奥、この庭を囲うように折れ曲がった辺りである。

「九郎、精が出るのう」

この屋形の主《あるじ》、但馬守護・山名祐豊であった。九郎は「伯父上」と目を輝かせた。

「聞いてください。今日は次郎に一度も負けておりません」

「そうか、偉いぞ。おまえは、まことに山名の麒麟《きりん》児よな」

祐豊は大きく頷《うなず》き、満面に笑みを湛《たた》えた。今日ばかりではない。九郎が何かに励んでいる時、何かをやり果《おお》せた時、伯父はいつもこうして褒《ほ》めてくれる。そういう伯父を、九郎は他の誰《だれ》よりも、それこそ実の父以上に慕っていた。父・豊定は因幡に赴いており、顔を合わせるのは新年参賀の日くらいである。しかも因幡での役目が忙しいと見えて、九郎があれこれ話すことも聞き流し、忙《せわ》しなく帰ってしまうのが常だった。

「では伯父上、見ていてください。今からまた次郎と手合わせいたしますので」

良いところを見せようと、木刀を構える。しかし岡垣は「いやいや」と首を横に振った。

「御屋形《おやかた》様がお出ましは、剣の稽古をご覧《ろう》じるためではございますまい」

分かるでしょう、と首を傾《かし》げるように見下ろしてくる。九郎は「あ」と面持ちを曇らせ、構えていた木刀を下げた。

「歌の稽古の日だ」

祐豊は「そのとおり」と頷いた。

「武芸に勤《いそ》しむのは好ましいが、守護家の者は学びとて疎《おろそ》かにはできぬぞ」

日本の各国には、かつて都の公家《くげ》が領する荘園があった。荘園を守り、実際を視《み》るために生まれたのが武士である。時が下ると、事実上、それらの者が荘園の主《ぬし》となった。こうした「国衆《くにしゅう》」たちが今に至って国の実を担っている。

国衆の中には、他を斬《き》り従えて大名となる者や、幕府から遣わされた守護の家臣となる者もあった。もっとも守護には、元々その国との地縁を持たない身も多いとあって、力のある国衆は守護に仕えず独立を保つことも間々《まま》ある。

言うなれば守護職は、完全なる国主ではない。ゆえに国衆の益を守り、それを見返りに自らを盟主と認めさせる。その際、朝廷から下される官位や都で貴ばれる教養は、彼らから尊崇を集めるための大切な手段たり得た。

「然《しか》らば剣の稽古はここまでですな。御屋形様から歌の手解《てほど》きをお受けなされ」

岡垣に促され、九郎は「仕方ないな」と木刀を渡す。祐豊がパンパンと手を叩き、足を洗う盥《たらい》の支度を命じた。伯父に従い、廊下に進んで腰を下ろす。すると、こちらの顔から察したのか、傍らの藤が不服そうに声を上げた。

「父上、どうして九郎様を連れて行ってしまうのですか。歌のお稽古は、お好きでないようですのに」

祐豊は困ったように笑みを浮かべた。

「好き嫌いで決めることではない。それに九郎は歌も達者だ。遊んでもらいたいなら、稽古が終わるまで待つが良かろう」

「遊んでもらいたいのではありません！　藤は、いつか九郎様にお嫁入りするのですから」

だから共にあるのが当然なのだと言う。祐豊は「ほう」と頷き、娘を慈しむ目を見せた。まんざらでもない、という顔であった。

二人が当の九郎を置き去りにしている間に、盥が運ばれた。

「洗い終えたら我が部屋に参れ」

祐豊はそう言って立ち去った。足を洗っていると、藤が庭に下り、九郎の真向かいに立って拗《す》ねた顔を見せる。

「ねえ。ここにいてください」

「それはできないな。我儘《わがまま》を言うと嫁に取ってやらないぞ」

悄気《しょげ》返《かえ》ってしまった藤の頭を「また後で」と撫《な》でてやり、九郎は伯父の部屋へ急いだ。

*

「遅い」

部屋に入るなり咎《とが》められた。三つ年上の兄、源十郎である。一重瞼《ひとえまぶた》の細い目は伯父に似ているが、人となりは違う。大らかな伯父に対して兄は気難しいところが多い。九郎はそこがどうにも苦手であった。弟のためを思ってのことだと、呑《の》み込もうとしてはいるが――。

「まあ、そう怒るな」

伯父に宥《なだ》められるも、兄は苛立《いらだ》った面持ちで「とは申せ」と返した。

「九郎は何かと言えば剣だ槍《やり》だ、馬だ弓だと、およそ荒々しいばかりなのですぞ。遅れて参るは歌の道が如何《いか》に重きものかを心得ぬ証《あかし》、まるで荒夷《あらえびす》ではありませぬか」

居心地も気分も悪く、兄の隣に座る気になれない。気配を読んだのであろう、伯父は「そうだな」と兄を立てた。

「源十郎の申すとおりだ。が、そこのところは、呼びに参った折にわしから説いて聞かせた。それに九郎は歌の稽古を嫌うくせに、唐土《もろこし》の詩は好んで読むくらいだぞ。ええ、と。蘇軾《そしょく》であったか」

眼差《まなざ》しを向けられ、小さく頷く。伯父は兄に目を戻した。

「このとおり、荒々しいばかりではない。おまえが案ずる胸の内も、いずれ分かってくれよう」

穏やかに諭され、兄はようやく「はい」と引き下がった。面持ちに未だ不満げなものを湛えながら、こちらを向いて「早う」と促す。九郎は「申し訳ございませなんだ」と詫《わ》びて、兄の右隣に腰を下ろす。

「さて、今日は返し歌について手解きしよう。連歌と同じで、前の者が詠《よ》んだ心、思いを汲《く》み取らねばならぬ」

連歌は誰かが五・七・五で上の句を発し、他の誰かが七・七で下の句を続け、これを繰り返す形である。対して返歌は、誰かから贈られた一首に応《こた》えて詠むものであった。いずれにせよ、相手の思いを十分に受け取った上で機転を利かせてこそ。それが巧みにできれば讃《たた》えられ、一廉《ひとかど》の人物と認められる。

しかし、と祐豊は言う。延々と続けて良い連歌に対し、返歌は自分の詠んだ一首で互いの気持ちをまとめ、そこで綺麗《きれい》に収めなければならないのだと。

「ゆえに、わしには返し歌の方が難しゅう思える。これまで二人には連歌のみ教えて参ったが、より難しいところを学んで欲しい」

向けられた眼差しに、源十郎と九郎が頷く。祐豊は「それでは」と、自らの文机《ふづくえ》に置かれた書物を開いた。

「良く知られておるが、金葉集《きんようしゅう》にこういう歌がある」

お題とされたのは、平安の古《いにしえ》に名手と讃えられた女流、小式部内侍《こしきぶのないし》の一首であった。

大江《おおえ》山《やま》　いく野の道の　遠ければ　まだふみも見ず　天《あま》の橋立《はしだて》

小式部の母・和泉式部《いずみしきぶ》は数々の秀歌を詠んだ歌人であり、特に恋歌や哀《かな》しみの歌に巧みであった。娘の小式部も優れた歌詠みではあったが、あまりに偉大な母を持ったがゆえに「小式部の歌は全《すべ》て母が代わりに詠んだもの」と陰口を叩かれていた。

とある歌会で小式部が歌を詠むことになった折、権中納言《ごんのちゅうなごん》・藤原定頼《ふじわらのさだより》がこれを持ち出して「母上に頼んだ歌は、もう届きましたか」と嘲《あざけ》った。その時に小式部が詠んだ一首が、この歌である。

「母の隠居した丹後《たんご》への道は、大江山を越え、生野《いくの》を通らねばならぬ。あまりに遠き道ゆえ、歌を頼むと文《ふみ》を送ったとて、使いの者はまだ天橋立さえ踏んでおらぬだろうと詠んだのじゃ」

歌の意を説き、祐豊はなお続けた。この歌の「いく野」には、生野という地名のみならず、大江山を越えて「行く」という意、さらに使いの者が「幾」つもの野を越えねばならないという意も掛けてある。あまりに見事な歌でやり込められ、権中納言定頼は面目を失ったのだと。

「さて、お題はここからじゃ。おまえたち二人、面目を失うた定頼卿《きょう》に成り代わり、返し歌を詠んでみよ」

左脇で、兄が「むう」と眉根を寄せている。頭を悩ませているのは九郎も同じであった。連歌も返歌も、相手の心を汲み取ることが肝要。この歌を詠んだ時の小式部は、どういう気持ちだったのだろう。ずっと陰口を叩かれていたのは知っていたはずだ。それでも表立って嘲られるまでは、こうも手厳しい歌は詠まなかったに違いない。つまり、この時は――。

「怒っていたのだな」

ぽつりと呟《つぶや》いて出た。祐豊が「うん?」と目を向ける。兄は未だ難しい顔で、頭から湯気でも漂わせそうな有様であった。

九郎は「はい」と手を挙げ、一首を詠んだ。

垂乳根《たらちね》の　母ふみ見るや　大江山　我が面《も》の紅葉《もみじ》　狩らせ申さむ

「ほう」

あなたの母上は大江山の土を踏み、紅葉を愛《め》でたことはあるでしょうか。隠居の身ゆえ、恐らくはないでしょう。ならば代わりに、文に書き送って差し上げなさい。私の顔が今、無礼な物言いを恥じて紅葉の如く真っ赤になっていますよ――歌の意を知り、祐豊の細い目が嬉しそうに見開かれた。

「良いぞ、さすがじゃ。過ちを認めて潔く詫びる、その心根を見せてこそ公卿の面目も保てようて。それに元の一首から言葉を借りて、少しだけだが掛け言葉にもなっておる」

手を叩いて感心している。対して隣の兄は、喉の奥で咳払《せきばら》いをしていた。面白くなさそうなものを漂わせられると、やはり気分が悪い。伯父に褒められた喜びも半減する。もっとも祐豊は上機嫌で、今少し工夫が要《い》ると手直しを加え始めた。

「たとえば言葉の用い方だ。この場合は――」

そこへ、慌ただしい足音が近付いてきた。廊下を踏み鳴らす音は苛立ちに満ち、兄が滲《にじ》ませるものさえ蹴散《けち》らす勢いであった。

「御屋形、一大事ぞ」

がらがらに割れた、年老いた声。尖った顎《あご》に真っ白な口髭《くちひげ》は、山名第一の重臣・垣屋続《かきやつぐ》成《なり》である。齢《よわい》七十六を数えた老臣の居丈高《いたけだか》な物言いに、祐豊の頬がぴくりと動いた。

垣屋は部屋の中を見て歌の稽古と察し、忌々《いまいま》しそうに舌打ちをした。無礼に過ぎる振舞いである。しかし伯父は咎《とが》めず、溜息《ためいき》をついて「申せ」と促した。

「周防《すおう》の大内義長《おおうちよしなが》が、毛利元就《もうりもとなり》に敗れて自害した」

六日前、弘治《こうじ》三年（一五五七）四月三日のことだという。かつて西国七ヵ国に覇を唱えた大内家は、山名の盟友であった。その滅亡を知って祐豊の顔が青ざめる。

「何と。何たる……」

「斯様《かよう》な折、悠長に歌など詠んでおる暇はない。わしが国衆を集めるゆえ評定を開かれよ。よろしいか、明日の朝一番ぞ」

屋形の主が否とも応とも答えないのに、垣屋は言うだけ言って立ち去ってしまった。祐豊は眉根を寄せてこちら二人を見ると、重そうに口を開いた。

「聞いたとおりじゃ。今日の稽古はこれまでとする」

そこは分かった。だが九郎には、どうしても頷けないものがある。いつものように「はい」とは応じられなかった。

「あの、伯父上。お聞きしたいのですが——」

「控えよ、九郎」

左脇から、兄の細い声が鋭く飛んだ。

「大内が滅んだのが如何《いか》なる話か、おまえには分からぬのか。ことは名門・山名を揺るがす一大事なのだぞ」

家領として残された但馬と因幡のうち、因幡は相当に危うかった。

かつての因幡山名家——高草《たかくさ》郡の布施《ふせ》に本拠地を構えていたため布施屋形と呼ばれる——は、宗家と不仲であった。別家を立てているにも拘《かかわ》らず、宗家から干渉されることを疎《うと》ましく思っていたのだろう。

両家の諍《いさか》いは、やがて小競り合いを伴うようになる。すると布施屋形・山名久通《ひさみち》は、因幡の西・伯耆《ほうき》に勢力を伸ばした尼子《あまご》家に通じてしまった。

久通にとって、自国を保つにはそれが得策だったのだろう。しかし但馬の山名宗家にしてみれば裏切り以外の何物でもない。ゆえに祐豊は久通を討ち、九郎たちの父・豊定を因幡に差し向けた。

もっとも布施屋形の旧臣にとって、祐豊の弟たる豊定は仇筋《かたき》である。従って、表向きは豊定に従っていても、いつ裏切るか分からない。大内との盟約は、こうした危うさを補い、尼子を挟撃するためのものであった。

事情は九郎にも分かっている。にも拘らず、兄は執拗《しつよう》に説法を続けていた。

「源十郎、そのくらいにしておけ」

見かねたか、祐豊が兄を制する。九郎は軽く溜息をつき、ぺこりと頭を下げた。

「申し訳ありません。私の言葉が足りませんでした」

「言葉足らずとは？」

伯父に促され、九郎はまたひとつ頭を下げた。

「私が聞きたいと申し上げたのは、続成が何ゆえ山名に仕えているのか、です」

続成――垣屋一族は但馬の国衆から山名の家臣となったが、今や幕府から大名と認められている。そうなった経緯《いきさつ》こそ、山名の家運が傾いた一半の原因であった。

垣屋一族は、古くから幾度も主家に歯向かってきた。祐豊と豊定の父、つまり九郎の祖父・致豊《おきとよ》が当主だった頃にも争って、山名家は苦境に立たされている。

これを助け、和議の労を取ったのが十一代将軍・足利義澄《よしずみ》であった。致豊は義澄に恩を感じ、垣屋は将軍と致豊に恨みを抱いた。

そして、後に都では将軍家の——否、管領の座を巡って戦が起きる。足利義澄を担ぐ細《ほそ》川澄元《かわすみもと》と、十代将軍・足利義稙《よしだね》の返り咲きを狙《ねら》う細川高国《たかくに》の争いであった。

この時、山名致豊は義稙から出兵を求められた。しかし義澄への恩を思い、病と称して自らは出陣せず、垣屋を始めとする家臣と国衆を向かわせた。

勝ったのは、足利義稙と細川高国であった。義澄に義理立てした致豊は隠居を強いられ、弟の誠豊《のぶとよ》に家督を譲らされた。もっとも、祐豊と豊定が誠豊の養子となることで宗家の血筋は守られている。一方、垣屋は将軍に復位した義稙から大名と認められた。

「続成は自分が大名になりたかったのでしょう。それが認められたのに独り立ちしない。自ら望んで山名に仕えているのに、どうしてあれほど横着に振る舞うのか。そこが分からないのです」

九郎はちらりと兄を見た。三年長く生きている人なら知っているのではと。だが源十郎にもこれは分からないらしい。珍しく九郎の物言いを叱《しか》らず、軽く頷いて伯父へと顔を向ける。

祐豊は自らを嘲るように「ふふ」と笑い、眼差しを逸《そ》らした。

「おまえたちは、まだ細かいところまで知らぬゆえな。先代……我が義父となった誠豊様は、続成に担がれて家督を取るに至った。山名はその頃より続成に首根を摑《つか》まれておる」

人とは実に愚かなもので、実を見ようとしない。古くから続く名家には、それが衰えていようとも構うことなく、家名に対して腰を低くするものなのだ。垣屋が山名家を捨てないのは、そういう目の利かぬ者を楽に従えるため。祐豊はそう言って、長く溜息をついた。

「わしは但馬一国さえ思うように差配できぬ。世は戦乱じゃと申すに、これでは他に後れを取るばかりよ」

九郎の知る限り、伯父が初めて吐いた弱音であった。胸が詰まって何も言えない。

「源十郎、九郎。山名という名家は今や名ばかりぞ。我が父、おまえたちの爺《じじ》様に当たる致豊が世を読み損ない、続成に力を与えてしもうたからじゃ」

辛《つら》そうに、恨みがましく吐き出す。すぐに「おっと」と笑みを取り戻すも、いつもの朗らかさとは違う面持ちだった。

「いかんな、これでは。我が父は確かに潮目を読めなんだが、それは続成も同じじよ。何しろ大内との盟約は、あやつが先に立って決めたことじゃ。その大内が滅ぼされてしもうたのだからな。何かを判じ、決めねばならぬ時、おまえたちは進むべき道を間違ってはならぬぞ」

源十郎が面持ちを引き締め、勇んで「はい」と返す。九郎はすぐに返事をせず、二つほど数えた後に「伯父上」と声を上げた。

「山名はまだ、名ばかりになっていないと思います」

「ほう。何ゆえか」

「だって続成も読み間違って、大内と盟約したのでしょう。ならば垣屋が衰えて、伯父上が盛り返す日も来るはずではありませんか」

するとと祐豊は、ぽかんと口を開けた。ひとつ、二つと間が空く。そして「あはは」と文机を叩いた。

「いや、これは参った。おまえの申すとおりよな」

伯父の顔にいつもの笑みが戻り、九郎の胸に漂っていた雲も払われた。やはり、こういう顔でいて欲しい。自分の言葉でそうなってくれたのが何より嬉しかった。

その喜びに、自らも笑みを浮かべた。

山名の力になりたいと、ずっと思ってきた。いつも傍《そば》にいて、慈しんでくれる人のため。実の父より慕う伯父のために。改めて思いを定め、九郎は小さく身震いした。

*

大内が滅んでからも、山名の領国は概《おおむ》ね平穏であった。大内義長を自害に追い込んだ後、毛利元就が尼子晴久《はるひさ》へ矛先《ほこさき》を向けてくれたからだ。

毛利の侵攻を食い止めるべく兵を動かしているせいか、尼子は因幡――九郎の父・豊定が治める国に手を伸ばしてこない。ならば、この上は毛利と手を組み、尼子を挟撃しつつ安泰を図るべし。垣屋続成の言い分に従い、山名は毛利との繫《つな》がりを探り始めた。

そして、三年ほどが過ぎた。

だいぶ暖かくなった風の中、どこからか鶯《うぐいす》の声が渡って来て九郎の耳を楽しませる。

「冬も終わりか」

ぽつりと呟き、文机の書物から目を上げた。すると、右後ろに座る藤が軽く欠伸《あくび》をする。

「先ほどから何を見ていらっしゃるの？　藤は退屈です」

九郎は「くす」と笑って藤へと目を流した。

「おまえと、ずっと話している訳にはいかないよ」

「でも、わたくしは妻になったのですから」

それは昨年、年も押し詰まった頃のことだった。伯父・祐豊から、元服して藤を嫁に取れと言われた。伯父は「藤がうるさいのでな」と笑っていたが、それがゆえの勧めでないことは、顔を見れば分かった。

大内の滅亡を知らされた日から、九郎を見る伯父の目は変わってきた。頼もしい、当てにしているぞ、という熱いものが増してきている。山名は未《いま》だ名ばかりの名家ではないという、その励ましが大きかったのかも知れない。

伯父の心を察するほどに、武芸にも学問にも一層の熱が入るようになった。その上で言い出された元服の話は、山名の男として認められた証《あかし》だ。因幡にある父も了承したと聞き、九郎は伯父の勧めに従った。

そしてこの永禄《えいろく》三年（一五六〇）正月、九郎は兄と共に元服した。兄は豊数《とよかず》の名を、九郎は豊国《とよくに》の名を与えられた。

「ねえ九郎様。夫と妻は仲が良くなければいけないでしょう？」

「それはそうだが、私にはやるべきことがある」

藤の我儘を往《い》なしていると、二つの足音が廊下を進んで来た。岡垣次郎左衛門と兄・豊数である。いつものとおり、兄の面持ちは少し苛立っていた。

「おい豊国。剣の稽古の時分ではないか。藤殿と戯れて、怠けておるとは何ごとだ」

「お恥ずかしいところを。されど兄上、藤との話はたった今のこと。学問に励んでおって、つい時を過ごしてしまいました」

「口答えとは怪《け》しからん。今日は、おまえの性根を叩き直してやる。庭へ出よ」

岡垣が「頼もしゅうござる」と笑い、藤に一礼して先に庭へと下りる。豊数はこちらを一瞥《いちべつ》して「ふん」と鼻を鳴らし、岡垣に続いた。

豊国の胸には苦いものが満ちていた。兄は元から自分に厳しく当たる人だったが、藤を娶《めと》ってからそれがなお強い。元服のみの兄に対し、宗家の姫を嫁に迎えたせいだろうか。

だが、と少しばかりの悪心が頭をもたげた。

かつての兄は武芸を疎かにしていた。変わったのは、大内の滅亡が報じられてからである。ならば一日の長は自分にこそある。稽古で兄をやり込めて、少しばかり憂さを晴らしてくれん。

立ち上がり、部屋の壁に架けた木刀を取る。廊下へ出ようとすると、藤はつまらなそうに文机に向かい、先まで豊国が読んでいた書物に目を走らせていた。

「読めません。これ、字なのですか？」

「薄宦《はっかん》、我を駆りて西《にし》せしむ。遠別《おんべつ》は惜しむを容《い》れず、まさに愁《うれ》う後会《こうかい》の遠きを。と、書いてある。蘇軾が軽い役目を得て西の地へ向かう時、弟と長く離れ離れになることを悲しんだ詩だ」

「九郎様も、義兄上《あにうえ》様とお別れしたら悲しく思います？」

ひとつ数えるほどの間を置き、豊国は「もちろんだ」と笑みを作った。

「二十一、二十二、二十三」

庭へ下りれば、兄は岡垣の声に合わせて素振りをしていた。隣に並んでこれに加わる。百を数えたところで兄は動きを止めたが、豊国は自らの打ち込みが百になるまで続けた。

「九十九、百」

素振りを終えると、軽く息が弾んでいた。そのまま「兄上」と呼ばわる。

「お待たせしました。お手合わせ願います」

「よし。構えよ」

応じて豊数が中段に構える。こちらに向いた切っ先が小刻みに動いていた。対して豊国はぴたりと止まったまま、互いに間合いを計りながら庭の土に足を摺《す》った。

じり、と兄が間合いを詰める。甘い。隙だらけだ。

だが稽古はそこで終わった。伯父の部屋の方から、慌てて走って来る者があったせいだ。

「源十郎様、九郎様」

山名家臣・太田垣《おおたがき》一族の、太田垣勘七《かんしち》である。横に広い三十路《みそじ》の顔が狼狽《うろた》えていた。

「どうした。稽古を遮るほどの大事か」

兄が声を張る。太田垣はわなわなと震えながら、絞り出すように叫んだ。

「お父君……豊定様、ご生涯にござります」

岡垣が「何と」と目を丸くする。兄は今まで構えていた木刀を取り落としていた。豊国も中段の構えが解かれている。

「昨日までは何のお変わりもなく。それが今朝……いきなり倒れられて」

そのまま目を覚ますことなく、黄泉《よみ》へ渡ってしまったという。永禄三年三月三日、豊国の婚姻《こんいん》からわずか二ヵ月の後であった。

それから七日、豊数と豊国は自らの部屋で物忌《ものい》みに入った。

不浄を慎むために飯を取らず、水のみ含んで過ごす。豊国は妻の藤も遠ざけ、朝に夕に合掌して過ごした。自分が生まれてすぐ因幡に赴いた父。顔を見たのも、声を聞いたのも、数えるほどしかない。それでも、やはり実の父なのだ。冥福《みょうふく》を祈ると涙が零《こぼ》れた。

「豊国。おるか」

初七日の法要が営まれた翌朝、兄が部屋を訪ねて来た。七日ぶりの朝餉《あさげ》、薄い糊《のり》の如く煮潰《につぶ》された粥《かゆ》を嘗《な》めているところであった。

「これは兄上」

膳《ぜん》を脇に退《の》けて藤に目配《めくば》せをする。妻は小さく頷くと、二人分の膳を持って隣の間へ下がった。

「わしは。わしは悔しい」

口を開くなり、兄はそう吐き捨てた。が、何が悔しいのか分からない。豊国は探るように「あの」とだけ返した。

豊数はじろりと睨み、その目を逸らした。

「因幡の任、棟豊殿が引き継ぐと決まった」

伯父・祐豊の長子である。自分たちの父・豊定は祐豊の弟、それが亡くなった今、おかしな差配とは思えないが。

気配から読み取ったのだろう、兄は再びこちらを見て床板をドンと叩いた。

「棟豊殿は但馬の若屋形ぞ。父上がご遠行《えんぎょう》と相なったからには、わしが後を継ぐのが道理だ」

豊国はしばし口籠《くちご》もった。何をどう話せば良いのかと頭の中を片付け、然《しか》る後に「それは」と静かに声を出す。

「今のところ、では」

兄も自分も年若い。その上で七日の物忌みが明けたばかり、未だ硬い飯も食えずにいる。

父の死に際し、心も体も弱っているだろうと案じてくれたのではないか。

「兄上が仰せのとおり、棟豊殿は若屋形です。いずれ宗家の後継ぎとして呼び戻されるは必定、その時こそ伯父上は兄上に因幡をお任せくだされましょう」

「いつだ、それは。いつになるのかと聞いておる」

食い入るが如き眼差しを向けられた。が、先々の話が分かれば苦労はしない。答えられずにいると、兄は不意に面持ちを緩め、じめじめとした笑みを浮かべた。

「おまえは伯父上のお気に入りだからな。藤殿を宛がわれて安泰の身には、わしの思いなど分からんで当たり前であった」

豊数は「戻る」と立ち上がり、すたすたと去って行った。

何と言うべきなのだろう。どう言えば良いのだろう。

そうだ。鬱陶しい。鬱陶しいのだ。肚《はら》の内に抱えた不平を、わざわざぶつけに来るとは。

豊国はしばし、膝元を向いて眉をひそめていた。

隣の間の襖《ふすま》が、すっと開く。藤が二人分の膳を運び直し、右脇に座った。

「義兄上様は少し酷《ひど》いと思います。九郎様も、怒ればよろしいのに」

「……とうに怒っておる。さすがに、これは」

眼差しを流すと、藤は軽く怯《おび》えたように身を震わせた。豊国は「だが」と膳の椀《わん》を取り、重湯の如き粥をざらざらと流し込んだ。

自分は確かに恵まれている。とは言え伯父も、兄を蔑《ないがし》ろにする気はなかろう。武芸については自分だが、歌を除く学問では兄の方が秀でているのだ。ゆえに兄が「悔しい」と吐き出した気持ちも、百歩譲れば分からぬでもない。

だから今は腹を満たそう。気が立っているのも、それで治まる。思って椀を空にすると、藤の膳にある粥の椀も取って、食ってしまった。

＊

「今川《いまがわ》が？」

五月も終わらんという頃、岡垣次郎左衛門がひとつの報《しら》せを携えて部屋を訪ねた。海道一の弓取りと讃えられ、駿河《するが》・遠江《とおとうみ》・三河《みかわ》に覇を唱えた今川義元《よしもと》が討ち死にした。場所は尾張《おわり》と三河の境、桶狭間《おけはざま》。七日前、永禄三年五月十九日であったという。

岡垣は固唾《かたず》を呑《の》み、どうしてか声をひそめて「はい」と返した。

「尾張の、織田信長《おだのぶなが》の手で」

「信長とは。織田信秀《のぶひで》の子の？」

嘘《うそ》だろう、という思いが強かった。今川は足利将軍家の御一家、つまり同族である。それも「室町殿の御子孫絶えなば吉良《きら》に継がせ、吉良も絶えなば今川に継がせよ」とまで言われ、ことと次第によっては将軍位の継承も認められた家柄なのだ。対して織田家は尾張守護代——これも信長の家とは別の織田家である——の家臣という出自だった。

もっとも、豊国が驚いたのは家柄云々《うんぬん》の話ではなかった。

「あの、うつけ殿か」

信長は年若い頃から行状定まらず、広く「うつけ」と蔑《さげす》まれた男である。その噂《うわさ》は、遠く但馬にも届いていた。信長の振る舞いは家督を継いでからも改まらず、これに見切りを付けて出奔した家臣も多い。果ては実の弟に二度も謀叛《むほん》されている。

兄と弟と思って、豊数の顔が目に浮かんだ。

兄はここしばらく捻《ひね》くれた物言いばかりである。さすがにうんざりして、顔を見るだけでも嫌なものが先に立つようになってしまった。それでも一度たりとて叛《そむ》こうと思ったことはない。然るに信長は弟に謀叛されている。兄を討つと示されたのだ。

そのような男が、どうして今川ほどの大身《たいしん》を討ち得たのか。呆然《ぼうぜん》とした面持ちに、岡垣は「そうでしょうな」と背を丸めた。信じられないという思いは同じらしい。

「九郎様は折り目正しく、うつけ殿とは何もかも逆しまなお方。あの御仁の行ないや思いなど、お分かりにならんで当たり前です。まあ……分からんのは、わしも同じですが」

呆《ほう》けていた顔に「え」と驚きが満ちた。

全くの逆とは。行ないも、思いも、何もかも。

「私とは、それほどに違うのか」

岡垣にとっては、こちらの驚きこそ意外だったようだ。どうしてそのような顔を、という目を向けられる。

「いやさ。それはもう、全く違いますぞ」

父・信秀の代には、織田は一方の大名と目されるだけの力を付けていた。にも拘らず、信長は何から何まで大名らしくないという。

「傾《かぶ》いた着物を好み、歩きながらものを食うような行儀の悪さだとか。小姓《こしよう》を連れて城を抜け出しては、町や村を練り歩いて民百姓と交わるを好むそうで。家督を継いでからも民が気安く声をかけてくると聞き及びます。まったく以て示しが付きませぬ」

頭の中で、何かが崩れる音がした。ひとりでに、じわりと目が見開かれる。

「だが織田が勝ち、今川義元が討ち死にした。これに間違いはないのだな」

「はい。確かな話です」

山名は幕府始まって以来の名家で、都にも縁が深い。豊国と豊数の母もかつての管領・細川高国の娘であった。今川の敗報はそうした伝手《つて》によるものゆえ間違いないと、岡垣は言う。

「そうか。間違いない、か」

先に頭の中で崩れたものが、別の形を作ろうとしている。豊国の面持ちに得体の知れぬ昂《たか》ぶりが滲み出してきた。

織田信長。自分とは全くの逆で、遠国にまで「大うつけ」の名を知られる男。だが、この一事を以て信長を蔑むのは浅はかなのかも知れない。

自分が当たり前にしていることが、信長にはできない。だが逆だと言うのなら、こちらにできないことが信長にならできる、とも言えよう。たとえば自分は、今川義元の大軍に攻め寄せられて鮮やかに勝てるだろうか。

きっと、できまい。

ならば信長は、自分にないものを持っている。そう思う方が正しいはずだ。

元より戦乱の世では、家名や伝統、昔の栄華など何の役にも立たない。それこそ大内の如き名門が、一介の国衆から身を起こした毛利に敗れ去ったように。

今川は山名を凌《しの》ぐ名家であった。世に名を轟《とどろ》かせる大国だったのだ。にも拘らず、取るに足らないはずの小国に一蹴《いっしゅう》された。下克上《げこくじょう》が常の戦乱、小能《よ》く大を制する戦が随所に伝えられる世でも、これほどの壮挙は今までになかった。

それが、起きたのだ。うつけ殿と蔑まれた男の手で。やはり信長は持っている。山名累代が持たなかった「何か」を。

「それこそ」

小さく呟いて、思った。信長の才覚の中にこそ、傾いた山名家を立て直す手掛かりがあるのかも知れない。

「次郎。この先、山名の伝手を使って世の動きを摑んでくれ」

「世の動きですか。どこからどこまでを?」

「知り得る限りだ。西の毛利と尼子はもちろんだが、東にも目を光らせてくれ」

ことに、織田については逐一を報じよ。豊国は岡垣にそう命じた。

桶狭間の戦い以後、東国のあり様は否応《いやおう》なく変わった。

今川家は義元の嫡子・氏真《うじざね》が継いだ。だが氏真は、父の弔い合戦を仕掛けなかった。相模《さがみ》の盟友・北条《ほうじょう》氏が越後《えちご》の長尾景虎《ながおかげとら》に攻められ、援軍を求められたからだ。氏真にとって、父・義元が残した盟約を重んじることも供養のひとつであったろう。そもそも長尾の相模侵攻も、義元が没して今川の力が弱まり、北条を援《たす》けられないという見通しの上である。言うなれば、氏真は見くびられた。後継ぎとしての面目を施すためにも、援軍を出す必要は確かにあった。

もっとも家臣たちは、織田に兵を向けない姿を「弱腰」と捉《とら》えた。そのせいで今川家中に乱れが生まれているという。

対して信長は、今川に追い討ちを仕掛けなかった。再び今川の兵が向くだろう日に備え、尾張国内を従えるのが先決だったからだ。

そして今川が乱れていると見て取るや、尾張の中でも手強《てごわ》い者との決着は先送りにし、かねて険悪であった美濃《みの》の斎藤義龍《さいとうよしたつ》に目を向けた。美濃を重んじるにせよ、乱れた今川を攻めて領を切り取り、力を増してからの方が良いはずだ。だが信長は、そちらには目もくれない。

何を考えている。何をしようとしている。信長が美濃を攻め取れば、織田の領地は都に近くなる。東国に生まれた揺れが、この国の中央に近付くのだ。つまり。

日本という国が、変わろうとしている。

そういうことではないのか。

この流れを作ったのは、やはり信長である。桶狭間の顛末《てんまつ》を聞いた折の昂ぶりは、豊国の中でさらなる膨らみを持とうとしていた。

一方、西国にもひとつ大きな動きがあった。今川義元の死から七ヵ月、永禄三年十二月二十四日、長く山名家を悩ませていた尼子晴久が世を去ったのだ。

そして。

「おまえが因幡に？」

伯父・祐豊が細い目を丸くした。その正面で、兄・豊数が「はい」と応じる。豊国は兄に引っ張られて来て、席を同じくしていた。

「晴久が死んだとあらば、尼子の乱れは避けられませぬ。今こそ山名が盛り返すべき時なれば、わしも棟豊殿をお助けしとうござります」

この言い分に、伯父は少し思案を巡らせていた。兄はそれを許さじとばかり、なお声を張る。

「いつまでも若屋形だけに重荷を負わせ、それで山名の男と申せましょうや」

かつて祐豊が成敗した因幡山名家――布施屋形の旧臣たちは、宗家の跡取りたる棟豊をも軽んじて、相変わらず身勝手に振る舞っている。今ここで意気込みを見せなくてどうするのか。畳み掛ける豊数の言葉に、祐豊はしみじみと頷いた。

「源十郎。おまえは学問をこそ重んじて、武芸を好まずにきた。正直なところ先行きを案じておったが、今の物言いは天晴《あっぱれ》じゃ。年明けを待って因幡に向かわせるよう、続成に諮《はか》っておこう」

「はい。お任せくだされ」

豊数は勇んで答え、ちらりとこちらを向く。豊国は薄ら寒いものを覚えた。どうだ、見直したかと挑むような目に、どこか危ういものが漂っているように思えてならない。

しかし豊国は、自らの心をこそ恥じた。ここしばらく、確かに互いの間には気まずいものが横たわっていた。己の兄に対する思いも「苦手」から「嫌悪」に変わってきている。だからと言って疑うなど、織田信長に謀叛した弟と同じではないか。しかと見えない澱《よど》みがあるのなら、それは兄の中ではない。自分の中にあるのだ。

寸時《すんじ》だけ俯いて心を戒めると、できる限りの笑みを兄に向けた。変わろうとしているのは世の流れのみではない。兄もそうなのだと。

「さすがは兄上。ご立派な気概をお示しいただき、私も身の引き締まる思いにございます」

豊数が「ああ」と口を開きかける。が、それより早く祐豊が「そうだな」と応じた。

「九郎にも因幡へ赴いてもらう。気を引き締めて源十郎を助けよ」

厳かなひと言に、豊数が「何ゆえです」と声を荒らげた。

「わしだけでは不足と仰せですか」

祐豊の眉が軽く寄った。

「然らば何ゆえ、九郎を連れて参った」

「九郎にも我が心を示し、なお励めと尻《しり》を叩くためです」

が、伯父の答は「ならぬ」であった。大きく首を横に振り、真っすぐに豊数を見据える。

「おまえの申すとおり、今こそ山名が盛り返すべき時じゃ。ひとりでは不足とは申さぬが、力となる者は多いほど良い。違うか」

「それは……。はい。仰せの、とおりです」

兄は「わしの心得違いでした」と伯父に頭を下げ、こちらに顔を向けた。

「聞いたか九郎。我らの力の見せどころだぞ」

兄の顔には力強い笑みがある。が、眼差しに炎がない。先に覚えた薄ら寒さより、もっと強いものが渦を巻いている。

「武者震いがして参りました」

小さく身を震わせ、豊国は嘘をついた。顔に張り付けた笑みの裏で、また自分を恥じた。

二　奸物

夏を迎えていた。永禄《えいろく》四年（一五六一）五月である。但馬《たじま》も梅雨《つゆ》に入り、此隅屋形《このすみやかた》の庭にも五月雨《さみだれ》が落ちている。

その中で、ひとり木刀を振るう姿があった。兄・豊数《とよかず》である。

「兄上。何をしておいでなのです」

豊国《とよくに》は驚いて声をかけた。たった今まで部屋にあり、妻・藤《ふじ》の話に付き合っていたのだが、雨音のせいで庭の様子も分からずにいた。

「おまえか」

兄は木刀の打ち込みをやめ、じろりとこちらを向いた。

「見て分からぬか。剣の稽古だ」

「そこは分かります。されど、この雨の中で。お風邪《かぜ》を召しますぞ」

「構うまいよ」

吐き捨てるように言うと、再び木刀を振り始める。苛立ち、満たされぬ思いで振られる剣には無駄な力が入り、ひとつ打ち込むごとに構えが崩れていた。

「我らはいずれ因幡《いなば》に赴くのですぞ」
身を労《いた》わるべき時であろうと、なお諫《いさ》める。しかし豊数は打ち込みを続け、息を上がらせながら切れ切れの言葉を寄越《よこ》した。
「因幡行きは、年明け早々のはず、だったろう。わしは、今なぜ、ここに……おる」
頼りにならぬと思われているからだ。伯父・祐豊《すけとよ》にも、山名《やまな》家を握る垣屋《かきや》続成《つぐなり》にも。な
らば少しばかり体を壊したとて障りなどあるものか。そういう捨て鉢の思いが撒《ま》き散らさ
れた。
「繰り延べとなった訳は、兄上とてお聞きになったではありませぬか」
年明けの一月半ば、それは祐豊の口から語られていた。
豊数と豊国が因幡に向かうこととなったのは、出雲《いずも》・伯耆《ほうき》を治めた尼子《あまご》晴久《はるひさ》が没したた
めである。代替わりの混乱を衝《つ》いて、尼子に蝕《むしば》まれた因幡に山名の支配を強める狙いであ
った。
とは言え。尼子が乱れていると知れば、これに目を付けるのは山名のみではない。生き
馬の目を抜くが如き戦乱の世、誰が食指を動かしても当たり前なのだ。毛利《もうり》元就《もとなり》も尼子領
を切り取りに掛かっていた。
尼子の本国は出雲である。如何《いか》な毛利とて、いきなりここを潰すのは容易でない。そこ
で毛利は因幡のすぐ西、伯耆の国衆《くみ》を狙って調略を仕掛けた。
これが厄介であった。毛利に与した伯耆国衆が、尼子に与する因幡国衆を叩き始めたか

らである。こうした伯耆国衆を挟み撃ちにすべく、尼子は以前にも増して因幡国衆の調略に力を入れるようになった。

「如何にも難しき時ゆえ、今少し待てと言われましたろう」

伯父と、そして、いささか不本意だが垣屋の配慮である。五ヵ月も先送りに——永禄四年には三月に閏《うるう》月がある——なってはいるが、自分たち兄弟が軽んじられている訳ではない。その思いで言葉を継いだのだが。

「難しき時だからこそ、我らが出向かねばならぬはずだ。山名宗家が本腰を入れたと思わば、因幡の国衆とて頭を冷やす。傾きかけた尼子に調略されたとて、乗る者は出まい」

筋は通っている。が、本当にそうなるのかと言えば多分に怪しく思われた。

兄と自分が因幡に赴くにせよ、必ず伯父の——実のところは垣屋の——後見が入る。それは今の因幡守護代・山名棟豊《むねとよ》とて同じなのだ。にも拘らず、国衆は尼子に調略され、毛利に唆《そそのか》された伯耆国衆に押されている。年若く場数を踏んでいない身が二人増えたところで、どこまで効き目があろうか。

やはり伯父と垣屋の判断が正しいのだろう。だが今の兄は聞く耳を持ってくれまい。豊国は面持ちを曇らせ、口を噤《つぐ》んだ。

兄は「ふう」と大きく息をつき、ようやく木刀の動きを止めた。幾らか俯き加減の眼差しが、水たまりに跳ねる雨粒を見つめている。

「しかしだ。待つしかない。いずれ伯父上も続成も、わしを遣《や》るしかないと思うようになろう」

なぜか、ぞくりとした。兄の声には寒気のするような覚悟が滲み出ている。

「それは？」

恐る恐る、しかし努めていつもどおりの声で問う。豊数は皮肉な眼差しをこちらに向け、口元を歪《ゆが》めて小さく肩を揺らした。

「因幡では国衆の裏切りに歯止めが利かん。今年だけでも三つ重なった。これ以上は……と思う時が必ず来る。それだけだ」

木刀を肩に担いで去って行く。その背を見送りつつ、豊国は危うい胸騒ぎを覚えた。

＊

「死んだ、とは？」

伯父の部屋で、兄と共に儀礼や作法の手解きを受けている時であった。

「何かの間違いであろう。あれはまだ十八ぞ」

真っ青な顔の中、伯父は「認めたくない」という薄笑いを浮かべ、わなわなと震えていた。

しかし。

「間違いござらん。棟豊様が、お亡くなりあそばされた」

凶報をもたらしたのは、山名四天王に数えられる重臣・田結庄是義《たいのしょうこれよし》である。この男がそう言うのなら、既に裏付けは取られていよう。嘘や間違いでなど、あるはずがなかった。

「棟豊」

呟きひとつ、伯父の顔から全《すべ》ての力が抜けた。豊国は「伯父上」と労りの声を向け、兄はにじり寄って「お気を確かに」と肩に手を置いた。

「是義。棟豊殿は何ゆえ」

兄の問いに、田結庄は奥歯を嚙《か》み締めながら「毒にござる」と絞り出した。

何たることか。山名宗家の嫡子が毒で闇討《やみう》ちにされるとは。がくりと、祐豊の頭《こうべ》が落ちる。兄は伯父に悲しげな目を向け、次いで眦《まなじり》を吊《つ》り上げて田結庄を睨んだ。

「布施《ふせ》屋形の旧臣筋か」

「今は何とも」

棟豊が殺されたのは昨日、永禄四年五月十六日だという。未だ諸々《もろもろ》が明らかになっていないのは致し方あるまい。しかし兄の言うとおり、布施屋形、つまり祐豊が滅ぼした因幡山名家の旧臣筋は怪しかった。

布施の当主・久通《ひさみち》を討ち滅ぼした折、山名宗家に降《くだ》った者の多くは受け容れた。一国を治めるには何より人が要る。それまで因幡を視てきた者を、全て斬り捨てる訳にはいかなかった。

しかし布施屋形の旧臣たちは、口では「宗家に忠節を誓う」と言いながら、宗家から送り込まれた守護代に従わずにきた。豊国と豊数の父・豊定《とよさだ》の頃も然《しか》り。ゆえに父は多忙を極め、珍しく但馬に戻ってもすぐ因幡に舞い戻ることを繰り返した。

宗家の嫡子とは言いつつ、棟豊は若きに過ぎた。十四を数えた豊国より四つ年上、兄の豊数よりひとつ上なだけである。若年を侮って横着を働く者も多かったろう。引っ切りなしに調略の手を伸ばす尼子、因幡を切り取らんとする毛利、こうした者に唆されて毒を盛った者がいたとしてもおかしくない。

「おのれ。誰の企《たくら》みかは知らぬが……許さんぞ」

兄は満面を憤怒の朱に染め、伯父の肩に添えた手を強く握った。

表向き、山名棟豊は急な病で没したことにされた。垣屋続成を始めとする重臣が、評定によってそう決めた。

そして数日の後——。

「いざ参らん」

豊数が馬上で声を上げる。前に五十、後ろに五十の兵を従え、因幡への行軍が始まった。これらの中には豊数の近臣・太田垣勘七《おおたがきかんしち》や、豊国の傅役《もりやく》・岡垣次郎左衛門《おかがきじろうざえもん》の姿もある。豊国は兄の隣に轡《くつわ》を並べ、行軍の真ん中で兵たちに守られながら西への道を進んだ。

因幡。父が治めていた国。しかし、山名の威勢が及ばぬ土地。尼子や毛利に蝕まれた末、今や完全なる山名領と言えるのは全八郡のうち八東《はっとう》、高草《たかくさ》、邑美《おうみ》、気多《けた》の四郡のみである。任を得て赴くことは男の誉れ、しかし難しきに過ぎる国を思うと、豊国の面持ちはひとりでに強張った。

が、兄にはそうしたものが見えない。意気揚々という風である。

「兄上は、ご懸念ではないのですか」

小声で問うてみる。呆《あき》れたような笑みが向けられた。

「憂えておるばかりで、どうにかなるのか」

心なしか、嬉しそうな響きがあった。

棟豊を助けるために、因幡に遣られるはずだった。それが繰り延べになり、長らく楽しまぬものを抱えていたのだ。そして苛立ちが募りきったところへ、守護代として送り込まれる。或《あ》いは兄は、まことに嬉しいのかも知れない。

だが宗家の嫡子が殺されたのだ。此隅屋形で近しく育った従兄《あに》が、卑劣極まりない手管《てくだ》で命を落としたというのに。

「棟豊殿が亡くなられたばかりです。布施の臣も怪しいのですから。あまり嬉しそうになされるのは如何《いかが》なものかと思われます」

豊数は、こちらに目を流して苦笑を見せた。

「此度《こたび》のことを喜んでおる訳があるか。むしろ、棟豊殿を手に掛けた者を必ず成敗してくれんと思うておる」

「そこは私も力を尽くしましょう」

「無用じゃ。粗方《あらかた》、当たりは付いておる」

驚いた。垣屋続成や田結庄是義、八木豊信《やぎとよのぶ》に太田垣輝延《てるのぶ》、山名四天王と称される者たちが血眼《ちまなこ》になって調べていながら、未だ誰の企みか分かっていないというのに。

「どうやって探りを？」

「伝手があってな」

十年ほど前、豊国が物心付く前だったと、兄は言う。新年参賀で父が但馬に戻った折、

「その頃に四十も半ばであったから、今では六十近い。わしの学問好きを大いに気に入っ
伴っていた男があった。布施屋形の旧臣で、名を武田高信《たけだたかのぶ》という。

たらしく、少し話し込んだのだ。以後も折に触れて文のやり取りをしておった」

棟豊の一件が報じられた日のうちに、兄は武田に向けて「探ってくれ」と書状を送った。

武田はすぐに返書を寄越し、確かな証はないが怪しい者が二、三いると告げてきたらしい。

「向こうに着いたら、密《ひそ》かに調べを進める」

「そうだったのですか。しかし、何ゆえ伯父上にお知らせしないのです」

豊数は小さく含み笑いを漏らした。

「わしとて、手柄を上げたくはある」

毒を盛った者を成敗すれば、布施屋形の旧臣を抑え込めるだろう。皮肉にも棟豊の落命
が呼び水となって、因幡に山名の威勢が及ぶのだと、言葉が続く。

「さすれば棟豊殿の死も無駄にはならん」

共に育った間柄だからこそ、自らの手で「山名のために命を賭《と》した」と讃えられるよう

にしてやりたい。そして、どうやらそれは成りそうである。喜んでいるように見えるのは、我が手で棟豊の名を高められそうだからだ。兄の言い分を聞き、豊国は「そうでしたか」と答えた。

「仰せのとおりかと」

しかし、胸の内には如何にしても晴れぬ靄《もや》が横たわっていた。

朝一番で此隅を発《た》ち、夕暮れを前に因幡に入る。その晩は垣屋続成の子・光成《みつなり》の領、桐《きり》山《やま》城で明かした。

翌朝、また布施への道を進む。すると四里（一里は約六百五十メートル）ほど行った辺りで、道の向こうに一団の兵が見えた。

「あれは」

豊国は馬上で身構え、腰の刀に左手を掛ける。周りの兵たちも槍を構えたが、ひとり兄は涼しい顔であった。

「敵ではない。布施の迎えだ」

武田高信が出迎えに来る手筈《てはず》になっていたのだという。兄はそれで良いかも知れぬが、自分は武田なる男を知らない。努めて心を落ち着けつつ、しかし気を抜かずになお少し進んだ。

「源十郎《げんじゆうろう》様にござるか」

向こうから、低く罅割《ひびわ》れた大声が寄越された。兄が「おう」と手を上げて応える。布施の出迎えから六騎が出て、こちらに進んで来た。

「久しいのう、高信」

「大きゅうなられましたなあ。されど文を交わしておったゆえ、久しぶりの気がしませぬわい」

六騎の先頭、眼差し鋭い男であった。これが武田高信か。白髪頭に烏帽子《えぼし》を頂き、桶側《おけがわ》胴《どう》に身を鎧《よろ》っている。太い鼻筋に大きな目、豊かに蓄えた縮れ髭は覚えやすい顔だ。

武田に続いて馳《は》せ寄った者共は、十間（一間は約一・八メートル）も向こうで馬の手綱を引いた。豊数が「道、空けい」と呼ばわると、こちらの手勢がさっと左右に割れる。布施の者共がその道を通り、豊数と豊国のところまで静かに馬を進めた。

「山名源十郎、豊数である。これより守護代の任に当たるゆえ、其方《そのほう》らも心して忠節に励め」

尊大に言い放つ声を聞き、武田以下が馬上で一礼する。武田は笑みを浮かべていたが、余の者には「忌々しい」と滲ませる顔もちらほら見て取れた。

と、武田がなお少し馬を前に出し、兄の間近に寄った。そして縮れ髭をもぞりと動かし、何やら囁《ささや》く。途端、兄の目が幾らか慌てたものを孕《はら》んだ。

「阿呆《あほう》」

小声の一喝に、武田が「おっと」と大きな目を丸くした。

豊国の眉が、じわりと寄った。

聞こえていたのだ。先ほどの武田の囁きが。見返りはお忘れなく――確かにそう言った。訝《いぶか》しむ眼差しに気付いたのだろう、兄がこちらを向いた。

「昨日の話だ」

棟豊を害した者を、武田を通じて探ったと聞いた。それに対する見返りだと言うのなら、この一件が片付いたら引き立ててやる、とでもいうようなものだろうか。

そして、兄が「阿呆」と返したのは。

まさか、いるのか。他の五人の中に、毒を盛った者が。

驚いて豊数を見る。だが豊国は、それについて質《ただ》そうとはしなかった。今ここで問うて良い話ではない。口に出せば、毒を盛った者が身構える。翻って、兄が襲われるやも知れない。

「兄上」

何と言って良いのか分からず、そう声をかける。豊数はぎこちない笑みで「おう」と頷き、過ぎるほど朗らかな声を武田に向けた。

「これは我が弟、九郎《くろう》豊国だ」

そして、耳を疑う言葉が続いた。

「岩井《いわい》の奥山《おくやま》で、城番を任せようと思うておる」

ここから東南に進んだ先、但馬との国境に近い。つまり兄は、自分を布施には連れて行かないと言っている。

「兄上！　それは、いったい」

「控えよ」

先ほど布施の者に向いたのと同じ、驕《おご》り高ぶった声であった。

「因幡の難しきことは、おまえにも分かっておろう。ゆえに我が背を安んじる役目を与える」

岩井奥山城から南へ向かえば、私部城《きさいち》がある。城主の毛利氏は毛利元就と同祖の一族で、山名宗家とは長く敵対していた。また私部城の近くには、同じく山名を敵と看做《みな》す矢部《やべ》氏の若桜《わかさ》鬼《おに》ヶ城もある。背を安んじよという言葉に、真実がないとは言えない。

しかし私部と若桜は、長きに亘《わた》って伯父・祐豊や垣屋一族と争ってきた者共なのだ。初陣も済ませていない豊国には、手に余ると見るのが当たり前であろう。兄の思惑が分からない。顔が強張り、からからに喉が渇く。

「どうした。怖《お》じ気《け》付いたか」

「左様なことは」

ひと言だけ返すと、豊数は「よし」と頬を歪《ゆが》め、後ろの五十を束ねる岡垣に声を向けた。

「聞いたとおりだ。次郎左衛門、豊国を支えてやれ」

そして呆然とする豊国をひとつ鼻で笑い、前にいる五十に「進め」と号令した。兄と轡を並べる武田高信が、こちらを向いて目元を歪ませた。あまりにも冷たい眼差しであった。

身が震える。恐ろしい想像が、豊国の頭を埋め尽くした。

兄は、何かを隠している。まさか。しかし。
まさか――。

＊

城は戦の時に拠《よ》るところであって、中に住まうものではない。城主とその臣、常に抱えている足軽などは、城の近くに建てられた居館に詰めるのが常である。山城の岩井奥山城では、城主居館は山裾《やますそ》にあった。

その屋敷の庭に、岡垣次郎左衛門の鋭い声が飛んだ。

「やっ」

横薙《よこな》ぎの一撃が飛び、豊国の手から得物を弾き飛ばす。申し合いの稽古を始めて三度、今日も立て続けに負けていた。これほど身が入らないのも珍しい。

「九郎様。どうかなされたのですか。このところ、いつもこうですぞ」

岡垣が心配顔を見せる。豊国は「いや」と首を横に振った。

「少し疲れておるのかも知れん。暑くて寝苦しい日ばかりだからな」

屋敷の縁側へ進んで腰を下ろし、大きく溜息をついて背を丸める。この城に入ってひと月余り過ぎたが、眠れぬ夜が多い。とは言え、夏の暑さゆえではなかった。

棟豊殺しを企んだ者は、未だ明らかになっていない。武田高信が探りを入れ、粗方は当たりも付いているという話だったのに。毒を盛った者が用心を重ね、尻尾《しっぽ》を出さぬだけなのだろうか。とは思えど、胸中の靄は日に日に大きくなってゆく。

兄が自分を遠ざけ、この城に入れたのは何ゆえか。無論、城を守ることも大事な役目に違いない。しかし。どうしても嫌な考えに行き着いてしまう。傍にいられては困る訳が、あったのではと。

布施の出迎えを受けた日、去り際に武田が見せた冷酷無比の眼差しは何なのだろう。棟豊を害した者に当たりが付いているという話は、嘘なのかも知れない。むしろ武田こそが毒を盛った張本人なのではないか。そして、それを命じたのは――。

「いかん。どうにも」

思いを巡らしては、兄を疑う自分を責める。そうしたことを繰り返すばかりの日々が豊国の心を苛《さいな》んでいた。

「奥方様をお呼びになられては如何ですかな。少しなりとて、お疲れも抜けましょう」

左脇に座った岡垣が、常と変わらぬ声を寄越した。もっとも、いつもどおりなのは声だけである。面持ちには深い憂いの色を浮かべ、話せることなら話してくれと滲ませていた。疲れ云々《うんぬん》が理由でないことは、とうに察しているらしい。妻の藤を呼べとは、一時でも悩みを忘れられるだろうという心配りか。

参った。たった六歳違いでもさすがに年嵩《としかさ》だ。そう言えば岡垣が傅役に付けられた折、父と伯父から言われていた。歳を重ねた末の五つ六つは大した違いではないが、若い日の五つ六つは天と地ほども違う、ゆえに次郎左衛門の言うことを良く聞けと。

「すまんな。気を使わせてばかりいる」

苦い笑みを返す。この言葉で、仔細《しさい》は話せないと分かってくれたらしい。岡垣も同じような笑みを浮かべ、両手で自らの膝をぽんと叩いた。

「それでは、俺から御屋形様にお願いしておきましょう。未だ棟豊様の喪は明けませぬが、奥方様をこちらへお迎えしたいと」

「ああ」

本当なら藤を呼ぶはずではなかった。岩井は南方の私部城と若桜鬼ヶ城を睨む地であり、いつ戦が起きるか分からないからだ。それでも今は、少しだけでも心を落ち着かせたかった。

藤が参じたのは半月余りの後、七月も十日を過ぎた頃であった。

十二歳の妻とは、未だ夫婦の契りも交わしていない。多分に幼いものを残した藤は、但馬此隅にあった時と同じく、日々たわいのない話を向けてきた。それは確かに、豊国の心を幾らか軽くした。

周囲の敵城に目を光らせつつ、さらに二ヵ月が過ぎる。この頃から因幡各地で一揆《いっき》が起きるようになった。尼子の調略を受けた国衆の一揆もあり、果ては布施旧臣の中にも一揆に及ぶ者がある。それらは布施屋形の遺児――かつて伯父が滅ぼした山名久通の子・源七《げんしち》郎《ろう》を立て、これを布施の西・気多郡の鹿野《しかの》城に入れて抗《あらが》う構えを見せた。

もっとも、この一揆を以て兄への疑いが少し薄らいだ。もしかしたら、棟豊を殺した者を探り当てたのかも知れない。全てが明らかになれば、山名宗家は全力で報仇《ほうきゆう》に及ぶだろう。布施旧臣の叛乱《はんらん》がそれを恐れてのことなら、辻褄《つじつま》も合う。

ただし豊国は、それが自らの願望に過ぎないと承知してもいた。因幡衆、ことに布施旧臣は山名宗家に遺恨がある。ゆえに棟豊の一件とは関《かか》わりなく、年若い豊数を侮ったと考える方が得心できるからだ。

いずれにせよ、岩井も城を固めねばならない。物見を増やし、土塁をさらに高く盛るなどの手当てを施す中で年が明けた。

永禄五年（一五六二）新春、豊国は十五歳を数えた。棟豊の喪中ゆえ伯父・祐豊への新年参賀は控えたが、藤は伯父の実の娘ゆえ、三十の兵に守らせて但馬の此隅屋形へ機嫌伺いに遣った。

ひとり寝を三日ほど繰り返した晩、豊国はふと夜半に目を覚ました。

「まだ暗いな。夜明けには早い」

呟いて身を起こす。またぞろ悩みが顔を出したのだろうか。眉をひそめるも、取り立てて胸が重いという訳でもない。どうしたのかと思うほどに、別の胸騒ぎが沸き起こってきた。

おかしい。何か、気配が違う。ぐっと奥歯を噛んで障子《しようじ》に目を遣れば、ふわりと明るくなったように見えた。が、すぐにまた夜の暗さを映す。

「何だ？」

たった今、寸時だけの明るさは月や星ではない。ぼんやりとだが橙《だいだい》色だった。

「まさか松明《たいまつ》か。では」

がばと立ち上がり、枕元《まくらもと》の向こうにある床の間へ。闇に慣れた目で槍《やり》を取ると、具足も纏《まと》わぬまま障子を開けて廊下へ飛び出す。ほぼ同時に、遠くその声が渡った。

「掛かれ！」

夜討ちであった。

「者共、出合え。裏門だ」

叫びつつ、臍《ほぞ》を噛む思いで廊下を駆けた。

私部の毛利一族も、若桜の矢部一族も、それぞれ盟主たる毛利元就に新年参賀をするものと踏んでいた。ゆえにこちらも、藤を但馬へ遣るべく護衛の兵を割いた。藤のお陰で悩みが紛らわされた以上、少しでも報いてやりたく思ったからである。

だが甘かった。兵が目減りした隙を衝《つ》かれるとは。こちらが物見を増やしていたように、向こうも岩井に厳しい目を向けていると、なぜ思えなかったのだろう。悩みそのものが消えてなくなった訳でなし、少しずつ積み重ねた心の疲れが目を曇らせたか。

「詮《せん》なきことを」

小声で自らを叱り、槍を引っ提げて屋敷の裏門へと急いだ。少しずつ、しかし確かに戦の喧騒《けんそう》が大きくなってくる。門を穿《うが》つ丸太の音へと、近付いている。

駆け付けた頃には、門衛の四人が必死に扉を支えていた。

「其方ら、良くぞ耐えた」

門衛に大声を向ける。兵たちは切羽詰まった声で「殿様」とだけ返した。

「今少し気張れ。皆が――」

皆が来るまで支えよ。全てを言い終える前に、閂《かんぬき》が折れた。ドン、と扉が内向きに開く。支えていた四人の兵が弾き飛ばされ、短く「ぎゃっ」と漏らしながら土の上を転げた。それらを踏み越え、十幾人かの敵兵が雪崩《なだ》れ込む。指物《さしもの》からして私部の兵、毛利越前守《えちぜんのかみ》の手勢らしかった。

「こなくそ」

豊国は眦を吊り上げて敵に駆け寄り、頭上に掲げていた槍を一気に打ち下ろした。穂先がひとりの兵を捉え、鉢金《はちがね》ごと頭を叩き潰す。兵は悲鳴すら上げずにくずおれた。

「山名九郎豊国だ。下郎共め、手向かいするか」

大喝を加える。瞬《また》く間にひとりを片付けられ、敵兵は怯《ひる》んで寸時足を止めた。その隙に右手を引き、前に構えた左手へと捻りながら突き出す。錐揉《きりも》みに伸びた槍が次の兵の喉を貫いた。

横薙ぎに払い、三人目の目を掻《か》き斬る。返す一撃で四人目の腰をへし折る。また槍を高く掲げると、尻込みした兵が背を向けた。

「たわけが！」

その背を容赦なく叩き、背骨を砕く。隣の兵に槍を突き出し、具足に守られていない内《うち》股《もも》を貫いた。

「九郎様！」

「殿！」

六人を片付け、敵がいったん下がろうとしたところへ、岡垣次郎左衛門および田結庄一族の田結庄藤八《とうはち》が駆け付けた。押っ取り刀ではあったが、十三、四の兵を連れていた。

「覚悟せよ、因幡の鼠《ねずみ》」

「皮を剝《は》いで白兎《しろうさぎ》にしてくれん！」

いきり立つ二人が敵に襲い掛かり、門の外、数十と思《おぼ》しき兵の中へ飛び込む。豊国も味方の兵と共にこれを助け、散々に暴れ回った。

「ひ、退《ひ》け！　退けい」

毛利越前守は、半時（一時は約二時間）もせぬうちに逃げて行った。

豊国は追い討ちを仕掛けなかった。岩井に入ってから兵を雇い増してはいたが、藤に三十を付けてしまったため、今の数は総勢五十余りでしかない。毛利越前と共に若桜の矢部が兵を出していることもあり得る以上、城と居館を空にはできなかった。

ともあれ、不意に訪れた初陣で、豊国は勇猛に戦って敵を退けた。

この晩の顚末はすぐに兄に報せた。戦功を誇るものではない。因幡を切り盛りする兄は、敵対する者の動きをつぶさに知る必要があるからだ。

しかし。

「何だと」

幾日かして兄から書状が届く。記された言葉に、豊国は絶句した。

「どうなさったの、九郎様」

此隅から戻った藤が、心配そうに声をかける。作り笑顔で「何でもない」と返すも、妻の面持ちは晴れぬままであった。

私部城を潰す好機であったはずだ。追い討ちを仕掛けずに、おまえは何をしていた。詰めの甘き戦を恥じ、しばし謹慎すべし——兄の書状に連ねられていたのは、きつい叱責《しっせき》であった。

*

謹慎を命じられて、申し開きはしなかった。したところで、聞く耳を持ってくれるとは思えない。兄は明らかにこの身を疎んじている。

それに、申し開きができる情勢でもなかった。因幡各地の一揆は後を絶たない。ここを叩けば向こう、そちらを潰せばあちらと、兄は戦に次ぐ戦で飛び回っていた。

諸々を見かねたのであろう。年が変わって永禄六年（一五六三）を迎えると、伯父・祐豊が但馬から兵を出した。私部城の毛利一族を攻めるためだが、兄・豊数には参陣が命じられなかった。

二月、岩井奥山城に五百の兵が到着した。率いるは乃木対馬守《のぎつしまのかみ》である。屋敷の広間に乃木を迎え、豊国は久しぶりに朗らかな声を上げた。

「対馬、良くぞ参った」

「お久しゅうございますな、九郎様」

蠟燭《ろうそく》の乏しい明かりの中、ごつごつした傷だらけの三十路顔が綻《ほころ》ぶ。強面《こわもて》ながら、笑えばどことなく稚児《ちご》のようなものを映す面差しであった。

「伯父上からは、私も出んで良いと申し送られておる。まことに良いのか」

「良うござる。御屋形様と垣屋様で、話し合うて決めたことゆえ」

頼りないと思われているのだろうか。伯父と山名のため、身を粉にするつもりなのに。

面持ちに寂しげなものを見たか、乃木は「いやいや」と豪快に笑った。

「若桜の矢部勢が手出しできぬよう、岩井には兵を置いたままが良いという話です。それに」

「それに？」

乃木は「困ったものだ」とばかり、溜息交じりに続けた。

「源十郎様の顔も立てねばならぬと、思し召されたようで」

謹慎の件は伯父の耳にも入っている。無体な話だが、因幡を任せた豊数の差配ゆえ一応は重んじてやらねばならない。また、兄が一揆討伐に走り回っていることへの心配りもある。そう話して聞かせつつ、乃木は歯がゆいものを抱いているらしい。

「此度の戦、其方は気乗りがせぬようだ」

「しませぬな。宗家が兵を出さば、因幡の者共め、なお頑《かたく》なになるやも知れず」

乃木の、そして垣屋の胸には——伯父は幾らか寛容かも知れぬが——豊数への不満があるのだろう。因幡のあれこれが難しさを増した折、前守護代・棟豊は苦しいながらも巧《うま》く立ち回っていた。豊数に変わった途端、それが崩れている。往時に勝る難局と承知してはいても、物足りなく思っているのに違いない。豊国は溜息をついた。

「人の上に立つというのは、難しいのだな」

「源十郎様は強気が過ぎまする。国衆も布施の者共も、かえって従う気になれんのでしょう」

武士にとって強気は悪いことではない。だが豊数の強気は才を超えた自負、功名に逸《はや》る心の裏返しに過ぎない。これでは下の者も「青二才め」「栄達の手駒《てごま》にする気か」と反発するのみであろう。乃木の嫌そうな目がそう語っていた。

なるほど。伯父が兵を出し、兄の頭越しに私部城を攻めるのは——。

おまえの顔は立ててやろう。だが、こうまで一揆が起きるのは、宗家の顔に泥を塗ったに等しい。そういう遠回しの叱責なのだ。

良い気味だ、と含み笑いが漏れた。が、すぐに自らを恥じる。乃木が苦い笑みで「さて」と腰を上げた。

「夜明けと共に私部へ向かいまする。九郎様に於《お》かれては、我が背をお守りくだされたし」

豊国は「そう努める」と頷いた。乃木のいかつい笑みが、稚児のように柔らかくなった。

翌朝、乃木対馬守は私部城に向けて発った。さらに次の日から城攻めに掛かり、果たして二月十六日にこれを落とす。因幡毛利一族は同祖の誼《よしみ》を頼み、毛利元就の許《もと》へ敗走して行った。

しかし、これで因幡衆が鎮まるかと言えば、そうではなかった。むしろ一揆はさらに勢いを増した。乃木は「山名宗家が手出ししては」と懸念していたが、それゆえではない。

「謀叛だと？」

「はい。武田高信が鳥取《とっとり》城を奪ってございます」

岡垣次郎左衛門から一報を受け、豊国は眉間《みけん》に深く皺《しわ》を寄せた。武田の謀叛こそ、一揆勢を焚《た》き付ける何よりの原因であった。

豊国は口を噤んだ。何ゆえ武田が謀叛に及んだのか、その理由が分からない。

兄は武田と親しいと言っていた。武田は棟豊殺しを探っていたかも知れず、或いは兄と結託して棟豊を亡き者にしたのかも知れない。いずれにせよ手は組んでいたはずだ。なのに。

「あ」

ふと思い出し、目が丸くなる。ぽかんと口が開いた。

そうだ。他ならぬ武田が「見返りを忘れるな」と言っていたではないか。つまりは兄が約定《やくじょう》を違《たが》えたのでは。

いったい何を約束していた。端から認められぬ話だったのか。或いは後になって見返りとやらを惜しみ、武田と袂《たもと》を分かったのか。分からない。

「如何なされました」

岡垣が目元を引き締める。しかし豊国は、しばし呆けたままであった。

「次郎。兄上と話したいが、できそうか」

呆然とした顔から一転、早口に問う。岡垣は「お」と気圧《けお》されるも、すぐに面持ちを元に戻して首を横に振った。

「難しゅうござる。鳥取を押さえられては」

鳥取城は要害、因幡の要である。豊国の岩井はそもそも因幡の東端、兄の布施は鳥取の西にあり、両所は分断されている。取りも直さず、それは山名宗家と兄の間も寸断されたということであった。

三　変転

永禄《えいろく》六年秋、兄・豊数《とよかず》は武田高信《たけだたかのぶ》の鳥取城《とっとり》を攻め始めた。しかし、容易《たやす》くは落ちない。因幡《いなば》一の要害であることも然《さ》りながら、訳は他にあった。

因幡の山名《やまな》領は八東《はっとう》、高草《たかくさ》、邑美《おうみ》、気多《けた》の四郡だが、武田に鳥取城と邑美郡を、一揆勢と山名源七郎《げんしちろう》に鹿野《しかの》城と気多郡を奪われてしまった。そのため兄は、残り二郡から千ほどの兵しか動かせない。対して武田勢は一郡で何と千二百を揃《そろ》えていた。

武田は布施《ふせ》旧臣の中でも大身だったが、知行高から言えば二百が一杯、邑美郡の実入りを用いても七百を超えないはずだった。それが千二百を動かしているのは、即《すなわ》ち誰かが手を貸している証であった。

武田に兵や糧秣《りょうまつ》、矢玉を回しているのは誰か。明けて永禄七年（一五六四）夏五月、それは明らかになった。

「何と。尼子《あまご》ではないのか」

岡垣次郎左衛門《おかがきじろうざえもん》の注進を受け、豊国《とよくに》は面持ちを曇らせた。廊下に跪《ひざまず》く顔も、同じような面持ちになっている。

「はい。斬り捨てた者、どうやら世鬼《せき》衆らしいと」

武田勢があまりに強すぎると見て、かねて伯父・祐豊《すけとよ》は鳥取城下に透破《すっぱ》を忍ばせていた。その者が幾日か前に怪しい男を見付け、斬り捨てたという。骸《むくろ》となった男を調べてみれば、世鬼衆、つまり毛利《もうり》元就《もとなり》の抱える透破だと知れたらしい。武田は毛利の援《たす》けを得ていたのだ。

豊国は「む」と唸《うな》った。

「これは由々しき話ぞ」

戦乱の世、特に因幡の如く乱れた国では他からの調略など当たり前である。これまでは尼子による調略が目立ち、西の隣国・伯耆《ほうき》の毛利方が尼子に靡《なび》いた因幡衆を攻める形だった。その風向きが大きく変わっていたとは。

武田高信ほどの大身が毛利に通じているなら、他にも同じような者があるに違いない。尼子はそれほどに衰えたのだ。毛利は尼子と因幡を一気に呑み込むつもりでいる。

「鹿野の源七郎は？　未だ尼子と通じたままか」

織田《おだ》信長《のぶなが》が今川義元《いまがわよしもと》を倒した折、岡垣には世の動きを広く調べるように命じてあった。山名源七郎についても何か摑んでいるのではと問うてみるも、向かい合う顔はなお曇るばかりだった。

「分かりませぬ。あちこちに人を出してはおりますが、俺の伝手は行商や連歌師ばかりで、透破ではござらぬゆえ」

鹿野城に潜り込む、或いは源七郎を戴《いただ》く国衆の懐深くに入る働きは難しいという。致し方なかろう。豊国は「そうか」と頷き、すくと立った。

「次郎。兵を雇い増しておけ」

「源十郎様から下された謹慎のお沙汰《さた》は、未だ解かれておりませぬが」

「かくなる上は、兄上に従うばかりで良いはずもなかろう」

近いうちに戦が起きるだろう。それは毛利方と尼子方の戦いかも知れない。或いは源七郎も毛利に通じていて、武田高信と手を組んで布施を攻めるという成り行きまで考えられた。謹慎を命じられて以来、兄とは仲違いした格好である。今となってはこちらも向こうを疎ましく思っているが、山名家の一大事と知りながら手を拱《こまね》いている訳にはいかなかった。

岩井《いわい》で足軽を雇い増し、ひと月余りで総勢百七十を整えた。

そして七月、かねて見越していたとおり、因幡には戦が起きた。もっとも、山名家そのものを危うくする争いではなかった。

「申し上げます」

具足姿で広間に詰める豊国の許へ、注進が入った。傍らには岡垣次郎左衛門や田結庄《たいのしょう》藤八《とうはち》をはじめ、岩井奥山《おくやま》城付きの家臣も控えている。

「よし。申せ」

田結庄に促され、伝令が「はっ」と頭を上げた。

「南条宗勝《なんじょうむねかつ》が兵、鹿野表に攻め寄せた由。その数、千二百」

南条は伯耆の国衆である。だが一介の国衆が率いるにしては、千二百はあまりに多い。武田高信と同じく、毛利の援助を得ているのだ。

「如何《いかが》なされます。これにて鹿野は尼子方と明らかになりましたが」

岡垣が床几《しょうぎ》の左脇に跪き、見上げてくる。鹿野城への援軍として出るか否かという話だ。苦しく溜息をついて、豊国は伝令に向いた。

「布施は？」

兄は兵を出したのか。出す構えが見えるか。それを問うと、伝令は言いにくそうに俯いて目を逸らし、ぼそぼそと告げた。

「動きは、ありませぬ」

豊国は目を瞑《つむ》り、無言で首を横に振った。

兄はなぜ動かない。如何《いか》にしても戦場はこの因幡、しかも元々は山名の家領だった気多郡である。それが切り取られんとしているのに、どうして黙っている。尼子に与《くみ》する者を助けたくないから、なのか。だとしたら馬鹿げた話だ。布施には千余の兵がある。それで足りなければ、この豊国も戦うつもりでいるのだ。鹿野に恩を施し、源七郎を取り込むこともできるはずなのに。

「どうにもなるまい。我らだけが駆け付けたところで」

悔しい。腹立たしい。その思いで呟く。岡垣と田結庄も、苦々しげに「はい」とうな垂れるばかりだった。

鹿野城は七月二十二日に落城し、山名源七郎も自害して果てた。これにて気多郡は毛利方の握るところとなった。

それから四日、岩井を訪れた者があった。垣屋豊続《かきやとよつぐ》――山名を意のままにする垣屋続成《つぐなり》の甥《おい》である。何の用かと思いつつ、豊国は屋敷の広間にこれを迎えた。

「九郎《くろう》様に於かれましては、お変わりないようで何よりと存ずる」

豊続が平伏を解く。尖った顎こそ続成に似ているが、あの男と違って物言いに横着なところは少ない。平らかな面持ちを見ていると、兄への苛立ちが少しだけ失《う》せる気がした。

「お主がこれへ参るとは思うておらなんだ。何か急用か」

「実は源十郎《げんじゆうろう》様が病にて、明日をも知れぬお命でしてな。鹿野表の戦に出陣せなんだのも、それがゆえにござった」

「は？」

豊続が少しも狼狽《うろた》えずに告げるものだから、逆にこちらが驚き、声が素っ頓狂《すとんきよう》に裏返った。そのような話は初耳である。

「如何なる、ことか……分からぬ。説いて聞かせよ」

切れ切れに問う。豊続の眉が、ぴくりと動いた。いささか面倒に思っているらしい。この辺りは、やはり垣屋一族か。それでも当主の続成ほど驕っていないと見えて、溜息ひとつだけで一々を語って聞かせた。

兄が鹿野に兵を出さなかったことは、さすがの伯父も肚《はら》に据えかねたらしい。武田高信に鳥取を押さえられて使者を出すのも難しいため、叱責の書状を託して透破を放ったそうだ。

するとと兄は、病の床にあった。書状を受け取るに当たって身を起こしたものの、顔は蒼《そう》白《はく》、げっそりと瘦《や》せ細って、およそ生気を感じられなかったという。

「御屋形からの書状をご覧じて、真っ黒な血を吐かれたとか」

「大ごとではないか」

口が半開きになり、さっと血の気が引く。それでも豊続は動じない。

「大ごとだと、先ほどより申しておりましょう。ともあれ、その透破が言伝《ことづて》を仰せつかりましてな。源十郎様に於かれては、九郎様にお会いしたいと願うておられる由」

豊国は大きく喉を上下させ、掠《かす》れがちになる声を支えて「誰かある」と呼ばわった。長くを待たせずに岡垣が参じると、今の一件を話して聞かせた。

「布施へ参られるは、危ういやも知れませぬ。罠《わな》をも疑わねば」

岡垣が憂える。が、豊続が「ない」と大声を上げた。

「探りを入れるのが透破の役目じゃ。源十郎様の如――」

如きが、と言いかけて咳払いをひとつ。また口を開いた。

「源十郎様が謀《はかりごと》を巡らされたとて、それを見抜けぬ者共にあらず」

弟を害するほどの意気地も、もう残ってはおるまい。死に行く兄の望みを叶《かな》えてやるか否かは豊国次第だと、豊続は言う。

「九郎様にそのお気持ちあらば、透破衆に手引きさせまする。この場でお決めあれ」

豊国は目を瞑った。瞼の裏に兄の顔が思い浮かぶ。

幼い頃から厳しい言葉ばかり向けられてきた。藤《ふじ》を嫁に取って以後は、気難しいものを撒き散らされた。因幡に入ってからは明らかに疎んじられ、遠ざけられてきた。

正直に言って、嫌いだった。大嫌いな人だった。

しかし。やはり我が兄なのだ。血を分けた身の何と煩わしいことだろう。これほど邪険に扱われて、なお心の底から恨み果せない。病を得て気弱になった兄を思えば、仏心が顔を出す。

それに――。

ゆっくりと瞼を上げ、小さく「分かった」と頷いた。

「されど九郎様。垣屋様にはご無礼とは存じますが、やはり俺には危ういと思われます」

「否とよ次郎。私は豊続が言を信じたい」

柔らかな笑みを右前に向ける。岡垣は長く鼻息を抜き、大きく頷いた。

「ならば、俺もお供いたします」

「好きにせよ」

如何にしても今は兄に会いたい。

それに、会わねばならぬのだ。ひとつを、確かめるために。

＊

夜明けと共に岩井を発った。ぼろの着物を纏い、土で汚した顔に頬かむり。鍬《くわ》を担ぎ、裸足《はだし》である。豊国と岡垣は透破に導かれ、百姓の格好で布施への道を急いだ。

時折、向こうの田畑から「おうい」と声が渡る。透破は「よう」と手を振って返し、のんびりと二言三言を交わしてまた歩いた。

「知り合いか」

小声で問うた豊国に、透破――蛙丸《かわずまる》と呼ばれる――は前を向いたまま「はい」と応じた。

「わしは、ここらでは百姓の平助《へいすけ》でして」

そうした顔をいくつ持っているのだろう。この辺りの百姓と交わりながら、山名家の下命があれば「平助」は幾日か消える。にも拘らず、怪しまれない。どうやって辻褄を合わせているのやら。透破の力には舌を巻くばかりであった。

夕暮れも間近になった頃、ようやく布施屋形へ辿り着く。透破は門衛に軽く会釈し、頬かむりを取って「百姓の平助」を捨てた。

「九郎様をお連れしたとお伝えあれ」

四人の門衛たちが「あ」と驚き、豊国の顔を見て背筋を伸ばした。

「案内仕《つかまつ》ります」

ひとりに導かれて堀を渡り、門をくぐる。馬出し郭《くるわ》を抜けるとまた堀と門があった。その先の二之丸、さらには本丸へと導かれると、ようやく兄の待つ御殿であった。

御殿の玄関に至り、案内の者が呼ばわった。

「山名九郎様、ご到着にござる」

応じて、奥からひとりの男が出て来る。一礼して「こちらへ」とひと言、豊国と岡垣を導いて廊下を進んだ。真っすぐ続く廊下の右手には中庭があり、庭木に幾つかの松が植えられている。二十間も進むと、廊下は庭を囲うように右へと折れた。折れた先の廊下、中ほどが兄の寝屋である。ひとりの法体が外に出て待っていた。

「ようこそお出《い》でくだされた。それがし、森下道誉《もりしたどうよ》と申す者」

兄と因幡に入った折の出迎えには含まれていなかった顔だ。見たところ三十過ぎだが、小さな眼《まなこ》が顔の左右に離れている以外、これと言って目立つところがない。

会釈を交わすと、森下は部屋の中に向いて「参られましたぞ」と声をかける。豊国は一礼して中に入り、廊下を背に腰を下ろした。身を横たえる兄の左側、枕元である。

「お久しゅうござる」

「豊国。よくぞ来てくれた」

久しぶりに聞く声は、耳に馴染《なじ》んだものとはずいぶん違った。あまりにも弱々しい、がらがら声である。黒い血を吐いたと聞くが、それが度重なって喉が荒れているのだろうか。

垣屋豊続が言ったとおり、確かに兄は病であった。

「道誉、すまぬが外してくれ。わしと九郎と……そこにおるのは次郎左衛門か。三人だけに」

森下は「はっ」と頭を下げ、すぐに下がった。襖で隔てられた隣室からも、人の足音が遠ざかってゆく。兄の世話をする者か医師《くすし》の類《たぐい》であろう。

静かになると、兄は「ふう」と生臭い息を抜いた。

「これへ参るのも難しかったろう」

「たってのご希望と聞いては、苦にもなりませなんだ」

すると兄は、ふうわりと笑った。諦念《ていねん》、或いは死への覚悟ゆえか、落ち窪《くぼ》んだ目に世俗の垢《あか》は見えない。

「今まで、すまなかった。恨んでおろう」

そう言って詫びる。豊国は敢《あ》えて何も言わず、ただ慈悲の心を眼差しに託した。死にゆく人に恨み言を吐き、咎める気にはなれない。

「わしは……ずっと妬《ねた》んでおった。おまえが九郎の名を与えられてから、ずっとだ」

九郎の名は、父・豊定《とよさだ》から受け継いだもの。兄はそれが気に入らなかったのだという。

山名家は清和源氏《せいわげんじ》の義国流《よしくに》、新田《にった》氏の本流である。ゆえに宗家と分家の別を問わず、嫡男には必ず「源」の一字を加えるのが常であった。兄が源十郎の名を与えられたのは、嫡男と認められていた証である。

「されど、羨《うらや》ましくて仕方なかった。父上は、おまえをこそ頼みにしておると思うた。おまえは伯父上にも気に入られておったからな」

伯父は二人を等しく扱ってくれたと、豊国は思っている。だが自らの見方だけで兄の思い違いを言う訳にもいかない。それは——。

「おまえが藤殿を娶った時、はっきりと分かった。わしは弟を妬んでおるのだと」

いみじくも、この一点に尽きる。

兄が藤に懸想《けそう》していた、ということではない。むしろ、歳に比べて心の幼い藤など女と見ていなかったろう。伯父が自分と藤を娶《めあ》わせたのも、藤が強く望んだことが大きい。

しかしながら。宗家当主を義理の父に持つことには、あまりに大きな意味があった。もしも伯父が世を去り、その子らも早くに没してしまったとしたら。

「おまえは、宗家を継ぐべき身のひとりとなった。それが妬ましかった。伯父上は、わしなど何とも思うておられぬ。おまえさえ、おれば良いのだと」

胸中の澱《おり》、抱え続けた毒を苦しげに吐き出す。その声が、不意に自らを嘲るものに変わった。

「浅はかよな。山名にはこの豊数もあると、伯父上に知らしめたい……それればかり思うようになってしもうた」

因幡に赴きたいと申し出たのも、ここに豊数ありと胸を張りたかったからだ。父に認められたい。父が没したなら伯父に認められたい。そのためには栄達あるのみ。因幡で功を挙げて梯子《はしご》を昇り、やがては棟豊《むねとよ》に代わって守護代の位へ。これぞ我が道と信じるようになった。

語られる言葉に、豊国は半ば伏せていた目を瞑った。兄の心がそうまで歪んでいると、もっと早くに気付いていれば。

否。それは嘘だ。

知らなかったのではない。知らぬ振りをしたかっただけで、とうに気付いていた。気付いていたからこそ兄に疑いを抱き、確かめるために布施まで来たのではないか。

正直なところ、辛い。自らの生を悔いて詫びる人に、この問いを向けて良いものか。

しかし。嗚呼《ああ》しかし、それでも我が兄なのだ。辛く当たられて怒りを抱き、苛立ち、疎ましく思いながら、心の奥底ではやはり慕い続けた兄なのである。

だからこそだと、豊国は重い瞼を上げた。

「棟豊殿を亡き者となされたのは、兄上なのですか。己が栄達のために」

虚《うつ》ろだった兄の目に、驚きの光が宿る。が、それはすぐに「さもあろう」という得心に変わった。

「やはり良くできた奴だ。されど、おまえの思うておることとは少し違う」

違うと言った。たとえ「少し」でも違ったのだ。豊国の目に涙が浮かぶ。翻って、兄の目には深い苦悩の色が浮いた。

「高信と……武田と親しかったのは、まことの話だ」

前置きした上で、仔細が語られていった。

兄は武田と文を交わし、その中で自らの歪みを吐き出していたという。するとある時、こう返書が来た。それほどに栄達を望むなら、ひとつずつ手柄を重ねるのは迂遠《うえん》ではないか。我が謀を以てすれば、すぐに守護代に押し上げてやれるぞと。

どういうことかと問うて返すと、武田は書き送ってきたそうだ。つまりは、棟豊が守護代でいられなくなれば良いのだと。

「あやつは申した。望みを叶えてやるゆえ、見返りが欲しいと。守護代となった暁《あかつき》には、尼子に調略された四郡を是非とも切り取れ、とな」

元よりそれは山名の悲願である。しかし武田の望む「見返り」は、その先にあった。尼子から四郡を奪い返したなら、豊数は元々の四郡に加え、さらに二郡を従えるべし。残る二郡はこの高信に与え、二人で因幡を分け取りにせんと言うのだ。

兄は迷ったそうだ。しかし。

棟豊が守護代で「いられなくなる」と言うからには、任を免ぜられるよう仕向けるのに違いない。そう思ったという。そもそも因幡衆は――但馬《たじま》衆も同じだが――古くから山名家に逆らい続けた者共である。

「因幡衆を唆して一揆でも起こさせれば、伯父上も続成も棟豊殿が器量を疑うだろう。高信が策とは、そのようなものであろうと見たのだ」

兄は、武田の誘いに乗った。しかし。

五ヵ月の後に届いたのは、棟豊が毒を盛られて死んだという一報だった。

「わしは戸惑うた。武田を憎んだ。棟豊殿を死なせてまで身を立てたい訳ではなかった」

かくなる上は武田に返報せんと、兄は一計を案じた。尼子方の四郡を容易に攻めず、武田に促されても「まずは調略から」と称し、武田にそれを任せた。一方では調略する先に書状を発し、武田の隙を見て斬り捨てるように唆した。

「その時こそ、奴が棟豊殿を殺したと明かすつもりだった。が……」

この計略を武田に気取られた。尼子方の国衆は、布施に抗う力を増すべく、調略に来た武田を味方に付けようと画策した。そして、兄の思惑を全て明かしてしまったらしい。

いつか武田を成敗してくれんと思い、兄は備えを怠らずにきた。ゆえに棟豊の如く毒を盛られることもなく、闇討ちにもされずに済んだ。

その代わり、かつて兄が「棟豊を蹴落とす策とはかくやあらん」と思った手管を、そのまま使われてしまった。武田は尼子方の国衆に加え、山名に従っているはずの国衆まで語らって、あちこちで一揆を起こさせた。豊数の名を貶《おとし》め、守護代の位から蹴落とすべしと。

「挙句の果てに、高信にも謀叛された。わしは阿呆じゃ。そして、かくも心が弱かった」

自らの権威が損なわれてゆくごとに、眠れぬ夜が増えた。次第に腹が痛むようになり、やがて血を吐いた。

だが、と兄は寂しく笑う。我が弱さはそこではないのだと。

「おまえを羨み妬むばかりだった。わしは、心の奥底で負けを認めておったのだ。どうして、思えなかったのだろうな。おまえを超えてみせる……と」

そして続けた。自分が大事、かわいかったからだと。弟に負けてなどいないと思いたかった。つまりは、自らの心にさえ負けていたのだ。もしも自らを高めようと懸命になっていれば、きっと、栄達が全てだと凝り固まりはしなかった。武田の奸計《かんけい》に与することもなかったろうに。

語りながら、兄は涙を溢《あふ》れさせていた。

「なあ豊国。棟豊殿を殺《あや》めたのかと訊《き》かれて、少し違うと申したろう。だが、少ししか違わんのだ。棟豊殿を殺したのは、わしではない。されど棟豊殿は、わしの愚かさゆえに死んだのだ」

涙ながらに吐き出される言葉から、楽になりたいという気持ちが伝わってきた。叶えてやりたい。楽にしてやりたい。だから、敢えて言った。

「まこと兄上は阿呆にござる」

しかし、と豊国は言葉を継いだ。

「それとて人の常でしょう。兄上は阿呆にござったが、こうして悔いる心まで死なせてはおりませなんだ。救いようのない愚か者とは違うと、私はそう思いたい」

兄の涙が、夕暮れの日差しに輝いた。

「左様に申してくれるのか」

笑みを浮かべ、静かに頷いて眼差しで語った。身を立てたい、世の高みに立ちたいという願いは、誰の心にもある。しかし、この欲はきっと化け物なのだ。取り憑《つ》かれ、凝り固まってしまった時、人は大事な道を見失ってしまうのだろう。

兄は幾度も「嗚呼」と嘆息し、清らかな涙を流した。そして稚児の如き面持ちで、ひとつを頼んだ。

「わしは、もうすぐ死ぬ。その時には我が罪を伯父上に明かしてくれ。憎まれることで、せめてもの償いとしたい」

「確かに、頼まれました」

慈悲の笑みで返す。だが約束は違えるつもりであった。全て自らの胸に留《とど》め、墓の中まで持って行くのが良いと思えた。

果たして数日の後、豊数は世を去った。

守護代の任を受け継いで、豊国は思った。兄の仇を取らねば。伯父のために、棟豊の仇を取らねばならない。武田高信、許すまじ——。

＊

「おかしな話だとは思われませぬか」

布施から岩井へ返す道中、岡垣が不平を漏らした。豊数に代わって守護代の任を得たにも拘らず、どうして岩井に戻らねばならないのかと。

「そう怒るな。布施の者共が言い分も、もっともであろう」

兄が没した後、布施の臣たちと話し合った。豊国は布施に留まって武田高信を成敗したいと申し入れたが、布施の中でも有力な二人が難色を示した。ひとりは森下道誉、兄が死の床にあった時に顔を合わせた法体である。もうひとりは中村春続《なかむらはるつぐ》という男で、これは因幡に入った時の出迎えに含まれていた者だ。

森下と中村は、今は武田を叩けないと判じた。先頃、気多郡の鹿野城が落とされて毛利方となったからだ。鳥取城の武田も毛利に通じている以上、両所に挟まれた布施は身動きが取れない。兵の数こそ千余を揃えられるも、一方を叩けば他方が隙を窺《うかが》うのは明らかである。

「斯様な話さえ分からんのだから、私もまだまだ甘い」

伯父の手解きで学問を積んできたが、それは戦に関わるものではなかった。歌や礼法は人の心を推し量るもの、これを転じて敵の思惑を読めば戦に勝つ道も見つかると聞いたが、それはいざ戦場に臨んだ時の読み合いであろう。戦場に至るまでに、各々の兵力や備え、敵味方の位置、行軍の行程や兵糧などを全て考え合わせ、戦の形を組み立てる必要がある。

それを会得していない未熟者では、下の者に迷惑をかけるに違いない。そして森下や中村は、はっきり「迷惑だ」と言った。守護代はまさしく一国の長、これを叩けば戦は決まってしまう。豊国が布施にあれば、鳥取の武田と鹿野の南条が挟み撃ちに攻め掛かるのは明白ではないか。透破の手引きで岩井に帰ってくれれば、少なくとも武田の目は逸らすことができるのだと。仇敵に背を向けるようで口惜しかったが、致し方ない話ではあった。

布施の言い分は岡垣も共に聞いていた。ゆえに得心しているはずだが、気分の悪さは残っているのだとばかり、なお口を尖らせる。

「つまり厄介払いでしょう。無礼極まりない」

「伯父上も岩井に戻れと仰せだ」

森下と中村は、豊国と話すより前に透破を飛ばし、但馬の伯父・祐豊に伺いを立てていた。これとて頭越しなのだから無礼ではある。だが祐豊は、かえって二人に謝意を示した。岩井奥山城は但馬に近く、たとえ攻められても援軍を送りやすい。武田を叩く話にしても、あちこち蝕まれた因幡で兵を揃えるより但馬から兵を出すのが良いという判断であった。

そして伯父は、すぐに武田討伐の兵を寄越した。兄の病を聞いた時には、既に「布施危うし」と見て出陣を決めていたのだろう。

此度は祐豊自ら大将を務める。兵は三千、まずは以前に攻め落とした私部《きさいち》城に入った。豊数の死から数日、永禄七年七月のうちであった。豊国もこれに参陣すべく、岩井に戻った翌日には百の兵を率いて駆け付けた。

「伯父上」

私部城の城主居館、広間に入って跪く。祐豊は山名家に伝わる古めかしい大鎧を纏い、床几に腰を下ろしていた。

「おお九郎。しばらく見ぬ間に男の顔になってきたな。歳は幾つになった」

「十七です。藤より二つ上と覚えてくだされ」

聞いて、伯父は「ははは」と笑った。そして娘の顔を思い出したか、優しげな笑みで問う。

「どうじゃ。まだ子はできぬか」

「未だ夫婦の契りも交わしておりませぬ。藤は幼く映りますゆえ」

藤はわずか十一歳で嫁入りし、しかも早くに岩井へ移った。そのためか、此隅屋形で共に育った頃のまま、人となりが長じていないのかも知れない。この辺りは伯父も案じていたようで、どこか「痛い」という苦笑になった。

「あれが此隅に上がった折には、いつもあれこれ言い聞かせておるのだがな。藤に侍《はべ》る女房衆も、いったい何を教えておるのやら」

しばし唸った後、祐豊は「よし」と大きく頷いた。

「此度の武田攻めは必ず勝つぞ。その暁には九郎に鳥取の城を任せるゆえ、契りを済ませて早う子を生《な》せ」

まことの意味で夫婦となれ。それが男を大きくするのだと言う。少しばかり困った笑みを返しつつ、豊国は「分かりました」と応じた。

八月に入り、山名軍は私部城を発った。二十三日には布施のすぐ東、鳥取城の西にある徳吉《とくよし》城を陣城と定める。行軍に二十日ほど費やしたのは、尼子方や毛利方の国衆に山名宗家の大軍を見せ付けて牽制《けんせい》する狙いであった。

そして、九月一日――。

「掛かれ」

本陣、横一文字に張られた陣幕の前で、床几に掛けた祐豊が声を張る。次いで法螺貝《ほらがい》が響き渡り、遠く前方にある先手衆が鬨《とき》の声を上げて走り始めた。

豊国と手勢の百は本陣付きとなり、大将たる祐豊を守る役目が与えられていた。その伯父から声が向けられる。

「九郎。この城は難しいぞ。分かるか」

「はい」

鳥取城の縄張りは先んじて学んでいた。

兵が突っ掛けて行く先には、野の中に伏せた椀の如く盛り上がった久松山《きゅうしょうざん》がある。鳥取城はこの山の頂に本丸が築かれているが、そこまで攻め上るのは極めて難しい。

なぜなら本丸に至る道が、麓《ふもと》の城主居館にしかない。この居館も南北と東の三方を山に守られていて、攻め口は西側のみ。館自体も平城の体裁で、深く幅の広い堀が兵を阻む造りである。

正面、遠く向こうには三つの門が見えるが、右手と中央は桝形《ますがた》に整えられていて、広い三之丸から弓矢で狙われやすい。

左端の門は幾らか抜きやすい格好だが、入ってすぐのところに崖《がけ》の如く土が盛られ、しかもこれが二段構えになっている。ようやく二つの崖を登ったと思えば、そこは二之丸の土塁の真下、丸太や岩、煮え湯が降って来る。崖を登らずに南――右手に向かえばやはり三之丸に至るが、長く真っすぐに進むしかなく、やはり矢が恐《こわ》い。

学んだところと自らの見立てを合わせて語る。祐豊は「よし」と頷き、なお問うた。

「おまえなら、この城をどう落とす」

「三つの門のうち二つを抜きます。ただし頃合を同じに抜かねばなりません」

二つを同時に抜く。そして片方が矢を集める囮《おとり》となり、もう片方を生かす。城方の抗戦を凌《しの》いで攻め上る術《すべ》は他にない。

「上できだ」

伯父は頷き、面持ちを厳しく改めた。豊国の攻め方は正しい。だがそれとて足掛かり、初めの一歩に過ぎないからだ。

門を抜いた後は、まず右側、南端の三之丸を落とす必要があった。三之丸の左手には二之丸があり、二つの郭の間が山道へと続く道になっている。ところがこの道は極めて狭隘《きょうあい》で、人の手で作られた切所と言うべきものであった。郭二つを捨て置いて本丸に向かおうとすれば、両所から狙われて皆殺しの憂き目を見るだろう。三之丸を落としても、二之丸が残っていれば行き着く先は同じである。そして二之丸を落とすためには、この「切所」から攻めるしかない。

艱難の末に三之丸と二之丸を落とし、本丸へと続く道を進めば、また桝形の門。そして三之丸の奥、山肌近くの腰郭から背を狙われる。いつになく厳しい祐豊の眼差しが、まさに難攻不落なのだと語っていた。

「鳥取攻めには深手を負う覚悟が要る。されど必ず勝つぞ」

だからこそ三千を超える大軍を整えた。鳥取城を落とし、山名の力を大いに示して因幡を握らん。祐豊の声はその気迫に満ちていた。

目を城に戻せば、先手衆が二手に分かれ、右の門と中央の門に向かい始めていた。右には長高連《ちょうたかつら》、左には田公豊高《たきみとよたか》の指物が躍っている。数はそれぞれ二百ほど、城の三之丸から遠矢を射掛けられているが、矢が二ヵ所に散らされているせいで損兵も少ない。

秋八月の晴れ渡った空の下、兵たちは土煙を蹴上げて真っすぐに突っ込んでいる。これなら時をかけずに門を破れるだろう。

そう思った矢先であった。

「放て」

城方から雷鳴の如き声が飛ぶ。寸時の後に、パン、パンと乾いた音がこだました。同時に、田公の兵が二十余りもくずおれる。

倒れた兵は、もう立ち上がらなかった。射殺《いころ》されたのだ。それも、矢ではない。

「鉄砲……」

豊国は呆けたように呟いた。

南蛮《なんばん》渡来の飛び道具。遠矢でも届かぬ辺りまで弾が至り、近くから放てば具足さえ容易く射抜くものだと、話には聞いていた。だが少なくとも但馬や因幡、さらに西の伯耆、出雲で鉄砲が使われたことはない。

それが今、目の前で放たれた。響いた音からして数は三十挺《ちょう》そこそこだろう。然《さ》して多いとは言えない。

しかし。当たれば間違いなく死ぬ、そういうものが戦場に飛び交っているのだ。兵たちは肝《きも》を潰しているだろう。自らの隣にいた者が、たった今まで喊声《かんせい》を上げていた者が、刹《せつ》那《な》の後に骸と化してしまったのである。怯んで当然ではないか。

案の定、先手衆の出足は途端に鈍くなった。気圧された兵を嘲笑《あざわら》うかの如く、撃ち下ろしの矢が襲う。先手衆は瞬く間に乱れ、兵たちが逃げに転じた。

「何たる……。二番手、前へ」

祐豊が歯ぎしりして新手を繰り出した。応じて左右二百が駆け出して行く。だが、それらも鉄砲を浴びせられ、震え上がるばかりだった。

次また次と兵を出すも、鉄砲の前に全てが退けられていった。

三十挺の鉄砲から射出される弾が、三十を超える兵を射殺すことはない。だが遠くから射られた弾にも、十分過ぎる力がある。それを目の当たりにして、怖じ気が怖じ気を生み、兵たちが木偶《でく》と化していった。

鉄砲は兵の体を射貫《いぬ》くのみではない。何より大事な心を射貫いてしまった。山名軍は、ついに門のひとつも抜けぬまま敗れ去った。

＊

一戦して負けると、祐豊はすぐに兵を退いた。士気のなくなった兵では何度挑んでも負けが見えているからだ。

全ては鉄砲である。極めて値の張る代物ゆえ、武田高信が自ら三十挺を揃えたはずがない。やはり毛利が手を回したのであろう。言うなれば山名は毛利の財に負けたのだ。或いは、鉄砲という見知らぬものに不意を衝かれて負けたとも言える。

だが世の者は、そうは見ない。名家・山名の宗家が三千もの兵を率い、本腰を入れて戦った。にも拘らず、かつて従えていた武田に手も足も出なかった。そうとしか見てくれない。これこそ何よりの痛手であった。

「殿。また一揆ですぞ」

岩井奥山城の居館、豊国の部屋に苛立った声が近付いて来た。田結庄藤八である。元々の吊り目がさらに吊り上がり、目が縦に付いているのでは、という顔であった。

「此度は、どこだ」

晴れぬ面持ちで問う。藤八は廊下で胡坐《あぐら》になり、自らの右膝を拳《こぶし》で叩いた。

「高草郡です。これでは布施も苦しいはずですが」

「伯父上は？」

無駄な問いと知りつつ訊《たず》ねる。藤八は黙って首を横に振るばかり。やはり但馬からの援兵は出されていなかった。因幡を見捨てた訳ではない。兵を出そうにも出せないのだ。武田との戦いに敗れ、山名宗家が大きく声望を損なったからである。

大名、それも山名のような守護職は一国の主である。だが国の全てを意のままにできる訳ではなく、国衆を束ねる盟主の如き者に過ぎない。家名に疵《きず》が付いた今、山名宗家の下知《げじ》は聞き流されがちである。この永禄八年（一五六五）を迎えてからは、特にそれが目立っていた。

「参った。国衆共は、元から宗家の言うことを聞かぬ奴輩《やつばら》ではあったが」

「武田を叩くしか、ありますまい」

豊国の渋い顔に、藤八の渋い声が重なった。とは言え、その「武田を叩く」が難しい。一度戦ったことで、鉄砲については防ぐ手立ても講じられよう。鉛玉で射貫けぬほどの楯《たて》を備えれば良い。岡垣が遠国に人を遣ってあれこれ調べたところでは、竹を束ねて一尺（約三十センチメートル）余りの太さにすれば用が足りるらしい。

だが全ては「兵を動かし得れば」の話である。武田には既に高草郡と八東郡の大半を握られた。伯耆の南条に切り取られた気多郡と合わせ、かつて山名の家領だった四郡のほぼ三郡が失われ、毛利方となっているのだ。伯父の一存で動かせる兵に豊国の雇える兵を足しても、武田を凌ぐ数にはならない。

眉間の皺も深く、豊国は腕組みで唸った。

「如何ともしがたい。付け入る隙を探――」

続く言葉は遮られた。慌ただしい足音と大声が廊下を駆けて来る。

「い、いい、一大事ですぞ。一大事！」

岡垣であった。豊国は眉根を寄せたまま「少しうるさい」と含ませて応じた。

「おまえの大声で、とうに聞こえておる。何があった」

それほどに慌てることなのか。伯父が死んだというのなら話は分かるが。

しかし、岡垣の言葉はそれを遥《はる》かに超えていた。

「公方《くぼう》様が、う、討たれてござる」

豊国は、そして共にあった田結庄藤八も、目を丸くするばかりだった。何も言えない。それこそ「え？」「は？」という驚きさえ出て来ないのだ。

しばし無言の時が流れる。豊国と藤八の顔には、次第に薄笑いが浮かんできた。

「何を馬鹿な」

人を担ぐにせよ、もう少しましな嘘があろう。やっとのことで出した声にその思いを乗せ、眼差しで伝える。だが岡垣は、なお面持ちを強張らせた。

「確かな話にござります」

山名家と京の繋がりは深い。懇意の伝手を使えば、何ごともすぐに分かるのだ。豊国の薄笑いが抜け落ちてゆき、血の気が引いて唇も震え始めた。

永禄八年五月十九日、十三代将軍・足利義輝《あしかがよしてる》が討たれた。京を牛耳る三好《みよし》家、その三好を握る三人の重臣、三好長逸《ながゆき》、三好宗渭《そうい》、石成友通《いわなりともみち》。世に言う「三好三人衆」の謀叛であった。

この先、世はどう動くのだろう。不安が心を包み込み、また何も言えなくなる。

と、藤八が「えい」と自らの腹を殴り付け、がちがちに固まった顔を向けてきた。

「我らにとって、この狭い岩井を守りきる以上の難事がござろうか。世の流れを云々するは、拠って立つ地があってこそにござる」

豊国の面持ちから、すう、と力が抜けた。

「そうだな。藤八の申すとおりだ」

明日のことなど分からない。そもそも今の山名は、明日を語れるほど楽ではないのだ。今日を懸命に凌ぎ、それを連ねてゆくのみである。

この報せは聞き置くのみ。岡垣には引き続き諸々を調べさせ、自分は目の前のことをひとつずつ片付けてゆかねばと、胸の内に言い聞かせた。

もっとも、それで気が落ち着くのは昼の間のみ。夜を迎えて床に入ると、あれこれが頭の中を駆け回る。どうにも眠れず目を開ければ、右隣では妻の藤が幸せそうに寝息を立てていた。

「何かを保つとは、難しきことよな」

闇に慣れた目で天井の梁《はり》を眺め、小さく呟いた。疲れた響きの声には、山名の家運を嘆く思いと、世の行く末を危ぶむ思いがない交ぜになっていた。

然り。何かを保ち、永らえさせることほど難しい話はない。足利の幕府は六代将軍・義《よし》教《のり》の頃から常に乱れていた。管領が力を持ち、将軍の首さえ挿《す》げ替《か》えるようになってからは、世は戦乱に次ぐ戦乱となった。

守護職である以上、山名家も無縁ではいられなかった。かつて伯父に聞いたとおり、祖父・致豊《おきとよ》も幕府内の争いに巻き込まれて家運を衰えさせている。そして、そもそも山名家は、いつも幕府の思惑に振り回されてきた。功を挙げて力を持ち、その度に幕府の計略で力を殺ぎ落とされを繰り返してきたのだ。

結果として得られたのは、実のない家名ばかり。その道のりで、垣屋一族を始めとする家臣が力を蓄えた。今や山名家は将軍家と同じ「お飾り」に成り下がってしまった。戦乱の世に臨む形も作れぬまま、すっかり立ち遅れている。

図らずも思い知らされた。将軍でさえ討たれたとは、今まで積み上げたものに何の値打ちもなくなったということだ。古くからの秩序が、はっきりと崩れたのである。

「世の形が変わる。変わらざるを得ぬ。積み上げ直すのだから」

ぽつりと呟く。自らの小声に驚き、大きく目が見開かれた。

自分は、そして今の世にある者は、大きな潮の変わり目に生きている。これから世に臨む者は、自ら新たな形を作らねばならない。

しかし。誰がやるのだ。山名家にその力はない。己にもない。岩井を守るしかできぬ身には、伯父を助けて家を守り立てるだけでも手に余る。

それでも過ちは許されない。幕府に振り回されて家運を損ない、窮地に立った。作り直される世では同じ轍《てつ》を踏むことなく、正しき道を選んで生き残らねば。

「見極めねばならん。誰が作るのかを」

それは将軍を討った三好家ではない。なぜなら人は、心の中にどうしようもない矛盾を抱える生き物だからだ。

戦乱とは、今のあり様に「否」を突き付けるもの。世を壊して作り直す流れなのだ。将軍が討たれた一件もその顕《あらわ》れである。なのに、将軍が討たれれば人は狼狽える。自分もそうだった。諸国には三人衆を憎む者とて多かろう。

こうした食い違いを抱えながら、人は自らを疑おうともしない。愚者の群れなのだ。凡百なる者たちに新たな形を示すには、三好では足りない。三人揃ってやっと壊した、そのくらいの力では足りないのだ。もっと大きな力が要る。心に無上の力を秘めた者だ。

「いつ、出て来る。どこに出て……来る」

ぼそぼそと呟くうちに、豊国はやっと眠りに落ちていった。

第二章 山名と尼子

一　織田

武田《たけだ》高信《たかのぶ》は岩井《いわい》に兵を向けて来なかった。抗《あらが》う力を失った者など後回しで良し、他を束ねた上でなし崩しに呑《の》み込めば済むということか。

豊国《とよくに》は思った。それにしても、と。

武田に限らず、因幡《いなば》と但馬《たじま》では未《いま》だに小さな争いを繰り返し、わずかばかりの力を増さんと躍起になっている。誰《だれ》も、世に生まれ出《い》でんとしている新たな流れに気付いていないのだろうか。或《ある》いは、気付いていながら知らぬ顔を決め込んでいるのかも知れない。そうした者は高を括《くく》っている。明らかに潮目が変わってから流れに乗っても遅くはあるまいと。

だが、それは違う。豊国には身に沁《し》みて分かっていた。なぜなら、世を戦乱に導いたのは他ならぬ山名《やまな》家だったのだから。

応仁《おうにん》の乱に於《お》いて、山名家の英主・宗全《そうぜん》入道はいわゆる西軍の旗頭であった。その山名家が、乱世に臨む形を作れぬまま今に至っている。作った張本人でさえ乗り遅れるのが、時流というものの恐ろしいところだ。目に見えてからでは遅い。

もっとも世の面々が目を背けているなら、豊国にとっては僥倖《ぎょうこう》であった。

息をひそめていれば、武田はこちらを牽制《けんせい》するのみ。それを隠れ蓑《みの》として、余人に先んじて見極めねばならない。将軍・義輝《よしてる》の死によって見えた、潮の変わり目。これを大きな流れにする者は、いったい誰なのかを。

そして岩井に籠《こ》もり、世を眺めるばかりの時を過ごした。

将軍を討った三好《みよし》三人衆は、三好家に於けるもう一方の重鎮・松永久秀《まつながひさひで》と反目するようになった。言うなれば家が二つに割れたのだ。三好の力では、やはり流れは作れない。

一方、かつて出雲《いずも》と伯耆《ほうき》に覇を唱えた名門・尼子《あまご》家が滅びた。永禄《えいろく》九年（一五六六）十一月二十八日、豊国十九歳の時である。これによって、因幡と但馬の衆は毛利《もうり》に靡《なび》き始めた。理の当然として、因幡では早くから毛利に通じていた武田高信の力が増してゆく。以後、毛利元就《もとなり》は備中《びっちゅう》から備前《びぜん》、播磨《はりま》に目を向けた。武田と同じで、力を失った山名家は捨て置いても恐ろしからずと侮ったらしい。

その間も世は動いている。永禄十一年（一五六八）二月、三好三人衆の担ぐ足利義栄《あしかがよしひで》に十四代将軍の位が宣下された。十三代・義輝の従弟《いとこ》に当たり、三好の本領・阿波《あわ》で育った人であった。三好は自らの権勢を盤石にする神輿《みこし》、意のままになる将軍を欲したのみ。そこには累代の管領が世を乱し続けたのと全く同じ、我欲だけがある。

これではない。己はもっと大きな力を求めている。死に体の山名が拠《よ》るべき大樹は、まだ芽吹かないのか――。

「殿！　九郎《くろう》様！」

庭の蟬時雨《せみしぐれ》を突き抜け、岡垣《おかがき》の声が駆け足と共に近付いた。義栄の将軍宣下から概《おおむ》ね四ヵ月、永禄十一年夏六月であった。

豊国はすぐに顔を上げ、書物に落としていた目を廊下に向けた。愛好する蘇軾《そしょく》の漢詩も、憂いを抱えた胸には響かずにいたところだった。

「どうした」

微笑で首を傾《かし》げる。岡垣は廊下にどかりと胡坐《あぐら》をかき、顔を紅潮させた。

「足利義昭《よしあき》様がご上洛《じょうらく》なされるとか。供奉《ぐぶ》の軍兵は、織田信長《おだのぶなが》様にござる」

織田信長。自分にないものを、そして山名累代が持たなかった「何か」を持っているはずと感じた男の名であった。あの時の思いと驚きが鮮やかに蘇《よみがえ》る。昨年八月に美濃《みの》を平らげたと聞いているが、それから一年足らずで将軍位を狙《ねら》う人を供奉するとは。

しかし、と豊国の熱は冷めていった。

「大したものだとは思う。だが……百年、豪傑尽き、擾々《じょうじょう》として魚蝦《ぎょか》を見るのみ。という気がしてくる」

蘇軾の詩にある一節だが、岡垣には訳が分からぬらしい。軽く笑って注釈を加えた。

「興亡百年で豪傑も消え失《う》せ、今や乱れ戯る小魚しかいない、ということだ。織田信長とは、もっと気宇壮大な男かと思うておったのに」

足利の神輿を担ぐのでは三好と同じだ。信長も世の常の人でしかなかったのか――。

その思いは、岡垣には伝わらなかったらしい。当然である。胸に抱えたもの、世を変える人を待ち望む思いは、この男にも話したことがない。

「義昭様を供奉しての上洛なのですぞ。十分に大きな気宇と思いますが」

何しろ義昭が上洛するには、三好を追い払わねばならない。京はおろか、畿内《きない》一帯を織田に与《くみ》する者で固める必要があるのだ。それほどの決意が気に入らないのかと、狐《きつね》につままれたような面持ちであった。

「私の言う気宇とは、そこではない。そもそも織田殿は三好に勝てるのか」

すると岡垣はそんなことかとばかり、にやついた顔になった。

「織田様は、既に松永久秀様を味方に引き入れております。堺《さかい》の会合衆《えごうしゅう》も陰で手を貸すとか」

聞いて、豊国は「おい」と声を上げた。天地が逆しまに返ったような驚きであった。

「何と申した。誰を味方にしたと？」

「大和《やまと》の、松永久秀様にござる」

あり得ない。松永久秀は三好の重臣である。今は三人衆と袂《たもと》を分かっているが、元は結託して将軍・義輝を討った男なのだ。義昭の上洛に際して味方とするには障りがあり過ぎる。如何《いか》にも穏当でない。

「いや。しかし。いくら何でも」

戸惑いながら呟《つぶや》くと、岡垣は「はは」と笑った。

「そこが『大うつけ』と呼ばれたお人かと。今までの、頭の固いお人とは違うのでしょうな」

「え？」

頭の固い者とは違う。

今までとは違う。

信長は、違う。

「まさか」

心中の暗闇《くらやみ》に一条の光が差した。もしも信長が、今までの者と違うのだとしたら。

「次郎《じろう》。松永殿の一件、どの筋からの話か」

「里村紹巴《さとむらじょうは》殿です」

当代一と謳《うた》われる連歌師の名であった。古くから続く名家は無論、新しく興った大名家でも禁裏と交わるために歌は重んじている。山名家の伝手《つて》があれば、里村への渡りを付けるのは訳のない話であろう。

「そうか。然《しか》らばこの上洛、引き続き調べよ」

命じると、岡垣は「お任せを」と下がって行った。

豊国の目には、沸き立つ思いが溢《あふ》れていた。今までとは違う。信長は違う。直感したとおりなら、この上洛が成った時こそ世の流れは大きく変わるのかも知れなかった。

三ヵ月後の永禄十一年九月、織田信長は足利義昭を奉じて上洛の途に就いた。織田勢は一万を数え、盟友の徳川《とくがわ》と浅井《あざい》が各々五千で加わった。さらには各国の国衆《くにしゅう》が「次の将軍」を慕い、兵を揃《そろ》えて駆け付ける。総勢、実に五万であった。

目も眩《くら》むばかりの大軍によって、南近江《みなみおうみ》の名門・六角《ろっかく》家を打ち破る。これを知った三好勢は、京を捨てて畿内各国や本領の阿波へと散って行った。

信長は上洛を果たし、足利義昭を十五代将軍の位に押し上げた。

「その辺りは、もう因幡にも聞こえておる。他に何かないのか」

岡垣は「ふむ」と腕組みをして、少しの後に「そう言えば」と口を開いた。

「織田の旗印が、いささか分からんのです」

信長の大将旗は織田の木瓜紋《もっこうもん》だが、それとは別に見慣れぬ旗も掲げられていたという。

「何でも『天下布武《てんかふぶ》』と大書されていたとか」

天下布武、とは——。

「まあ大方、天下を武の力で平らげんということでしょうな」

岡垣はそう言って、さほど面白くもなさそうである。

だが、豊国は違った。雷にでも打たれたが如《ごと》き、鮮烈な驚きがあった。

「違うぞ次郎。左様な意味ではない。織田殿は美濃の稲葉山《いなばやま》を、岐阜《ぎふ》と改めたのだろう」

「え？　はい。それが」

「ならば、やはりそうだ」

胸の底から「嗚呼《ああ》」と嘆息した。自分でも分かる。今の己は、きっと陶然たる面持ちなのだろう。

岐阜とは岐山《きざん》に肖《あやか》った名だ。そして岐山とは、遥《はる》か古《いにしえ》の唐土《もろこし》――周《しゆう》王朝を建てた文王《ぶんおう》が都とした地である。だとしたら天下布武の「武」は、文王の後を継いだ武王《ぶおう》と見るのが正しい。武王は民に徳政を施し、周を盤石にした人である。

「つまり『天下布武』とは、天下に武王の徳政を布《し》くということだ。加えて言えば、武という字は本来『戦いを止める力』という意味を持つ」

つまり信長は諸国の戦いを止め、広く徳政を布くつもりなのだ。今のところ、それには戦って他を平らげるしかあるまい。ゆえに戦乱は未《ま》だ続く。だが大業成った暁《あかつき》には、天下は静謐《せいひつ》となろう。信長はきっと、それをこそ目指している。

岡垣の目が、見る見るうちに輝いていった。

「さすがは九郎様。唐土の詩にお詳しいがゆえですな」

「わしは探しておったのだ。今のあり様を改める者を」

かつての直感に、ついに証《あかし》が得られた。やはり他の者とは違ったのだ。将軍を担ぐのは三好と同じでも、信長は全く別のものを見据えている。この心の決定《けつじよう》こそ、大きな流れを作るに必須のものだ。

「こうしてはおられぬ。此隅屋形《このすみやかた》を訪ね、伯父上に会《お》うて参る」

豊国は勇んで立ち、岡垣に城を任せると、伯父のある但馬此隅へと急いだ。因幡の大半は武田に握られているが、岩井と但馬を結ぶ道は断たれていない。鳥取《とつとり》城からは常に物見が出されているだろうが、兵を出したのでなければ武田に襲われる気遣いもなかった。引き連れたのは小姓《こしょう》と馬廻《うままわり》の七騎のみであった。

昼過ぎに岩井を発《た》ち、夕闇を迎えて此隅に入る。伯父に目通りを願うなら翌朝を待つべきであったが、一刻も惜しいと、夜のうちに居室を訪ねた。

世を作り直す者が現れた。進んでこれと誼《よしみ》を結び、その人と共に歩むべし。力を失った山名家が生き残るのに、他に道はない。それが山名のため、敬愛する伯父のためと信じ、豊国は熱っぽく語った。

しかし。

「ならぬ」

語るほどに渋くなった伯父の顔が、苛立《いらだ》ちを抱えて歪《ゆが》んだ。豊国は「え？」と目を丸くし、呆気《あっけ》に取られて言葉を失った。

どうしてだ。今のままでは立ち行かぬと、重々承知しているだろうに。継ぐべき言葉が見付からずに狼狽《うろた》えていると、やがて伯父は苦しげに溜息《ためいき》をついた。

「織田と誼を通じる、か」

「は、はい。私の見立てに間違いがなくば、織田殿は世を背負うに足ると」

「それは分かっておる。人とは、自らの器を超える望みを抱けぬものだからな」

私利私欲で動くだけの者は、天下の器にあらず。より大きな心の力、揺るぎない志があって初めて世を担うに足る。豊国の言い分は正しいと認めた上で、伯父は細い目を吊《つ》り上げた。

「されど遅かった。今日になって分かったことだが、既に垣屋《かきや》が織田と誼を通じておる。太田垣《おおたがき》に、田結庄《たいのしょう》もだ」

垣屋続成《つぐなり》と太田垣輝延《てるのぶ》、さらに田結庄是義《これよし》。山名四天王と謳われるうちの三人が。それも、足利義昭に将軍宣下があってすぐの話らしい。

何たることか。

自分は信長を見極めんとしていた。かの人が三好と同じ穴の貉《むじな》なら、手を組んでも良いことはないからだ。かつての山名がそうであったように、またぞろ権勢の争いに巻き込まれ、家運を衰えさせるばかりだったろう。

だが垣屋は、太田垣や田結庄は、見極めずに動いていた。三好に替わって権勢を振るうであろう者の余得に与《あずか》るためだけに。

垣屋以下と山名の双方に好誼《こうぎ》を求められたら、織田は各々を等しく扱う必要がある。山名だけが力を借りて、垣屋らを従え直すことはできない。己が甘かったのか――。

「されど伯父上」

豊国は心を強く持ち、身を乗り出した。山名の重臣が織田に通じたからこそ、山名も好誼を求めるべきではないのか。山名だけが蚊帳の外であれば、織田は垣屋を重んじ、田結庄や太田垣をかわいがって、山名を潰《つぶ》しに掛かるやも知れない。そう説くも、伯父はなお首を横に振った。

「如何におまえの進言でも、これぱかりは聞けぬ。今から織田に膝《ひざ》を折るのは、進んで家臣筋と同じ立場へ下るに等しい」

それでは家名が廃《すた》る、と言う。今の山名は名家の体裁を保つことで、辛《かろ》うじて生き残っているのみなのだと。

豊国の胸に悩みが漂った。言うべきか。言わざるべきか。

いや。言わねばならぬ。

「名を損なうことの、何がいかんのです」

古くからの家名は、幕府の下に培った力ではあろう。だが、その名家が何ゆえ力を失ってしまったのか。ことある毎《ごと》に、当の幕府が山名の足を掬《すく》ってきたからではないか。

「世は常に前へ進むものです。新たな公方《くぼう》様を戴《いただ》いて、織田殿は管領に取って代わったではありませぬか。古き家名にしがみついておるばかりでは――」

「黙れ！」

いつも慈しんでくれた伯父から、初めて怒声を浴びせられた。驚いて声も出ない。

驚いたのは、当の伯父も同じだったらしい。やってしまった、という後悔を滲《にじ》ませている。

「すまぬ。つい……。だが九郎よ。家名は山名に残った最後の命綱なのだ」

溜息交じりに続けられた。家名という命綱を失えば、それこそ垣屋や武田がどう動くか分かったものではない。山名は戴くに足らずと判じ、兵を向けて来ることも大いにあり得る。

「加えて申すなら、垣屋たちは織田の家臣になったのではない。わしが織田に通じても同じで、織田は山名を家臣と看做《みな》しはすまい」

山名も垣屋も織田の臣ではない。その上で両家が戦を構えれば、織田は手を出せないだろう。誼を通じた各々の相手が、織田の与り知らぬところで争っているだけなのだから。

「仲裁はしてくれるやも知れぬが……それでも、やはり家名を損なう訳にはいかんのだ」

胸が痛い。伯父は古臭い家名にしがみついているのではなかった。心の底から山名家を思い、使えるものは全《すべ》て使って生き残ろうとしていたのだ。

「申し訳ございませなんだ。差し出口をお許しくだされ」

深々と頭を下げると、伯父はいつもの優しい笑みに戻った。

その晩の寝所は、かつてこの屋形にあった折、居室として使っていた部屋であった。

*

織田と誼を通じたところで事態は好転しない。衰運の辛《つら》さである。

とは言え、諦《あきら》める気にはなれなかった。幼い頃《ころ》より慈しんでくれた伯父のため、自分に付き従う者のため、何かできることを探さねば。そう思っていた矢先であった。

「尼子？」

「残党の一揆《いっき》にて。兵を率いるは、あの山中鹿之助《やまなかしかのすけ》だとか。立原久綱《たちはらひさつな》も加わっておるらしく」

永禄十二年（一五六九）七月末、岡垣が廊下に片膝突いて一報を届けた。かつて滅亡した尼子家の残党が主家一門の法体を還俗《げんぞく》させて尼子勝久《かつひさ》を名乗らせ、出雲に蜂起《ほうき》したという。毛利が備中と備前を束ね終え、九州に兵を出した隙《すき》を衝《つ》いたものであった。尼子残党の一揆を利すれば、山名の窮状に風穴を開けられるのでは。岡垣はそう言うが、豊国としては手放しで喜ぶ訳にもいかなかった。

今や西国の雄となった毛利に抗うのは、並大抵のことではない。尼子残党を率いる山中鹿之助は隠れなき名将だが、それだけで勝てるほど戦は甘くないのだ。

「尼子勢の数は？　武具に兵糧も要《い》る。そもそも、それらを賄う財はどうするのだ」

危ぶむ思いの顔に向け、岡垣はにやりと笑みを浮かべた。

「尼子再興までが成るとは申せませぬが、容易《たやす》く潰《つい》える一揆ではないと存じますぞ。何しろ織田様が後ろ盾に付いているらしく」

目が丸くなった。足利義昭と織田信長の上洛から一年足らず、未だ畿内にも敵が残っているにも拘《かかわ》らず、信長は既に毛利への手当てを始めていた。いずれ対決は避けられないと睨《にら》んでいるのだ。

毛利と織田が戦えば、どちらが勝つのだろう。

いや。それよりも。

「いささか、まずい」

豊国は俯《うつむ》き加減に腕を組んだ。

織田と毛利が戦うなら、畿内と西国の間にある地は危うい立場に置かれる。双方からの調略くらいなら良いが、下手をすれば腹背から攻められる形になりかねない。必然、どちらかに与することを求められよう。

伯父は織田との好誼を厭《いと》うているが、毛利に与することも嫌うに違いない。遺恨ある武田高信と味方同士になってしまうからだ。自分とてそれは受け容《い》れ難い。

だが武田の一件がなくとも、組むなら織田だと言えた。

なぜなら、毛利が世を作り直せるとは思えないからだ。毛利元就は三人の子——長子の隆元《たかもと》は六年前に没している——に、天下を狙《ねら》うなと釘《くぎ》を刺したそうだ。子らの器が足らぬと見たか、或いは自身がそれを望んでいないのか。対して信長は天下布武を掲げ、世の静謐を志している。

「次郎。ひとつ聞くが、織田殿が尼子残党に手を貸しておるという裏付けはあるのか」

目だけを向けて問う。いささか決まりの悪そうな面持ちが返された。

「裏付けとなると……。されど織田様は、まず畿内を鎮めねばならぬはず。しばし毛利との戦を避けるべく、尼子を使って乱すというのは頷《うなず》ける話です」

確たる真偽が分からないとは、歯がゆいものである。しかし、と豊国は眼差《まなざ》しに力を込めた。

山名も尼子と同じにすれば、どうだろうか。力を貸してくれれば、毛利方ばかりの因幡を切り崩してご覧に入れる——そう申し入れれば信長が聞いてくれる目はあると言えた。織田と好誼を通じれば但馬衆と同列になり、名家の誉れは損なわれる。伯父の言うとおり、それは痛手であろう。だが一時の痛みに過ぎない。

世は改まろうとしている。それを成すのは織田信長であるはずだ。信長と繋《つな》がれば、武田高信を討ち果たして因幡を握り直せるだろう。山名も息を吹き返し、家名も再び輝くに違いない。それも、手垢《てあか》にまみれた今までの家名ではない。新たな世に生きるための新しい輝きである。

伯父がどう思うかは分からない。が、この機を逃せば衰退を待つのみなのだ。座して受け容れる訳にいくものかと、豊国は肚《はら》を括《くく》った。

「よし。ならば尼子の陣を訪ねて山中鹿之助に会い、確かめて参れ」

「いや……さすがに如何《いかが》かと思いますぞ。かつては紛《まご》うかたなき敵同士だったのに」

「敵だった尼子は滅んだ。同じ織田方となった暁には、きっと手を貸すと申せば良い」

宗家の許しもなく、そのようなことを。岡垣の顔に大書されている。だがこちらの目を見て三つも数えた頃になると、重く溜息をついて「知りませぬぞ」と腰を上げた。

以来、豊国は待った。既に織田が動いているという、確かな証が欲しい。是か非か、もうすぐ岡垣がその答を持って来てくれる。

そのはず、だったのだが。

数日して八月を迎えると、織田勢が但馬に兵を進めて来た。木下秀吉《きのしたひでよし》を大将とする一軍は、瞬《またた》く間に但馬の大半を平らげてしまう。かねて織田に通じていた者たちを、改めて傘下に従えるための出兵だったらしい。垣屋続成の一族は織田に降《くだ》って西但馬三郡の所領を保ち、太田垣輝延や田結庄是義などの大身《たいしん》も山名を離れて織田に鞍替《くらが》えした。

そして伯父・祐豊《すけとよ》は孤立し、抗う暇《いとま》もなく此隅屋形を落とされてしまった。伯父はかつて因幡毛利氏から奪った私部城《きさいち》――豊国の岩井奥山城《おくやま》から南へ二十里ほどの地へと逃れた。

但馬を押さえると、織田勢はすぐに退いて行った。出兵から撤退まで、ものの十日ほどという速さである。岡垣が出雲から戻ったのは、ちょうどその頃だった。

「俺《おれ》が遅かったばかりに」

祐豊の没落を知って、岡垣が嚙《か》み割らんばかりに奥歯を食い縛る。豊国は咎《とが》めることなく、ひとつを確かめた。

「致し方ない話だ。それより、山中は確かに申したのだな。木下秀吉だと」

「は、はい。それは。金銀に鉄砲、兵糧、全て木下殿から受け取ったと」

但馬を平らげたのも出雲を搔《か》き乱しているのも、同じ木下だとは。織田家の計略は練り込まれている。どうやら信長は、但馬から因幡、伯耆、出雲に至るまでを、毛利への当面の楯として使う肚らしかった。

しかし、と豊国は腕を組んだ。そこには落とし穴がある。

但馬衆は自ら進んで織田に好誼を通じる一方、今まで山名を見限らずにきた。全くの死に体ではあれ、名家の名に幾らかの使いでを認めていたのだ。言うなれば山名という家は、鍋蓋《なべぶた》の上に置かれた重石《おもし》であった。

その重石が外れたら、どうなるか。歌の心得――人の思いを受け取って考えるなら、幾つかの道筋が見える。重石を失った鍋蓋は、煮えた粥《かゆ》に噴き上げられて外れるかも知れない。或《ある》いは誰かが蓋を取り、食い頃となった粥を啜《すす》ろうとするのだろうか。

この乱世に於いて、古い名のみの家が重みを持っていた。己にとっては馬鹿げた話でしかないが、世の者は先々を見ず、後ろばかり振り返っているのであろう。だとすれば。

「但馬は、また乱れるだろうな」

豊国はそこに一縷《いちる》の望みを託した。

この見通しは、果たして現実のものとなる。但馬から山名宗家が消えた途端、東南の隣国・丹波《たんば》の衆が兵を向け始めた。さらに東但馬衆には、毛利に調略される者が増えてきている。

但馬を毛利への楯とするなら、古臭い重石を置き直すのが手っ取り早い。織田信長なら、それを解《かい》してくれよう。伯父は但馬に戻れるはずだ。織田の後ろ盾を得て武田高信を討ち、兄と棟豊《むねとよ》の仇《かたき》を取って因幡を束ねれば山名家のためにもなる。

如何にすれば、これを成し遂げられるのか。伯父を説き伏せるには、どうしたら良い。知れたことだ。まず、己の安い誇りを捨てれば済む。

豊国は思いを定め、八月末、但馬に垣屋当主・続成を訪ねた。伯父には諸々《もろもろ》を明かさぬまま、因幡守護代としての立場で動いたものであった。

「わしに因幡を？」

「長く山名家を握り、動かしてきたほどだ。お主にならできよう」

山名にわずかばかり残された因幡の所領、そして守護代としての権。これを託したいと申し出た。唐突な話には違いなかろう。だが、と豊国は真剣な眼差しを向けた。

「山名は落ちぶれたが、家名の値打ちまで死んだ訳ではない」

丹波衆が但馬を切り取らんとしている。東但馬では毛利の調略に靡《なび》く者も多い。全ては山名の名が消えたからだ。分からぬはずはあるまいと、挑むように垣屋の目を見据える。

すると、たった今まで訝《いぶか》しんでいた顔が、にやりと笑った。

「九郎様が垣屋の神輿になる。引き換えに、御屋形《おやかた》が但馬に戻れるよう、織田殿に口を利いて欲しい……そういうことかな？」

「話が早いのは助かる」

垣屋は如何にも愉快そうな笑みを浮かべた。嘲笑《ちょうしょう》であった。

「聞き容れぬでもない。じゃが御屋形は織田の敵として但馬を追われたのだ。これを戻すには大義名分が要るが」

「但馬は既に織田の手にある。これを侵す丹波衆を退け、毛利に付いた者を平らげるべく、山名宗家の名を以《もっ》て助力せん。織田殿には左様に伝えられよ」

「筋は通っておるな。あい分かった」

垣屋は申し入れを受け、確かに信長との間を取り持ってやると、一筆したためて寄越《よこ》した。豊国には、山名が垣屋に従う旨の念書が求められた。

九月を迎えると、垣屋続成の甥《おい》・豊続《とよつぐ》が岩井に寄越された。兄の病を報《しら》せに来た時以来だが、尖《とが》った顎《あご》と平たいすまし顔は変わっていなかった。

「これより何ごとも、わしに諮《はか》られるように。殿おひとりでご裁断の儀あらば、約定《やくじょう》を違《たが》えたと看做して因幡を見捨てますぞ」

以前と比べて、少しだけ横柄なものが強まっていた。全てを渡すと決めたからには当然の話であろう。致し方ない。

「よろしゅう頼む。今日より私は、お主の神輿だ」

豊国は少し落ち着きなく頷きつつ、左手にある廊下の奥へちらちらと目を逸《そ》らした。

「神輿は軽い方が良い。とは申せ、九郎様は戦に於いては勇士なれば、その折には兵共の――」

話に頷きつつ、なお向こうを気にしている。さすがに閉口したか、豊続は珍しくすまし顔を崩し、声を大にした。

「殿！」

「あ」

一喝の向こうに、確かに聞こえた。おぎゃあ、と。けたたましく泣く赤子の声だ。豊国の面持ちに花が咲く。対して、豊続の目には呆《あき》れた色が浮かんだ。

「お子がお生まれか」

「初めての子だ。すまぬが良いか」

「こればかりは、伺いを立てる話ではござらん」

苦笑を向けられる。照れ臭く頷くと、豊国は主座を立って廊下を駆けた。そして。

「藤《ふじ》！」

奥の間に至り、勢い良く障子《しょうじ》を開ける。床に横たわる正室は汗だくで髪も乱れきっていたが、豊国の喜ぶ顔を見ると、二十歳を数えたとは思えぬほど幼い笑みを弾《はじ》けさせた。

「九郎様。わたくし頑張りました。和子《わこ》ですよ。褒《ほ》めてくださいまし」

「おお。でかした」

正室との間に、嫡子・庄七郎《しょうしちろう》が生まれた。腕に抱いた子は真っ赤な顔を猿の如《ごと》く崩し、大声で泣いている。この子のためにも垣屋豊続の神輿になりきろう。そう思い、豊国は満面に笑みを湛《たた》えた。

＊

「西但馬の衆から側室を取られよ」

豊国の居室、膝詰めに座を取る豊続が、すまし顔で言う。正室に和子が生まれたばかりで斯様《かよう》なことを勧めるのは不躾《ぶしつけ》な話であった。

恐らく、豊続の思惑はこうである。豊国の名に於いて因幡を切り取るにせよ、兵の数は揃《そろ》えねばならない。岩井の兵だけでは何もできぬ以上、垣屋一族に近しい但馬衆の力を借りたいのだ。

「伯父上の一件と併せてこれを進め、織田殿と話が付いたらすぐに動くためか。いや……もうひとつあるな。私が勝手に動き、垣屋の力を無駄遣いせぬように縛りたいのであろう」

豊続は、口の端だけをにやりと歪《ゆが》めた。

「殿は血筋のみのお人にあらず、人の思惑を察するに敏ですな。進んで我が神輿になろうとしたほどゆえ、ただの阿呆《あほう》ではあるまいと思うておりましたが」

ただの阿呆ではないが、某《なにがし》かの阿呆ではあると言いたげである。褒めるにしても厭味《いやみ》を差し挟まねば気が済まない、そういう人となりか。苦笑を漏らしつつ、豊国は問うた。

「して、どこから嫁を取る」

「三含郡《みくみ》、長井《ながい》城主・長高連《ちょうたかつら》が娘、希有《きう》殿を」

そこは豊続の所領、すなわち垣屋の家臣筋であった。

「聞き及んでおるぞ。すこぶる不器量な姫と聞くが」

「お嫌でござろうか」

「断る訳には参らぬのだろう。任せる」

縁組の話はすぐまとまった。五つ年下の姫は瘦《や》せぎすで、団子鼻に酷《ひど》い反っ歯、細い吊り目に太い下がり眉という面相である。評判どおりの不器量だが、心根は確かで、正室の藤と違って落ち着きのある娘だった。

婚礼は但馬で行なわれ、豊国は希有と契《ちぎ》りの一夜を明かした。そして翌日には、長の知行・七美《しつみ》郡村岡《むらおか》に側室を残し、因幡へと返した。

とんぼ返りとなったのには訳がある。婚礼の日、垣屋一族の当主・続成から使者が寄越されたためであった。

自らの身を傀儡《かいらい》と成し、垣屋の神輿とする——その見返りについて、垣屋続成は確かに約束を果たしていた。

垣屋が目を付けたのは、和泉《いずみ》国の堺であった。堺は商人の町で、会合衆と呼ばれる豪商たちが町を切り盛りしている。その筆頭・今井宗久《いまいそうきゅう》は足利義昭の上洛に陰ながら助力しており、以来、信長と繋がりが深い。

その今井が、但馬で採れる質の良い鉄を欲していた。ゆえに垣屋は申し入れた。今井の望みを容《い》れる代わりに、山名祐豊が但馬に戻れるよう、信長に取り成して欲しいと。鉄があれば鉄砲を作れる、大商いの種になると算盤《そろばん》を弾《はじ》き、今井は頼みを容れたという。

既に渡りが付いている以上、時を置く訳にはいかない。豊国は因幡に戻ると、岩井の城にも寄らずに伯父の許《もと》へと向かった。

祐豊が入った私部城、城主居館の広間で待つ。近付く足音を聞いて平伏し、主座に腰を下ろした気配に従って面を上げた。

「お久しゅう」

ぎくりとして、後に続くべき「ございます」が止まった。正面、二間を隔てた主座の伯父は、たかだか一年の間に見違えるほどやつれ、老け込んでいた。

「どうした」

笑みを向けられて、悲しいものが胸にこみ上げてきた。変わらず優しい笑みだ。にも拘らず、痩せ細ったこの顔はどうだ。但馬を追われ、将としての山名祐豊はすっかり疲れ果てている。

「用もなく訪ねて参るほど、今のおまえは暇ではなかろう」

重ねて促され、軽く俯いて喉を上下させた。鼻の奥にある涙の匂《にお》いを呑み込み、真っすぐに前を向く。

「去年の九月頃でしたろうか。織田殿と誼を通じられよと、お勧めに上がったのは」

「ああ。確か、秋も深まる頃であったな」

だが、と祐豊は細い目をさらに細め、忌々《いまいま》しげに口元を歪めた。

「その織田に国を奪われてしもうたわい」

豊国は大きく息を吸い込み、ぐっと腹に力を入れて、長く吐き出した。

「此度《こたび》も同じ話をお勧めに上がりました」

「何？」

伯父の細い目に、爛々《らんらん》と光が宿った。

「それが如何《いか》なることか、分かっておるのか」

「無論、承知しております」

かつては垣屋や太田垣、田結庄らの家臣と同列になるという話だった。今は違う。既に織田方となっている面々の助けを借りなくては、信長を頼ることもできない。はっきりと風下に立たねばならないのだ。

しかし。それでも。豊国は瞬きひとつせず、伯父の顔を見つめた。

「垣屋続成に、膝を折ってくだされよ」

「断る！」

祐豊はやおら立ち上がり、少しふらついた。然《しか》る後、身を震わせながらゆっくりと歩みを進めて来る。

「九郎。長の姫を側室に取ったと聞いたが……。左様な次第であったか」

怒りではない。寂しさ、やる瀬なさ、そういうものが滲《にじ》んでいる。受け止めれば心が痛い。だが逃げてなるものかと、無理に胸を張った。

「私は、何としても伯父上を但馬にお戻ししたいのです」

「続成に屈してまで家を保ちたいとは思わん。山名を傾かせたのは誰だ。我が父の頃、いやさ、そのずっと前から垣屋が食い潰してきたのではないか」

「それは違います」

きっぱりと首を横に振る。胸中の揺るぎない決意が、伯父を少しばかり怯《ひる》ませていた。

「確かに垣屋は山名の恩に胡坐《あぐら》をかいて参りました。されど、これは時の流れと申すものにございましょう」

昔の山名家には力も名声もあった。しかし力を付けるたびに幕府に足を掬《すく》われ、その力を殺《そ》ぎ落とされた。幕府や将軍家の権力争いに巻き込まれ、そのたびに衰えてきた。

「山名を傾かせたのは、左様な縁《えにし》の綾《あや》ではござらぬか」

極め付きが応仁の乱である。時の当主・山名宗全は一方の旗頭として戦い、戦乱の呼び水となった。力こそ正義という流れを作ったのだ。

しかし、それで得られたものがあるだろうか。

何もない。力と声望を持つ山名家は、常に世の動きの只中《ただなか》にあった。だからこそ家名は高められたが、他には何ひとつ益などなかった。

山名はずっと幕府の思惑に振り回されてきた。そして、そのために世を戦乱へと導いてしまった。にも拘らず、権勢の争いに巻き込まれ続けたせいで、自らの家を整える暇がなかった。領国を、戦乱に臨む形に改められずにきたのだ。

「国衆を束ね、抑え込み得た者は、今に至って家を栄えさせた。かつて世の流れから外れていた家や、新たに興った大名たちです」

山名とは全くの逆である。山名家は激流をまともに受け止めるのに一杯で、それができなかった。結果、傘下の者が力を増した。山名の力が国衆たちに付け替えられたのだ。

「家運の衰えは、抗い難き世の流れと申すより外になし。これを乗り切れなんだのは、なるほど伯父上が責めを負うべき話やも知れませぬ。されど山名家累代の当主とて、そこは同じではござらぬか。決して、伯父上ひとりの咎ではございますまい」

然るに、名家と謳われた山名を終わらせると言うのか。それでは家を潰した当主として、祐豊が世に暗愚の烙印《らくいん》を押されてしまう。伯父の何を知るでもない輩《やから》に、伯父の置かれた立場を知ろうともしない馬鹿者に嘲《あざけ》られ、蔑《さげす》まれ、低く見られてしまうのである。

垣屋が、太田垣が、田結庄が、八木《やぎ》が力を増し、山名の実は確かに失われた。それでも祐豊は懸命に家を保ってきたではないか。但馬と因幡を長く治めてきたのだ。

「私を慈しみ、育んでくだされたのは伯父上にございます。この世に私ほど伯父上を知る者がありましょうや。だからこそ認められないのです。何も知らぬ世の雀《すずめ》共が伯父上を侮り、口さがなく囀《さえず》るなど、どうして許すことができるものか」

祐豊が垣屋を嫌うのは分かる。自分とて好きこのんで垣屋に屈したのではない。それでも豊続を迎えて我が身を贄《にえ》とした。伯父の恩に報いたいという、その一念で。

だから――あらん限りの気迫を込めて、畳み掛けるが如く捲《まく》し立てた。

「栄枯盛衰は世の常にて、山名家もいつかは滅びましょう。されど伯父上の代で潰《つい》えさせてはなりませぬ。御自らの誇りを捨てるはご無念にござりましょうが、曲げてお聞き容れ願いたし」

どうか、と額で床板を叩く。祐豊の足音が止まった。

「九郎。おまえは」

鼻に掛かった声であった。

通じた。その喜びに豊国の目も潤む。面を上げてみれば、祐豊の頰《ほお》は涙で洗われていた。

「伯父上。よろしいのですな」

「垣屋にすがるのは、この上なく悔しい。だが敢《あ》えて容れよう。おまえの心の誠……効いたぞ。響いた。これほど立派な男に育ってくれたとは」

声を揺らしながら呟《つぶや》き、祐豊は泣き崩れた。

豊国の目にも涙があった。少しなりとて、応《こた》えられたのかも知れない。伯父の恩に。幼き頃から、この身に傾けてくれた慈愛に。

なお応えねばならない。応えたい。この先もきっと山名を支えて行くのだと、潤んだ目に新しい力が籠《こ》もった。

この少し後、山名宗家と垣屋当主・続成は和解を果たす。そして祐豊は垣屋の助力を得て堺へと向かった。

永禄十二年冬、山名祐豊は信長の援《たす》けを得て但馬に返り咲いた。

認められた所領は此隅屋形のある出石《いずし》一郡のみ。それでも山名宗家の名には、未だ重みが残っていた。織田の後ろ盾と相まって、但馬を狙っていた丹波衆も少しばかりおとなしくなった。

二　硬軟

毛利《もうり》は九州に出陣しており、出雲《いずも》と伯耆《ほうき》を荒らす尼子《あまご》残党に多くの兵を向けられていない。つまりは隙がある。豊国《とよくに》にとっても、武田《たけだ》を攻めて因幡《いなば》を束ね直す好機であるはずだった。

とは言え、毛利から武田への援助は兵のみではない。何より鉄砲である。垣屋《かきや》と長《ちょう》の後ろ盾を得てはいても、その兵力だけではとても鳥取《とっとり》城を落とし得ない。

ならばと、豊国は垣屋豊続《とよつぐ》の部屋を訪ねた。

「今は動かず、少しばかり様子を見るべきではなかろうか」

豊続は「ふむ」と応じ、すまし顔の眉《まゆ》を少し開いた。

「なるほど良策ですな。御自らを敢えて侮らせるおつもりにござろう」

小さく頷いて返した。毛利とて、いずれは九州での戦を収めて兵を戻す。だが、そこまでにわずかばかりの隙があるはずだった。

己が動かずにいれば、毛利はどう思うだろう。山名《やまな》豊国、恐るるに足らず。そう見るはずだ。

豊続が「ふふ」と鼻で笑った。

「毛利にとって尼子残党の一揆は悩みの種。いずれ因幡衆にも伯耆への出陣が命じられましょうな。武田にその下知《げじ》があった時こそ、我らの好機という訳ですか」

「ああ。だが因幡が落ち着いていると見せかけるだけで、思惑どおりに毛利が動いてくれるかどうか。そこは賭《か》けになろう」

するど、哀れみを湛えた眼差しが向けられた。

「賭けにならぬよう、手を打つまでにござる」

誇り高き名家の男が、名を落としてまで罠《わな》を張ろうというのだ。必ず武田が動くように仕向けなければ、と言う。

「御屋形の一件と言い此度と言い、殿は人の心を推し量るに於いて巧みにござる。されど詰めの策には極めて疎い。何とも手ぬるいことで」

「然《しか》らば、如何《いか》にすれば良いと申す」

小馬鹿にした物言いに苛立ちながら問い返す。さらに見下した声が向けられた。

「もう少し考えれば自《おの》ずと明らかよな。但馬《たじま》や因幡より出雲と伯耆が大事……左様に思わせれば足りる話ではござらぬか」

山名宗家と西但馬衆が織田《おだ》方となった以上、それらが毛利の調略に乗った東但馬衆を攻めるのは当然の成り行きである。また、そうしなければ山名は織田への義理を欠く。そこが狙い目だと、豊続は続けた。

「東但馬の衆は毛利に付いて日が浅く、毛利の本国・安芸《あき》からも遠い。これを激しく攻め立てなば、毛利は如何に思うか……という話にござる」

毛利にとっては、久しく乱れている出雲と伯耆の方が大切なはず。これに手当てをせねば、両国の衆がどう転ぶか分からない。遠い但馬は切り捨てるに如《し》かず、近くの出雲と伯耆を救って本国の背を安んじようとするに決まっている。そう言って、豊続は嘲るように口元を歪めた。

「垣屋が山名を担いで出陣すれば、余の衆も流れに乗るは必定。東但馬はたちまち窮地に立つではござらぬか。その時こそ毛利は因幡の味方を動かし、伯耆を鎮《しず》めようとする」

分からぬようだから教えてやる、という物腰は癪《しゃく》に障る。だが、その憤怒は抑え込んだ。豊続の言い分はまことに正しい。それに己は垣屋の神輿《みこし》、進んで贄《にえ》となった身なのだ。

「あい分かった。私にできることがあれば申してくれ」

「何も、ござらん。いざ動くべき時まで奥方様でもかわいがっておられよ」

以前の豊続は、垣屋当主の続成《つぐなり》ほど無礼ではなかった。ところが、こちらが風下に立ってからは一変している。いささかの苛立ちを抱えつつ、豊続の部屋を辞した。

豊国は廊下を進み、自らの居室は素通りして、正室・藤《ふじ》のいる奥の間の障子を開けた。

「まあ殿。わたくしの顔を見に来てくださったの？　それとも庄七郎《しょうしちろう》？　どちらでも嬉《うれ》しいのですけれど、寒いので障子は閉めてくださいませね。もう年の瀬なのですから」

夫の顔を見て、藤が無邪気に喜びを弾けさせる。子を産んでなお、二十歳とは思えぬほど心が幼い。何の悩みもなさそうな姿を目にすると、くさくさした気持ちが増してきた。

「豊続の申し様に従うて、これへ運んだまでだ」

　妻には何の咎もない。全ては自らの心ひとつだと分かってはいるのに、吐き捨てるような言い方になってしまった。少し後悔して藤の傍らに腰を下ろし、すぐにごろりと身を投げ出した。

「どうなされたの？」

　答えたところで何が変わる訳もない。そもそも、か弱き女を男の大事に巻き込めるものか。

「冷官、ことなく屋廬《おくろ》深し」

　閑職の役人は何もすることがなく、家にひっそりと籠もるのみ——藤には分かるまいと、蘇軾《そしょく》の詩にある一節を持ち出す。豊国は自らを嘲って「はは」と笑い、ぽかんとした妻の顔をぼんやりと見上げた。

＊

　年が改まり、永禄《えいろく》十三年（一五七〇）は四月二十三日を以て元亀《げんき》に改元された。これと前後して、武田高信《たかのぶ》は伯耆へ出陣して行った。何もかも、豊続が見立てたとおりになっている。

そして五月、豊国は武田の留守を衝くべく出陣した。毛利がこの出兵を知れば、武田を伯耆から戻して対処するだろう。それまで、どう長くとも二ヵ月である。今回は堅固な鳥取城を捨て置き、他の武田領を奪えるだけ奪う戦であった。

武田の所領は鳥取城のある邑美《おうみ》郡と、その西にある高草《たかくさ》郡、さらに二郡の東南に広がる八東《はっとう》郡である。山名勢はまず、八東郡の若桜《わかさ》鬼《おに》ヶ城に狙いを定めた。

若桜の城主・矢部《やべ》一族は毛利方で、昨今では隆盛の武田に与している。だが武田の伯耆出兵には連れられず、手勢の二百をそっくり残していた。一方、山名勢は総勢八百である。数の違いを見て、敵は籠城《ろうじょう》した。

鬼ヶ城は山城で、南は急峻な山肌に、東西は谷と川に遮られている。唯一の攻め口は北側の狭い城下だが、ここにさえ八東川が流れ、寄せ手を阻む造りになっていた。

とは言え、敵が籠城している以上、城下を焼き払うのは容易《たやす》い。山名勢はまず城の備えをひとつ崩し、明くる日になって一斉に仕掛けた。

「掛かれ！」

隣に垣屋豊続の目はあるが、大将は豊国である。声を限りに下知を飛ばすと、法螺貝《ほらがい》の音と共に兵たちが駆け出し、焼き尽くした城下の黒ずんだ土を蹴《け》って行った。

先手は田結庄藤八《たいのしょうとうはち》に任せた五十と、豊国の舅《しゅうと》となった長高連《ちょうたかつら》の手勢二百である。それらは向かって左の山道に進んだ。鬨《とき》の声は山中に踏み込んでなお逞《たくま》しく、瞬く間に山の中腹まで登っていく。

だが、それが一転した。先まで勇ましかった寄せ手の熱が急激に冷める。そうと察した頃には恐怖に引き攣《つ》った悲鳴が上がるようになった。

「豊続。これは」

真一文字に張られた陣幕の前、左隣の床几《しょうぎ》に声をかける。豊続は「む」と眉をひそめて聞き耳を立て、少しの後に「ふう」と溜息をついた。

「軽いものなれど、地鳴りが聞こえ申す。岩にござろう」

急な山肌を活《い》かし、城方が山道に岩を転がしているらしい。道を外れて森に逃げ込めば良いのだから、逃げ遅れて弾き飛ばされる者、下敷きになる者は少ないだろう。だが不運にも巻き込まれた者は、ものの一瞬で人としての形を崩す。腕か、脚か、或いは頭か。それらが潰され、ただの肉餅《にくべい》へと姿を変えてしまうのだ。

「まずいな。鉄砲と同じだ」

かつて参陣した鳥取城の戦いを思い起こし、豊国は低く唸《うな》った。思いも寄らぬ死、常ならぬ死を目の当たりにすると人は恐れる。転がり落ちる岩には、それを煽《あお》るに十分な力があるはずだった。

「致し方ない。退《ひ》かせるか」

小さく呟く。と、豊国を差し置いて豊続が大声を上げた。

「怯むな。進め」

そしてこちらを向き、日頃とまるで変わらぬ顔で平らかに言う。

「すぐに退いては城方を勢い付ける。しばし粘らせてからでなくては」

自分は戦の場数を踏んでいない。ここは豊続に従うのが得策と言えた。

一度怖じ気付いた兵の意気は、そうそう上がるものではない。将たる身は懸命に鼓舞していたはずだが、先手衆は一時もせぬうちに山中より逃げ戻って来た。

「退き貝を」

豊続の指図に従い、法螺貝が「退け」を伝えた。代わって豊続の手勢が攻め寄せるも、同じように退けられてしまう。山名勢に全く良いところのないまま日暮れを迎え、その日の戦は終わった。率いていた八百のうち五十が討ち死にし、百余が手傷を負っていた。

八東川を北へ渡り、本陣とする山寺に入る。夕餉《ゆうげ》を終えた頃になって、田結庄藤八が豊国の宿坊を訪ねて来た。

「今日の戦は散々にござりましたな」

山を転げ落ちる岩、潰されて死んだ兵を思い出したか、藤八は軽く身震いした。それだけでも城方の頑強な抗戦が分かる。

「如何にすれば良かろう。豊続の申し様に従うたは良いが、城方を勢い付けるのみではな」

当人はここにいないが、厭味のつもりだった。とは言え、岩を落とされてすぐに退いたなら、さらに城方の気勢を上げさせていたに違いない。頭の痛い話だった。

こちらの胸中を知ってか知らずか、藤八はこともなげに返した。

「兵を退いては如何にござろうか」

臆面《おくめん》もなく、斯様《かよう》なことを言う。だとすれば藤八の思惑とは――。

「策だな。伏せ勢を置き、敵が打って出たところを叩く。合っているか？」

城方の意気は、この上なく軒高であろう。こちらが退けば必ず追い討ちを仕掛けて来る。

「お察しのとおり。この若桜は、それに打って付けの地にござります」

藤八から仔細《しさい》を聞き、垣屋豊続に伺いを立て、この策を取ることとなった。

明くる日は睨み合いに徹し、夕暮れを待つ。山名勢は薄暗い中で陣を払った。

「然らば頼むぞ、次郎《じろう》」

殿軍《しんがり》を買って出た岡垣《おかがき》に声をかけ、豊国は先んじて退いた。

八東川に沿って北西から西へ十余里、遥《はる》か後方に鬨の声が上がった。城方の追い討ちが始まったらしい。すっかり暮れた中、松明《たいまつ》の灯《あか》りを頼りになお先へ進む。徳丸《とくまる》の地に至ると、八東川から枝分かれする支流に沿って、幾つもの細かい谷があった。

通り過ぎざま、左手――南方の小さな谷をちらりと見た。あの闇の中に長高連と藤八が潜んでいる。そこからまた少し進み、豊国は敢えて兵に休みを取らせた。

「駆け足、やめい」

ここに松明が固まっていれば、敵はこう見るはずだ。退却にもたついているぞ、と。

それこそ狙いだ。もっと勢いに乗れ。いきり立って、追って来るが良い。

思いつつ待つこと、どれほどか。やがて遠くに敵の松明が見えるようになった。箸《はし》先ほどの大きさに見える灯りは、向こう一里半くらいか。周囲の味方がざわつき始めた。

豊国は、轡《くつわ》を並べる豊続に向いた。小さな頷きが返される。それを受けて大声を上げた。

「全軍、急ぎ退け。敵に追い付かれておる」

ざわついていた兵たちが、浮き足立った。足軽衆に至っては、豊国と豊続を守る役目も忘れ、我先にと駆けている。殿軍との間がまた開き始めた。後方、岡垣率いる殿軍も足を速めて逃げに転ずる。敵はなお気勢を上げ、勝ち誇った喚《わめ》き声と共に追い慕って来た。

そこへ——。

「蹴散《けち》らせい！」

長高連の大音声ひとつ、左後ろの谷に喊声《かんせい》が湧き起こる。狭隘《きょうあい》な谷から伏せ勢が溢《あふ》れ出し、敵の横腹を抉《えぐ》った。驚愕《きょうがく》と狼狽《ろうばい》の悲鳴が上がり、追っ手の松明が躍った。敵は取り乱している。

「よし！　我らも返すべし」

豊国は反転を命じた。だが兵たちは、何が起きているのか呑み込めずにいるらしく、言うことを聞かない。傍らの豊続が舌打ちをして大声を上げた。

「退いたは偽りぞ。味方の伏せ勢が敵を叩いておる。勝ち戦じゃ、手柄上げい」

すると兵たちはようやく「おお」と沸き、たった今までの怖《お》じ気《け》を捨てた。命惜しさ、我が身かわいさに縮こまっていた心が裏返り、敵への怒りに変わっている。

乱れた敵へと突っ掛ける兵、人の濁流の中、豊続にじろりと睨《にら》まれた。

「戦場での下知は、阿呆共にも分かる言葉を選ばれよ」

悔しいが、確かに己が下知は足りなかった。生き死にの関《かか》わる場で、人の心を動かさねばならない。戦とは、かくも難しいものか。

「殿軍の者共、本陣に手柄を奪われるなよ」

遥か向こうで、岡垣が殿軍の兵をけしかけ、突撃を食らわせていた。松明が照らし出す兵たちの影を、豊国は見つめ続けた。

徳丸表の戦いは山名の大勝に終わり、敵は城を捨てて逃げ散って行った。四つの兜首《かぶとくび》を挙げた岡垣次郎左衛門《じろうざえもん》が一番手柄であった。

若桜鬼ヶ城は、この近辺では私部城《きさいち》と並ぶ堅城である。それが落ちたという一報は周囲の武田方を戦慄《せんりつ》させた。豊国と豊続は因幡の各地を転戦し、狼狽えた敵を蹴散らして回った。

一戦して勝つごとに山名勢の気勢は上がり、敵の意気は消沈してゆく。そして連戦連勝、鳥取を除く邑美郡と、高草郡を切り取って兵を収めた。五月から七月初めまでの二ヵ月間、狙いどおりの戦果であった。

高草の西・気多《けた》郡、同じく南の智頭《ちず》郡と八上《やかみ》郡は未だ毛利方である。それらに手を伸ばさなかったのは、やはり武田高信が伯耆から兵を返すと聞こえてきたからであった。両郡の国衆と武田が手を組み、挟み撃ちに遭うことは避けねばならなかった。

一気に大勢を変えることはできなかったが、山名家には別の光明も見え始めていた。豊国が因幡二郡を切り取るのと頃合同じく、伯父・祐豊《すけとよ》も東但馬を平らげた。垣屋一族の援助あっての話とは言え、山名家にとって盛運の兆《きざ》しに違いない。

そう、思っていたのに。

*

岩井《いわい》に戻って間もなく、ひとつの凶報があった。

「続成《つぐなり》が？」

「左様。無念ながら」

豊続の居室に呼び出され、垣屋本家の当主・続成が襲われて討ち死にしたと告げられた。

仔細を問えば、そこには耳を疑う裏話があった。十五代将軍・足利義昭《あしかがよしあき》から、織田を離れて毛利に味方するように促してきたらしい。垣屋続成はこれに応じ、織田への不義理を怒った田結庄是義《これよし》に討たれたのだという。

「とは申せ、公方《くぼう》様は織田殿とご昵懇《じっこん》ではないか。何ゆえ」

「幕府とは古きものにて、その中には新しきを見ぬ者も多うござる」

織田信長は確かに功臣だが、幕府にとっては新興の一大名に過ぎない。それが力を持つことに嫌悪を示す者は多いのだという。豊国は、そういう者共にこそ嫌悪を抱いた。何と愚かな。世の中は日々前に進み、新しくなっているのに――。

ともあれ、困ったことになった。垣屋本家の揺らぎは、即時、山名家の足許を危うくする。

「私は正直なところ続成を嫌っておった。だが、あれは目端の利く男ぞ。それが、なぜ道を誤った」

「垣屋は十代の公方様より、大名と認められ申した。恩義ゆえにござろう」

「山名はどうなる」

豊続は、さもつまらなそうに鼻で笑った。

「垣屋本家は我が従兄《いとこ》・光成《みつなり》が継ぎ申した。毛利に鞍替えするという話を覆し、引き続き織田に与すると決めた由。何も変わりませぬ」

「だが垣屋と田結庄、山名の四天王と呼ばれたうちの二つは敵同士となろう。我が下にも田結庄一族の藤八がおる」

因幡の実を握る豊続が藤八を疎んじ、或いは成敗するようなことは避けねばならない。豊国は平伏して頼んだ。我が顔を立て、曲げて許してやってくれと。

すると、呆《あき》れた——と言うよりも、憐憫《れんびん》に近い声が寄越された。

「本家の諍《いさか》いに、こちらは関わりなしと存ずる。それがしと藤八の間は悪うござらぬ。殿の下には使いでのある臣が少のうござれば、藤八は除けませぬな」

厭味さえ真正直にぶつけてくる男ゆえ、嘘《うそ》ではあるまい。しかし何と物分かりが良く、割り切りの早いことか。それが一番の驚きであった。

ともあれ、しばらく垣屋本家の助力は得られない。それゆえ豊国と豊続は当面、武田方への牽制に徹するしかなくなった。

年が明け、元亀二年（一五七二）を迎える。

その夏、世が激震した。六月十四日、一代で大国に伸《の》し上がった英傑・毛利元就《もとなり》が没したためであった。

元就には三人の子がいたが、嫡子・隆元《たかもと》は早世していた。家督は隆元の子、元就嫡孫の輝元《てるもと》が継いでいる。当年取って十九歳、未だ大国を束ねるだけの場数を踏んでいない。加えて、そもそも代替わりには混乱が伴う。豊国が武田高信に挑み、鳥取城を攻める絶好機であるはずだった。

だが元就の次子と三子、それぞれ安芸国衆の名跡を継いだ吉川元春《きっかわもとはる》と小早川隆景《こばやかわたかかげ》は甘くなかった。元就が逝去するや、二人は九州での戦に見切りを付けて兵を退き、出雲と伯耆を荒らす尼子残党を叩く方針に切り替えた。

かかる上は、遠からず尼子の一揆も潰えよう。加えて吉川・小早川という毛利の主力が返して来る以上、豊国は身動きが取れない。

「何たる……ことか！」

ようやく見え始めた盛運の兆しが、こうも容易く消え去るとは。豊国は床板をひとつ殴り、歯ぎしりして俯《うつむ》く。が、向かい合う垣屋豊続は平然としていた。

「一揆勢に吉川元春ほどの者を当てるは、毛利が少なからず乱れている証にござろう。されど毛利にとっての火種は、尼子のみにあらず」

探るような眼差しが告げていた。他ならぬ豊国とて、毛利にとっては火種なのだと。

「とは申せ、毛利は殿を潰そうとは致しますまい」

豊続は言う。毛利の領国、特に本領の安芸を落ち着けるには、尼子残党に乱された出雲と伯耆を改めて宣撫《せんぶ》するのが先決のはず。武田高信を助けるために兵を割き、豊国に係《かかずら》っている暇などあるまい、と。

「恐らく、和議を持ち掛けてきますな」

馬鹿な、と眉根が寄った。受けられるはずがない。山名宗家と垣屋本家が織田方ならば、己とて同じなのだ。そもそも己こそが織田との好誼を望み、渋る伯父を説き伏せた。その身が、どうして毛利との和議など——。

「お受けなされ」

あっさりと言われて、開いた口が塞がらなくなった。豊続はなお言葉を継ぐ。

「我らには、吉川・小早川の留守を衝くより他に勝ち目はござらん」

滅びるより良かろうと言うのか。しかし、裏切るなどと。

伯父を裏切るだけではない。織田とも袂を分かつことになる。新たな世を作ってくれるかも知れない人、古いものに縛られた今を変えてくれるかも知れない人と。

「節を曲げよと申すのか」

自らの誇りを捨て、垣屋の神輿になってまで定めた道である。それを——。

「頑《かたく》なに我を通し、いたずらに死を望む。それが殿の誇りにござるか」

がん、と頭に響いた。

同じだ、と言われた気がした。かつて伯父は織田との好誼を嫌い、頑なになっていた。それと同じだと。八方塞がりの中、取り得る道があると分かっていながら我を張っているのだ、と。

何も返せずにいると、豊続は溜息交じりに言葉を添えた。

「此度とは逆しまに、織田にこそ光明ありとなれば再び裏切ればよろしい」

「裏切りを繰り返せば信を損なう」

「裏切りとは、紛れもなく生き残りの策にござる」

己が一度の裏切りで苦悩しているというのに、豊続は平然としたものだ。垣屋先代・続成が討たれた時にも、この男は割り切りが良きに過ぎた。それが戦乱に生きる者の強さだと言えば、そうなのだろう。しかし。

「殿は我が神輿になられたはずですぞ」

「……好きにせよ。ただし私は変わらず織田方のつもりだ」

全てを委《ゆだ》ねると、豊続は「やれやれ」とばかり、安堵《あんど》の息をついた。

毛利勢が九州から返し、出雲・伯耆に向かったことで、ほどなく尼子の一揆は鎮められた。尼子勝久と山中鹿之助は逃れ、生き延びたらしい。

以後の毛利は周囲を手懐《てなず》けに掛かり、八月下旬には豊国にも和議を求めてきた。垣屋豊続に任せた談合の末、豊国は因幡守護代と認められ、布施屋形《ふせやかた》に入るように取り計らわれた。鳥取に武田高信がある以上、実権はない。だが豊続は「名のみの位も力のひとつ」と言って、これで手を打った。

豊国は、布施屋形に入ることとなった。

「山名九郎《くろう》豊国である。今日より布施の主となったが、勝手の分からぬことも多い。皆の指南を頼りにしておるぞ」

布施に入るに当たり、これまでの岩井奥山《おくやま》城は田結庄藤八に任せた。若桜鬼ヶ城と私部城は垣屋豊続とその家中に預けている。連れて来た直臣の中で主だった者は、この広間の末席に並ぶ岡垣次郎左衛門くらいであった。

「ひとつ、よろしゅうござろうか」

居並ぶ面々の中、口を開いた者があった。森下道誉《もりしたどうよ》――兄・豊数《とよかず》が死の床に臥《ふ》せっていた折、傍《そば》近くに仕えていた法体である。掬い上げるような眼差しには、どこか嫌気が見え隠れしていた。

「山名宗家の御屋形は織田様に従うておられる。されど因幡は今や毛利方、殿も毛利と和議を結ばれた。宗家とは別に、毛利方になると思うてよろしいのでしょうや」

布施の者も、ゆくゆくは毛利と織田が争うだろうと見越しているようだ。この口ぶりからすれば、他の因幡衆と共に毛利方となることを望んでいるのだろう。

この者たちは信用できない。そもそも、向こうがこの豊国を信用していないのだ。これを従えるのは難しく、有無を言わさぬだけの力が要る。

ならばと、豊国は穏やかな笑みを繕った。

「山名宗家は織田方なれど、私は其方らの主《あるじ》である」

皆の思うとおりで良いと示す。だが豊国は、その裏に策を秘めていた。

毛利との和議が云々《うんぬん》された頃から、日々推し測ってきた。己が何をすれば、誰がどう思うか。それによって武田がどう動くかを。

すると、見えた。自ら戦わず、しかし武田高信を追い詰めて叩く道が。

往日の崎嶇《きく》たるを還《な》お記するや否や——蘇軾の詩の一節を、豊国は胸の内に思った。過ぎた日々の苦しい旅路をまだ覚えているか、と。自らの生は今まさに崎嶇の上、しかし好機は近い。その思いを、豊国は布施衆に向ける作り笑顔で覆い隠した。

数日の後、私部の豊続から書状が届く。目を落として、豊国は「お」と顔を紅潮させた。

「さすがだ」

布施に移るに当たり、豊続にひとつを託していた。武田高信の妹婿・塩冶《えんや》高清《たかきよ》の調略である。それが成ったという書状であった。

まともに考えれば成算のない調略だったろう。だが塩冶の居城・阿勢井《あせい》は、武田の縁者としては心許《こころもと》ない地にあった。

まず豊国の岩井奥山城と垣屋一族の但馬領に囲まれていて、武田の鳥取城と容易に意を通じ得ない。当の武田も因幡の二郡を豊国に奪われて旗色が悪く、塩冶への支援も満足ではなかった。しかも垣屋一族の後ろには、東但馬を平らげた山名宗家まで控えている。

まさに四面楚歌《しめんそか》の体《てい》、これを以て豊国は塩冶を恫喝《どうかつ》した。我らに味方せねば、すぐにでも垣屋一族と山名宗家が城を襲い、撫《な》で斬《ぎ》りにしてくれんと。その上で餌《えさ》をぶら下げた。調略に応じれば、豊国の家老に迎えるという条件である。我が身を守るため、塩冶はこれに乗った。

「高信め、腸《はらわた》が煮えくり返っておるだろうな」

武田にしてみれば、この豊国を叩きたいのが本音であろう。しかし、それはできない。和議の上で毛利が守護代と認めた身、これに兵を向けるのは盟主の裁断に背く行ないだからだ。

翻って、豊国の調略は毛利を蔑ろにする行ないとは看做されない。塩冶は武田の妹婿だが、隣国・但馬の衆である。これを取り込むことが国を鎮めるために必要ならば、手を打たねばならない。それが守護代の務めなのだから。

書状を畳んで懐《ふところ》に仕舞い、左手の向こう、廊下の先に広がる庭を見遣った。そよ吹く風も冷たくなる頃、夕闇が迫っている。

豊国はパンパンと手を叩き、湯浴《ゆあ》みの支度を命じた。しばしの後に湯殿が整うと、まず暗闇に紛れて裏手に回り、熾火《おきび》の残る竈《かまど》に豊続の書状を放《ほう》り込んだ。中村春続《なかむらはるつぐ》や森下道誉を始め、布施の臣は皆がこの豊国を疑っている。書状を残しておく訳にはいかなかった。

幾日もせぬうちに、武田は塩冶の阿勢井城攻めに出陣した。妹婿の裏切りを成敗するという名目なら身内の話、毛利とは関《かか》わりがないと言い張れる。豊国に怒りをぶつけられない以上、塩冶に矛先が向くのは自明の理であった。

だが武田は、この戦に多くの兵を連れなかった。否、連れることができなかったのだ。なぜなら、豊国が布施で目を光らせていたからだ。

布施に入る名目を得ていなければ、こうはならなかったろう。和議をまとめた時、豊続は「名のみの位も力のひとつ」と言ったが、まさにそのとおりであった。

ほどなく武田は大敗した。塩冶高清は一介の但馬国衆でしかないが、垣屋一族が多くの兵を回し、待ち構えていたためである。この敗戦によって、武田高信は嫡子を始め、一族と家臣の多くを討ち死にさせた。

武田の敗報から数日、豊国は布施城下の寺に参り、とある墓の前で合掌した。

「兄上。ようやく……一矢報いましたぞ」

山ほど嫌な思いをさせられた。そんな兄でも、黄泉《よみ》に渡った今となっては慕わしさばかりが胸に募る。閉じた瞼《まぶた》から、ひと筋の涙が落ちた。

兄の死に際し、武田を仇敵《きゆうてき》と定めた日を思い出す。兄の仇を、伯父のために棟豊《むねとよ》の仇を。その強い思いがあったからこそ、ここまで来られたのだろう。

「ですが、まだまだ。これからです」

小袖《こそで》で目元と頬を拭《ぬぐ》い、晴れやかな笑みを浮かべる。武田と山名、因幡の盛衰は明らかな逆転を始めていた。

三　鳥取

織田《おだ》と毛利《もうり》は表向き険悪でない。傘下の者が互いに争っていながらも、互いに使者を送り合って良好な関係を取り繕っている。織田は各国の大名に包囲されており、毛利をこの輪に加えたくない。毛利は代替わりの混乱を鎮めるために時が欲しい。いずれ直接の争いが起きることは自明だが、今はそれを避けたいという思惑に於いて双方一致していた。

豊国《とよくに》にとっても、これはありがたい話だった。

「おお、よしよし」

元亀《げんき》三年（一五七二）正月、側室・希有《きう》の住まう但馬村岡《たじまむらおか》の屋敷で赤子をあやし、相好を崩した。腕に抱くは、昨年の冬に希有が産んだ二子・平右衛門《へいえもん》である。側室と共に過ごす機会と言えば、戦の折などに舅《しゅうと》の長高連《ちょうたかつら》を訪ね、村岡屋敷を宿とする時くらいだった。それだけで子を授かるのだから、巡り合わせとは異なものである。

「お、笑ったぞ。おい見よ」

「いつも見ておりますよ」

喜色満面の夫に呆れて笑い、希有はしみじみと続けた。

「まこと、わたくしに似なくて良うございました。殿の如き美男に育ちましょう」

子が生まれるに当たり、それが何より気懸かりだったという。豊国は「阿呆」と笑った。

「おまえは不器量かも知れぬが、心根は美しいぞ」

人は内側が顔に出るものだ。美しい面立ちでも心が卑しければ醜さが滲む。対して心が尊くあれば、細工のまずさなど気にもならない。希有には落ち着きと分別がある。穏やかで心地《ここち》好い人となりは、正室の藤《ふじ》とはまた別の好ましさなのだ。そう言ってやると、側室は照れて「ほほ」と笑った。

「それはそうと、但馬にいらしてよろしいのですか？　殿はお忙しいのでしょうし、それに」

「織田方か毛利方かという話か。障りない」

武田高信《たけだたかのぶ》を謀《はか》って大敗させ、幾らかの余裕が生まれている。但馬此隅《このすみ》の伯父に新年参賀をすると言った時も、布施《ふせ》の者たちは――嫌な顔はしたが――止めようとしなかった。織田と毛利の間が落ち着いている以上、認めざるを得なかったのだ。

「もっとも、あまり長居はできぬがな。明日の朝には、ここを発たねばならん」

「お名残惜しゅうございますが、致し方ありませんね」

「今宵《こよい》は、しばらく寂しくないようにしてやろう。平右衛門も、兄になるやも知れぬぞ」

軽口を利くと、希有は「まあ」と目を逸《そ》らし、頬を朱に染めた。

側室と伽《とぎ》の一夜を明かし、日の出と共に起きる。括《くく》り袴《ばかま》の旅装束を整えて朝餉《あさげ》を終えると、すぐに希有が顔を見せた。

「殿、よろしいでしょうか」

「どうした。供回りが呼びに来るには、今少し間があるはずだが」

「違うのです。お客様がいらしておりまして」

「これほど早くにか。誰だ」

希有は、幾らか戸惑った眼差しを見せた。

「わたくしは存じ上げないお方です。山中鹿之助《やまなかしかのすけ》様と名乗られたのですが」

「何と」

思わず腰が浮いた。山中鹿之助はかつて尼子《あまご》家に仕えた名将である。昨今では滅んだ主家を再興すべく一揆を起こし、長く毛利を悩ませていた。その男が何ゆえ己を訪ねて来たのだろう。

「まず会おう。これへお通しせよ」

馬廻衆が来たら待たせておけと言伝《ことづて》し、居室の主座で待つ。ほどなく山中は、その馬廻に導かれて参じた。年若い男をひとり連れているのは、供の小姓だろうか。

「初めてお目に掛かり申す。山中鹿之助、幸盛《ゆきもり》にござる」

「山名宮内少輔《くないのしょう》、豊国だ。まずは面を上げられよ」

山中と後ろに控える若い男が平伏を解いた。一段高い畳の座から見下ろせば、山中はどっしり幅の広い顔に涼やかな目元である。若い方は昂《たかぶ》っているのか、細面が真っ赤であった。

こちらの眼差しを察したか、山中は背後に「ご挨拶《あいさつ》を」と促す。若い男はがちがちに固くなって、渇いているのだろう喉から掠《かす》れ声を捻り出した。

「亀井新十郎《かめいしんじゅうろう》、茲矩《これのり》にござります」

当年取って十六歳、豊国より九つ若い。小姓ではなく、尼子再興のために働く者ということであった。

「山名様にお目通り叶《かな》い、恐悦の極み。俺の得意は槍で、あとは――」

「そこまで」

いつまでも続く言葉に山中が苦笑を見せる。亀井を制してこちらに向き直り、会釈した。

「宮内様が但馬にお越しと聞き、取るものも取りあえず参じてござる。朝早く、しかもお戻りの間際にお訪ねしましたこと、まずは不調法をお詫《わ》び申し上げる次第」

「構わぬ。されど其許《そこもと》が何ゆえ」

山中の涼やかな目元に、熱い心が湧《わ》き出した。

「我らと手を組んではくだされませぬか。今こそ、かつてのお約束を頼みとう存じます」

かつての約束とは。

思い出した。尼子残党が一揆を起こした頃、岡垣次郎左衛門《おかがきじろうざえもん》を山中の許へ遣ったことがある。織田の助力を得た上の一揆と聞き、裏付けを取らせるためだった。その時、岡垣に命じていた。尼子と山名が同じ織田方となった暁には、きっと手を貸すと言って諸々を聞き出せと。

仔細は分かった。が、豊国は半ば目を伏せた。

「今の私は毛利方だ。但馬を訪れたは、織田と毛利の間が落ち着いておるからに過ぎぬ」

「存じております。されど今のお言葉、まことのお心にござろうか」

挑むが如き眼差しであった。心を深々と刺された気がする。

「嘘《うそ》であると？」

「我らは先の一揆を毛利に潰され、出雲《いずも》と伯耆《ほうき》から退き申した。その後、何処《いずこ》に潜みおったかご存じか」

「まさか、この但馬か」

山中は「はい」と大きく頷いた。

「垣屋光成《かきやみつなり》殿の客分として、来るべき日を待っており申した」

織田家中・木下秀吉《きのしたひでよし》が、垣屋を通じて財物や武具を寄越しているのだという。そして垣屋の領にあったがゆえに、山中は色々と知っていた。

「昨年の秋、武田高信が大敗したは、宮内様が手を回されたがゆえと聞きます。因幡《いなば》を山名家の手に束ね直したいと、お思いなのでしょう」

織田の助力を得た者と共に戦うべし。さすれば因幡一統もやりやすいはずだと、山中の眼差しが語る。そこに滲む「何としても」の決意から、察せられるものがあった。

「其許は大義名分が欲しい。そうだな」

にやりと、不敵な笑みが返された。山中は言う。尼子再興のために出雲か伯耆を切り取りたいが、所詮《しょせん》は一揆勢のこと、織田の助力を以てしても多くの兵を揃えられないのだと。

「やはり戦とは、まず数の勝負にござる。先の一揆で毛利に敗れ、それを思い知らされました。そこで宮内様のご存念を確かめたく思うたのです」

一揆勢が数を束ねるには、勝ち戦を重ねて各地の国衆を巻き込むしかない。因幡一統への助力という大義名分は、それを容易にする。

「数の力さえあらば、必ず因幡を平らげてお見せしましょう。然る後には我らの手勢も膨らんでおるはず。宮内様に於かれても織田に恩を売る好機にて、互いに益ある話と存じます」

織田の望みでもある、ということか。表向きの好誼を通じながら、尼子や山名を使って毛利を揺さぶっておきたいのだろう。さすれば毛利は織田への包囲に加わりにくくなる。

豊国は、嚙み締めるように二度頷いた。

元より信長《のぶなが》には強く惹かれていた。古く悪《あ》しきものを捨て去り、世を作り直す人に違いないと。

毛利元就《もとなり》からは、そうした光明を感じられなかった。まして元就は没し、当主の座は輝《てる》元《もと》に受け継がれている。吉川元春《きっかわもとはる》や小早川隆景《こばやかわたかかげ》の後見があってこそという男が、果たして信長を超えられるだろうか。

ない、とは言えまい。しかし遠きに過ぎよう。天下布武——遍《あまね》く世に武王《ぶおう》の徳政を布くと唱える大器の方が、先に世の形を改めてしまうはずだ。

しかしながら。

「垣屋豊続《とよつぐ》の神輿たる身だ。我が一存では決められん」

「宮内様。尼子一党は垣屋光成殿に身を寄せておるのですぞ」

まさか、豊続も既に知っていると言うのか。驚愕《きょうがく》の顔を目に、山中は大きく頷いた。

「私部《きさいち》には幾度かお伺いしております。時が来たら報せよ、さすれば宮内様に進言すると」

「どうして豊続は、今まで黙っておったのか……」

「さて、それは存じませぬ」

山中が困ったように目を逸らす。どうやら豊続は、この豊国を侮ったもの言いをしていたのだろう。腹立たしく思う一方で、しかし、それを流し去るだけの清々《すがすが》しさがあった。

毛利との和議は、本意ではなかったのだから。

「……ともあれ。豊続も承知のことなら、其許に乗ろう」

再びの裏切りである。それも、毛利と和議を結んですぐに。豊国は表裏者《ひょうりもの》よと、世の人々は謗《そし》るであろう。だが己にとって大切なのは毛利ではない。山名の家であり、この身を慈しみ育ててくれた伯父と共に歩むことなのだ。そして何より、己は新たな世を求めている。

肚を据えた思いが、眼差しに宿る。山中が軽く身震いした。

「然らばこれより宮内様が盟主、我ら尼子は盟友にござる」

「承知した。して、其許には因幡を平らげる算段があるか。私は、武田を叩かねば始まらぬと思うておるのだが」

遺恨ゆえに言うのではない。毛利方ばかりの因幡を束ねるには盤石の拠点が必要だからだ。因幡国内に於いて、武田の鳥取城を超える要害はない。

山中は「そのとおり」と頷いた。

「とは申せ、鳥取《とっとり》城を攻め落とすのは難しゅうござる」

「おい。それでは話にならんぞ」

豊国の苦言に、山中は不敵な笑みで応じた。

「今の武田は、宮内様が謀《はかりごと》にて力を殺がれております。我らが鳥取を攻めるのではなく、武田が城を出るよう仕向ければよろしい」

そのために、鳥取城の東南にほど近い甑山《こしきやま》城を奪うという。尼子残党が間違いなく毛利の敵である以上、鳥取の喉元で挙兵を許すことは毛利方の武田にとって恥以外の何物でもない。甑山を攻め落とそうとするのは疑いない、と。

「面白い。其許がその戦に勝った時こそ、私は毛利を離れよう」

談合を終えると、山中は身を寄せている垣屋領に帰り、豊国は布施屋形への帰路に就いた。

初夏四月を迎えると、山中鹿之助は尼子残党を率い、示し合わせていたとおりに甑山城を奪った。兵はたったの八十であった。

果たして七月半ば、武田は甑山攻めの戦を起こした。妹婿・塩冶《えんや》高清《たかきよ》に敗れた傷は未だ癒《い》えておらず、率いた兵は掻き集めてようやく三百である。それでも城攻めに踏み切ったのは、自らの面目を保つためであり、一揆勢の八十という数なら三百で蹴散らせるはずだったからだ。

しかし。そこで豊国が「毛利方の」守護代として権を振りかざした。かねて山中と示し合わせていたとおりに。

武田高信、毛利の敵・尼子残党に通じたる疑いあり。甑山へ参じたは、兵を失うた苦境を乗り切るべく尼子と手を携えんとしたものか。布施より兵を出して鳥取の留守を襲い、成敗するべきにあらずや——。

この流言ひとつで、甑山城に布陣した武田勢は大混乱に陥った。城攻めどころではない、本拠を失うのではないか、と。

寄せ手が浮き足立ったと見るや、山中は自ら打って出て、完膚なきまでにこれを叩いた。元亀三年八月一日、武田は大半の兵を失い、ほうほうの体《てい》で退いていった。

＊

「断じて許せませぬ。あのような無法者をいつまでものさばらせるなど」

「左様。因幡は一丸となって公方様が呼びかけに応じ、都に攻め上るべきにあらずや」

豊国の居室に布施屋形の面々が押しかけて来た。十二人いる。皆を束ねるのは森下道誉《もりしたどうよ》と中村春続《なかむらはるつぐ》。森下は法体として身に纏うべき穏やかさをかなぐり捨て、中村は日頃の辛気《しんき》臭《くさ》い顔に血の気を浮き立たせていた。

皆の血気は、ひとり織田信長に向いていた。昨年九月、信長は比叡山延暦寺《ひえいざんえんりゃくじ》を焼き討ちにしている。以来、各国は震え上がっていたのだが、昨今、将軍・足利義昭《あしかがよしあき》が諸国に内々の御教書《みぎょうしょ》を発していた。信長を討て——と。

「いや待て。方々、少し落ち着くが良かろう」

豊国は苦渋の面持ちで宥《なだ》めた。毛利と織田の間は今のところ悪くない。毛利がことを構えようとしていないのに、因幡だけが先走る訳にいくものかと。

「殿は織田に甘うござる」

森下が吐き捨てた。他の者が口惜しげに頷いている。豊国は眉をひそめて応じた。

「甘いのではない。お主らこそ織田の力を侮っておろう」

皆を従える中村が、聞き捨てならぬとばかり、じめじめした眼差しを寄越す。

「左様に仰せられますが、逆に殿は織田を買いかぶっておられましょう」

「然り。それゆえ、この間は甚《はなは》だしき勘違いをなされた」

森下も腹立たしげに鼻で笑った。先に「武田が尼子に通じている」と流言したことへの厭味である。織田は表向き「否」で通しているが、裏では尼子残党に手を貸しており、これを知らぬ者はない。

豊国は内心に「やれやれ」と溜息を漏らしつつ、努めていつもどおりの声を保った。

「そこについては重々詫びる。とは言え武田は、長らく我が敵であった。この布施にとっても同じであろうに」

武田は元々、因幡守護所・布施屋形の臣であった。それが謀叛して鳥取城を奪ったのだ。あまつさえ自らの従える国衆と呼応し、布施を挟んで締め付けていた。

「私が高草《たかくさ》郡を取って毛利と和睦《わぼく》したからこそ、武田は高草を、この布施を狙えなくなったのではないか」

中村が、じろりと睨んだ。

「そのとおり。されど殿は、同じ毛利方となった武田の身内を調略なされた。これは山名宗家のため、ひいては織田を助けるためではござらんのか」

「否とよ春続。その言い分はおかしい」

豊国は胸を張って言い繕った。同じ毛利方となった以上、武田やその縁者とも角突き合わせて良いことはない。だからこそ武田の妹婿・塩冶高清にも声をかけたに過ぎないのだと。

「然るに武田は怒り狂い、塩冶を攻めたのだぞ。彼奴《きやつ》が未だ、この豊国と布施を敵と見ておったのは明らかである」

そして、なお続けた。武田は塩冶に敗れて凋落《ちょうらく》した。しかも武田の鳥取城は、豊国の所領と布施に挟まれている。かつての立場が全くの逆になった以上、武田が起死回生を図る必要は確かにあったのだと。

「そこで甑山に尼子の一揆だ。鳥取の喉元と申せよう城ゆえ、捨て置けぬと思うたのなら道理よな。されど武田勢はたったの三百であった」

まともに考えれば城攻めなど覚束《おぼつか》ない数で一揆勢の許に向かったのだ。道理に則《のっと》った動きとは言えまい。表向きは戦だが、実のところは裏切りかと用心するのも、布施を預かる守護代の役目ではないのかと強弁する。そして。

「重ねて申すが、武田は既にひと度《たび》、布施を裏切っておるのだぞ」

このひと言を以て、武田の一件を云々する者はなくなった。が、面々は未だ引き下がろうとしない。

「良き哉《かな》、良き哉。つまり殿は、それほどに毛利方であるということですな。さすれば、すぐにでも尼子の残党を討ち、織田との繋がりは全て断ったとお示しくだされよ」

森下の眼差しが刺すように迫る。豊国は大きく首を横に振った。

「布施の力を束ねれば、尼子一党を討つのは容易い。されど三度《みたび》に亘《わた》って申す。武田はかつて布施を裏切り、同じ毛利方の我らを未だに敵と看做しておるのだ。鳥取を落とさねば背を安んじて戦えまい。まずは武田高信ぞ。尼子を叩くのはその次だ」

「次に……で、ござるか。分かり申した」

次ではあれ、尼子を叩くと口にしたからであろう。森下はこれにて折れ、ちらりと右隣に目を流す。中村が嫌そうに頷き返し、二人して主座に頭を下げた。

「言質を頂戴《ちょうだい》できたこと、心許なき……あいや、心強き限りにて」

「わしらからも『重ねて』申し上げましょう。まかり間違っても、織田の如き仏法を乱す獣、公方様に逆らう者を許してはなりませぬぞ」

森下は小馬鹿にした厭味で、中村は粘ついたもの言いで釘を刺す。そして皆を従え、ようやく下がって行った。

足音が遠ざかる。やがて静かになった居室の内で、ぼそりと呟いた。

「愚か者共め」

相手の思惑を察し、受け取る。連歌や返歌の意趣を転じるまでもなく、森下や中村の思うところは十分に分かった。要するに、古いものを改めようとする信長が憎いのだ。比叡山への焼き討ちの一件、そして将軍の御教書さえ矛と成し、自らの頑迷を押し通そうとしたに過ぎない。

だが、と豊国は思う。

森下らが持ち出した理由の片方について言えば、比叡山は国の政《まつりごと》に食い込み過ぎていた。帝の意向に従わず、政を捻《ね》じ曲げてきたのだ。財の力と僧兵の武威によって、帝と禁裏を脅すことで。

それは、やはりおかしい。

そもそも僧侶《そうりょ》とは道を説く者であるはずだ。釈迦牟尼《しゃかむに》も明言した「生一切皆苦」を如何に和らげるか、如何に生きれば人は幸せであるかを示すべき身なのである。如何に生きるか、つまり生を基として人を導く立場の者は、人を討って道を作るもの――戦に関わるべきでない。

世の人は、そこから都合良く目を逸らす。古くからの名刹《めいさつ》だから、長らくの仕来《しきた》りだからと言って、僧門の条理に悖《もと》る行ないを受け容れてしまうのだ。

果たしてそれで世が良くなるのか。

なるはずがない。古くからの名家・山名に育った身ゆえ、嫌と言うほど知っている。古いものに縛られた道の先は行き止まりなのだ。

信長はそれを改めようとした。世を澱《よど》ませる淵《ふち》を叩き壊し、新しく正しい方へ流そうとしたのだ。然るに、これを憎む者の何と多いことか。将軍・義昭もそれらと同じである。

全く以て人とは度し難い。

「誰かある」

大きく声を上げると、少しして岡垣次郎左衛門が「これに」と参じた。豊国は軽く頷き、私部城の垣屋豊続を訪ねると告げた。

「布施の者に、左様に伝えておけ」

「はい。されど……先ほどの訴えの、すぐ後では」

何ぞ怪しまれるのではないかと懸念している。豊国は布施の臣を蔑むように鼻で笑った。

「私が何をしようと、あの者共は疑う。是か非かで言えば、常に揺るぎなく『非』としか見ようとせぬ奴輩《やつばら》よ。まあ、我が所領の差配を命じに参るとでも言っておけ」

明くる日の朝、豊国は馬廻衆と百の兵を連れて私部城に向かった。今は織田への鞍替えを明かし得ぬ状況ゆえ、垣屋豊続を通じて尼子残党と諸々を示し合わせねばならなかった。

山中は尼子残党を率い、武田に近しい国衆を襲う。武田が窮した今、それらの者も大いに慌てることだろう。そこで豊国が布施の兵を動かし、窮した国衆に救いの手を差し伸べて取り込む。山中と尼子残党は「布施の兵力を恐れて」兵を退き、姿を晦《くら》まして次へ向かう。

自ら火を点《つ》けて自ら消すことを繰り返し、こちらの力を損なわぬ形で少しずつ武田の力を引き剝《は》がしてゆく。それが豊国と豊続、山中の間で示し合わされた策であった。

＊

「ついにか」

岡垣の伝手で得た報せに、豊国は「さもありなん」と頷いた。

元亀四年（一五七三）七月二日。将軍・足利義昭が織田信長に対して挙兵した。

この日が来るのは、避けられぬ話であったろう。義昭は信長の力を借りて上洛し、将軍位に就いた身である。だがしばらくの後に信長と反目し、織田の力を廃するべく、各地へ内書や御教書を発していたのだから。

しかし義昭は、幾らも戦わぬうちに敗れた。二日前、七月十八日であった。

一報に触れ、布施の者たちは大揺れに揺れている。対して豊国は陶然たる思いであった。ひとりでに目が遠くを見る。どこまで遠くを見ているのか分からなくなり、部屋の調度や障子、向こうの庭さえ二重三重に映った。

「ようやく壊れた。古き形が、役目を終えて」

山名累代は懸命に働いて力を増した。その度に幕府から横槍が入り、全てを奪われてきた。頭角を現せば「出る杭《くい》」と叩かれ、足を掬われる。その頸木《くびき》から解き放たれたのだ。世は戦乱の只中にあり、山名家はこの流れに乗る形を作れていない。危うい立場に変わりはなかった。しかし、これからは変わる。世のあり様が改まるのだから。

幕府を潰した信長に抗う者は必ずある。とは言え、ものの数ではあるまい。織田は畿内《きない》の大半を制しており、かつ美濃《みの》、尾張《おわり》、近江《おうみ》といった豊かな領を持つ。これだけの力、そして幕府を廃してでも世を作ろうとする心――天下布武の志に勝る者があるとは思えない。

「こうしてはおられぬ。次郎、皆を集めよ。布施の者は無論、私部の豊続も、武田から引き剝がした者も、全てだ」

八日の後、布施屋形で評定が開かれた。幕府が潰えた今、因幡は如何に振る舞うべきかを話し合うべし。この呼びかけに、武田高信を除く因幡衆が全て集まった。

「昨日、禁裏よりお達しがあった。元亀四年を改め、今日より天正《てんしよう》元年である」

主座から声を上げると、広間にある皆が背筋を伸ばした。改元とは、つまり幕府の滅亡を意味することだからだ。

「毛利に奏上して、織田を討ちますのか」

六人ずつの列が七つ、一列目の右手筆頭・森下道誉が面持ちを引き締める。向かって左脇、二番手の中村春続が掬い上げる眼差しを向けてきた。

豊国は、失笑を以て応じた。

「誰が左様なことを申した。私は今日より毛利を見限る。この先は織田方に立ち、山名宗家や但馬衆、尼子一党と手を組んで因幡を束ねる。それを申し伝えるべく皆を集めたのだ」

布施の面々が言葉を失った。それは、そうだろう。織田信長は仏法を乱す獣とうそぶいていた者たちである。

「方々は毛利に与しておれば安泰と思うておったのだろう。だが、それは違う。毛利は代替わりの乱れを未だ鎮め果《おお》せず。対して織田は将軍を捨て、名実共に天下の主となった」

「異なことを！」

中村が怒りの声を上げた。驚くべき剣幕である。辛気臭い心が弾けたか、溝《どぶ》の澱《おり》を溢れさせたような、どろどろとした怒りが渦巻いていた。

「信長めは公方様に弓引いて、京より追い払うたのだ。武士の風上にも置けぬ鬼にござろう。左様な者に与しようなどとは、正気の沙汰《さた》とも思えぬ。そも――」

「たわけ！」

腹の底からの一喝を飛ばし、いつもの穏やかな佇《たたず》まいをかなぐり捨てる。豊国の目は、戦場で荒ぶる時のものになっていた。我が下に集いながら、心の中では全く服していない。そういう者共を束ねなければ、この豊国にも、因幡にも明日はないのだから。

「お主が家は長らく布施に仕えておったのだろう。四代前、宗家に滅ぼされた山名久通《ひさみち》も然り、三代前の我が父・豊定《とよさだ》、先々代の棟豊《むねとよ》、先代こと我が兄・豊数《とよかず》も然り。累代の守護代を見ておりながら、何も分からんのか」

五代前、六代前、それよりも前。因幡を治めた山名一族が幕府から如何なる扱いを受けてきたかを、知らぬはずはない。それによって布施の臣も割を食ってきたのだ。にも拘らず、なぜ「世の秩序ゆえ」で追従するのか。それは前も上も見ていないからだと、声を荒らげて凄《すご》んだ。

「自らの足許がどうなっておるのか、そればかりを恐れて下を向いておる。だが！　我らが足許を危うくしてきたのは誰だ。幕府ではないか。抑え付けられ、良いようにあしらわれて、縮こまっておる世がさほどに望ましいか」

豊国は目を剝き、森下を見据えた。

「道誉。お主も同じだ」

そして、かつて居室に押しかけて来た十二人を、ひとりずつ睨《ね》め回した。

「織田は先頃まで諸国を敵に回しておった。だがこの四月に甲斐《かい》の武田信玄《たけだしんげん》が黄泉へ渡り、囲みは破れたと申して良い。織田を取り囲んでおった者、朝倉《あさくら》や浅井《あざい》、六角《ろっかく》、三好《みよし》、本願《ほんがん》寺《じ》、これらは全てお主らと同じ、何を疑いもせず古きものにしがみ付くだけの馬鹿者ぞ」

そうした者たちは将軍をこそ旗印に戴《いただ》いていた。だが、今やその旗は失われたのだ。織田に抗おうとする者を誰が束ねるのか。各々が手前勝手に立ち向かい、それで倒れるほど、天下人の力は甘くない。

「言うなれば、これは世の流れである。古きぬるま湯にいつまでも浸《つ》かっておれば、早晩、滅亡の憂き目を見るのみぞ」

「……さに、さにあらず！」

森下が苦しげに吐き出した。豊国は「ほう」と見下す目を向けた。

「存念があるか。申してみよ」

「先に御身は、織田に抗う者を誰が束ねるのかと申された。それこそ西国の雄、毛利ではござらんか。毛利には織田をも凌《しの》ぐ力がある。朝倉、浅井、本願寺とて、きっと」

「毛利とて大内を滅ぼして成り上がった家だ。それを旗とするのか。古臭い権威ばかりを重んじて、世の流れを堰《せ》き止めて参った者共が」

「それは……。いやさ、信長が如き暴虐の徒より、よほど良いはず」

豊国は鼻で笑った。そして――。

「高木《たかぎ》」

布施の者たちの、すぐ後ろにある男に声をかけた。因幡国衆、この五月まで武田高信に従っていた高木越中守《えつちゆうのかみ》である。高木は「はっ」と応じ、すくと立って進むと、携えた刀を抜いて森下の首に宛《あて》がった。

「何を」

いきなりのことに、森下が肝を潰す。豊国は「はは」と笑った。

「分かるか道誉。これが暴虐というものだ」

「お、おお、御身は。いったい」

「お主は因幡でも指折りの大身ゆえ、死なせては痛手となろう。それでも私は、お主を斬っても構わんと覚悟しておる」

信長の行ないも同じなのだ。今の世をただ壊そうとしているのではない。天下布武――遍く世に武王の徳政を布くと公言する男なら、壊した後には必ず新たな世を作る。

「戦、戦、戦。今の世はそれだ。因幡とて例に漏れまい。だが道誉、お主は戦ばかりの世が好ましいか。争いごとなど、なければない方が良い」

「それは申されるとおりじゃ。されど」

「されども何もない。本来、戦を止めて世を静謐《せいひつ》に保つのは幕府の役目であろう。さりながら足利の幕府は、長らく役目を果たしてこなかった」

幕府の横車に苛《さいな》まれてきた山名家に育った身ゆえ、分かるのだ。六代・義教《よしのり》の頃から、幕府は何かと言えば互いに足を引っ張り合い、自ら世を乱す種を蒔《ま》いてきた。そのたびに、巻き込まれて泣きを見る者を作ってきたのだ。

「斯様なものが改まらねば、世は良うならん。それを成さんがための暴虐なら、大いに結構ではないか」

「ゆえに、わしを斬ると」

森下が固唾《かたず》を呑む。豊国は、にやりと笑って首を横に振った。

「皆の者」

呼び掛けに応え、立ち上がる者たちがあった。私部城主・垣屋豊続、舅の長高連、腹心の岡垣次郎左衛門。さらには岩井《いわい》奥山《おくやま》城の頃からの家臣・田結庄藤八《たいのしょうとうはち》、かつて兄に仕えていた太田垣勘七《おおたがきかんしち》。武田から引き剝がした因幡国衆・山口伝五郎《やまぐちでんごろう》に加え、武田の妹婿・塩冶高清の姿もある。それらが一斉に刀を抜き払い、布施の面々を取り囲んだ。

豊国の声が、いつもどおりの穏やかなものに戻った。

「のう道誉。お主が申したとおり、毛利の力は織田を凌ぐ。だが少しだけ凌ぐに過ぎぬ。力の同じ者同士が、或いは片方が少しばかり見劣るとしても、両者が戦えば気概の強い方が勝つ。必ずだ」

自らに照らし合わせて、そう確信できた。武田高信、許すまじ——兄の死に際しての強い誓いがあったからこそ、今の己にはこれだけの味方がある。

しかも信長の思いは、己の誓いが如く小さなものではない。天下を平らかに保とうという大志なのである。翻って毛利はどうだ。先代の元就でさえ、自らの子らに「天下を望むべからず」と言い含めていた。大志を抱けぬ者は、自らの器の小なるを曝《さら》け出したに等しい。そういう者が、皆の望む世、争いのない静謐な世を作れるものだろうか。

「世は改まらねばならぬ。私に従《したが》いて、山名宗家と共に織田に与するべし。そして因幡一統を成し遂げ、新たな流れを作る一翼となるのだ。容れるや否や。従うと申すなら命は取らぬ」

躊躇《ためら》いの時が流れる。だがしばらくすると、ひとり、またひとりと、布施の衆が頭を下げ始めた。そして、終《しま》いには全てが平伏の体となった。

もっとも、心から服していないことは明白である。ゆえに豊国は垣屋豊続を布施に入れ、垣屋の抱える透破《すっぱ》を使って布施の者たちに目を光らせた。布施の面々は屈辱と不平を抱きつつも、勢いに乗る豊国と垣屋一族の力を敵に回そうとはしなかった。

これより豊国は、表立って尼子残党と手を組んだ。

いざ、武田高信の鳥取城を落とすべし。気多《けた》郡こそ毛利方の南条《なんじょう》に押さえられているが、残る七郡の統一は目前に迫っていた。

＊

信長は引き続いて越前《えちぜん》の朝倉、近江の浅井を攻め下した。朝倉は八月二十日、浅井は九月一日に滅んでいる。足利義昭を京から追放してわずか一ヵ月半、主だった敵は阿波の三好、および一向宗《いっこうしゅう》の総本山・石山本願寺《いしやまほんがんじ》を残すのみとなった。

この勢いに乗るべし。豊国は垣屋以下の但馬衆と山名宗家、さらに尼子残党の力を借りて、ついに宿敵・武田高信に兵を向けた。

鳥取攻めの本陣、布施屋形の東にほど近い徳吉《とくよし》城に入った晩、垣屋豊続が部屋を訪ねて来た。

「殿、よろしいか」

「珍しいな。お主から訪ねて参るとは」

山名の実を委ねて以来、何かと言えば呼び付けられるのが常であった。それを持ち出すと、豊続は嫌そうに「ふん」と鼻を鳴らした。

「しばらく会わぬ間に、気の利いたことを申されるようになった」

「お主ほどではない。たまには良かろう。して何用だ。調略のことか」

豊続は「然り」と頷いた。垣屋の手にある透破を放ち、行商の者を装って鳥取城下に潜り込ませている。この透破を通じ、密かに武田の家臣を調略していた。

「伊田《いた》十兵衛《じゅうべえ》に用瀬伯耆守《もちがせほうきのかみ》、寝返りを約束してござる」

差し出された二通の書状は、血判が未だ鮮やかである。豊国は一読して「ふむ」と頷いた。

「二人の持ち場は？」

「伊田が三之丸、用瀬はその裏手の腰郭《こしぐるわ》とか」

鳥取城は久松山《きゅうしょうざん》の頂にあり、麓《ふもと》に城主居館がある。居館も平山城の体で、正面――西側から見て左手の二之丸と右手の三之丸、二つの間を抜けた先に腰郭があった。それら三つの郭を抜けた先にしか、山頂の本丸に至る道はない。

「二之丸は誰だ」

「武田が二子・与十郎《よじゅうろう》だとか」

「さすがに、それは引き込めまいな。だが十分だ」

人の心に照らして考えれば、全てを味方に付ける必要はないと言えた。

城に拠《よ》って戦う兵は手強いものだ。武田勢は精々が二百の小勢に成り下がったものの、毛利から回された鉄砲を持っているだけに侮れない。だが狭いところに籠もっていて、気を萎えさせやすくもある。その形を作ってやれば良い。

「かねての取り決めどおり、明日の朝一番で出陣だ。しばし睨み合って城方の気を腐らせ、戦に倦《う》ませてやろう」

元より数ではこちらが圧倒しており、厭戦《えんせん》の気を煽《あお》るのは容易い。その上で城内に寝返りが出れば、よほどの猛将でもいない限り動転して木偶《でく》と化すだろう。この見立てに、豊続も「上等にござる」と頷いた。

果たして翌朝、山名勢は出陣した。

先手衆には、各地を荒らして二千に膨らんだ尼子残党を立てた。二番手に布施の森下道誉・中村春続が率いる四百、さらに因幡衆二百。三番手に但馬衆・長高連の五百が続き、本陣は豊国の所領で揃えた八百、後詰《ごづめ》に垣屋豊続の五百。総勢四千四百の大軍であった。

「いざ、進め」

晩秋九月上旬、東の空は未だ仄暗《ほのぐら》く、地平が薄い橙《だいだい》に染まるのみ。彼方《かなた》に聳《そび》える久松山、その頂に築かれた鳥取城の本丸は、青と橙が滲み合う中に黒い影を映えさせていた。

行軍すること一時半、山名勢は城を遠く望む形で布陣した。案の定、敵は城に籠もりきりで、城主居館に備えられた三つの門も固く閉ざされている。

陣張りが終わった頃には既に日も高く、将兵に昼餉を取らせる頃であった。豊国も湯漬け飯と漬物で腹を満たす。しかし、戦わなかった。

日が落ちれば、その日の戦を収めて引き上げるのが常道である。だが豊国は、一兵たりとて陣所から退かせない。

自らもその場に留《とど》まって野営し、夜を明かす。明くる日も兵を動かさず、ただ鳥取城を睨むのみ。来る日も来る日も、それを繰り返していった。

七日も過ぎた頃になると、朝一番で城から喚声《かんせい》が上がった。兵の叫び声だけではない。鉄砲の音も交じっている。大軍を率いながら仕掛けない山名勢への罵声《ばせい》、挑発である。

豊国はにやりと笑い、後詰へ向けて声を上げた。

「豊続」

応じて垣屋豊続が参じる。こちらと同じ、不敵な笑みを浮かべていた。

「ようやくですな。痺《しび》れを切らしたと見える」

武田勢は総勢二百、三之丸の伊田十兵衛と腰郭の用瀬伯耆守が五十ずつ率いている。向かって左の二之丸には武田の二子・与十郎が七十を率いて入り、鉄砲も全てここに集められているという話であった。

　力攻めにするなら、鉄砲を受けての損兵を覚悟せねばならなかったろう。ゆえに待った。大軍に囲まれる恐怖を以て、城兵に焦りと厭戦の気が満ちる時を。

　そして今日、ようやく敵方が挑発してきた。先んじて取り込んだ用瀬が「もう十分」と知らせるための合図であった。

「仕掛けるか？」

　城に目を戻し、右後ろに問う。豊続は少し考えて「あと三日」と返した。

「さすれば寝返りの効き目も、より大きくなり申す」

「分かった。次郎、これへ」

　本陣付きの岡垣次郎左衛門が「はっ」と参じ、床几の前に跪《ひざまず》いた。

「今のお話、各々の陣に申し伝えておきまする」

「頼む。滞りなく進めよ」

　かくして全ての算段が整った。

　三日後の朝、豊国は日の出と共に声を上げた。

「先手、尼子衆。掛かれ」

　法螺貝の音が響き渡る。待っていたとばかり、尼子残党の二千が突っ掛けて行った。山入端《やまのは》から零《こぼ》れる陽光に照らされて、山中鹿之助や亀井新十郎の指物《さしもの》が躍っていた。

　城方はこれを見て矢を放ってきた。向かって右の手前、三之丸である。だが尼子の兵は未だ城から二町も離れており、遠矢もぎりぎり届かない。その頃合で放ってきたのは、即ち三之丸に詰める伊田の寝返りが確かな証であった。

矢の雨が降らされた後は鉄砲の出番である。より遠くまで狙える弾で、遠矢に足止めされた寄せ手を射貫《いぬ》くためだ。もっとも先ほどの矢は尼子勢に届いていない。それでも二千を率いる山中は、示し合わせていたとおりに兵の駆け足を緩めさせた。

「放て」

遠く向こう、二之丸と思しき辺りにその声が上がった。次いで、パン、パンと乾いた音が束になって響く。

「掛かりましたな」

床几の右後ろに立つ豊続が「してやったり」と含み笑いを漏らす。豊国も「ああ」と応じ、小さく肩を揺すりながら戦場を眺め続けた。

すると三之丸に鬨の声が上がり、矢が乱れ飛んだ。それは城外の尼子勢にではなく、二之丸へと向けられていた。

「よし！　二番手、前へ」

豊国の号令に続き、陣太鼓が「進め」の拍子《ひょうし》を刻む。布施の兵と因幡衆が進み出で、再び突撃を始めた尼子勢の後ろ巻きに加わった。

一度放った鉄砲は、しばらく砲身を冷まさねば次の弾込めができない。三之丸の伊田は偽りの遠矢を放ち、尼子勢を率いる山中は足止めされたと見せかけた。十日の睨み合いに焦っていた二之丸——武田与十郎は、これに騙《だま》されて無駄弾を放ってしまったのだ。ゆえに今、三之丸の伊田から向けられた矢に応じることができずにいる。乱れるのは必定であった。

「そろそろだ」

豊国は目元を引き締め、最も右手、桝形《ますがた》に整えられた門を見据えた。尼子勢が今にも詰め寄ろうとしている。そして、伊田の手勢が内側から門を開けた。

尼子勢は労せずして城に踏み込む。あとは寄せ手の為すがままであった。

二之丸の武田与十郎は、二度目の鉄砲を使うこともできぬまま、ほどなく崩れた。二番手として踏み込んだ森下と中村、因幡衆が城主の居館を押さえる。先手の尼子勢は、寝返った伊田と用瀬に導かれて本丸に押し寄せていた。

難攻不落の鳥取城は、城将の裏切りによって呆気なく落城した。

「申し訳次第もござりませぬ」

戦が終わって鳥取の城主居館に入り、二之丸御殿に腰を据えると、山中鹿之助が訪ねて来て詫びを入れた。武田高信・与十郎父子を取り逃がしてしまった、と。

豊国は無念の鼻息を抜き、しかし山中を大いに労《ねぎら》った。

「致し方あるまい。如何にしても、鳥取を手に入れたのは大きい。其許らの働きゆえだ」

山中が「痛み入ります」と再び頭を下げる。右後ろの亀井新十郎は、今日も喜びに細面を紅潮させて勢い良く一礼した。

武田父子が逃げた先は、鳥取の十五里ほど南西、鵯尾《ひよどりお》城であった。鳥取とは比べるべくもない小城ひとつ、死に体が明らかとなった。

それがゆえだろう、武田高信は豊国に和を請うてきた。

藁《わら》にも縋《すが》る思いに違いあるまい。だが許すものか。早々に兵を転じて叩くべしと、豊国は息巻いたのだが――。

＊

一段高い畳の座、右前には垣屋豊続のすまし顔がある。正面には怒りを湛《たた》えた森下道誉、左隣に仏頂面の中村春続が並んでいた。鳥取城の城主居館、豊国の居室であった。

「力の似通った者が戦わば、気概の強い方が必ず勝つ。でしたかな」

森下がじろりと睨んで硬い声音を寄越す。続いて中村が、ぼそぼそと漏らした。

「織田こそ天下人、これは世の流れじゃとも申された。が、その流れはいつ来るのやら」

鳥取城を奪って既に八日、未だ武田の逃げ込んだ鵯尾城に出陣していない。出陣できぬだけの訳があった。

「我らを脅して織田に鞍替えした挙句、斯様なことになるとは。如何に責めを負うおつもりか」

森下の言う「斯様なこと」とは、毛利であった。鳥取落城から数日、主力の吉川元春が因幡に兵を向けたらしい。その数、実に一万五千と聞こえている。

「毛利に与せよと、あれほど申しましたろう。織田は尼子を操るのみで、援軍も寄越さぬ。どこが世の流れを作る者なのか」

中村が粘ついた声を出す。豊国は、うんざりして「待て」と口を開いた。

「存じておろうに。織田殿に誼を通じんとしたが、返答が得られぬ」

鳥取を攻め落とした翌日、木下改め羽柴《はしば》秀吉へ、山中鹿之助から確かに伝えさせている。だが直後に吉川が動いてしまったせいで、この話は宙に浮いてしまった。

織田には破竹の勢いがある。援軍を出すくらいは訳のない話だが、今は豊国に肩入れできない訳があった。先に京を追われた足利義昭が毛利を頼り、織田に帰京を願い出ている。その談合の最中だからだ。

「言うなれば、毛利にわずかな隙を衝かれたのだ。援軍がなくとも道理であろう」

中村に向けた反駁《はんばく》だったが、それに嚙み付いたのは森下の方であった。

「道理も何もござらん。毛利の兵は、もう伯耆に入ったと聞こえおるのですぞ」

鳥取は確かに難攻不落だが、さすがに一万五千の大軍には敵《かな》うまい。鉄砲も武田勢から奪った四、五十挺《ちょう》のみ。これでどう戦うのかと、法体とも思えぬ荒々しさでがなり散らしている。

その脇で中村が目を逸らし、聞こえよがしに「独り言」を漏らした。

「まったく、とんだ見込み違いよな。山名の宗家すら駆け付けぬとは」

豊国は「おや」と目を見開いた。山名宗家と聞いたからだ。

「宗家……。伯父上」

織田の援軍は望むべくもない。だとすれば頼みの綱は伯父・祐豊《すけとよ》と垣屋本家だ。それすら駆け付けないのは、伯父と垣屋本家が信長に好誼を通じ、名実共に織田方だからである。

「そうか」

口の中で呟き、森下と中村の不平を聞き流して考えた。

伯父と垣屋本家が駆け付ければ、織田と毛利の戦いになる。織田がそれを避けたいのなら、毛利とて同じはずだ。

今の己は、織田方であって織田方ではない。だが山名宗家は伯父・山名祐豊であり、己は元々伯父の命を受けて因幡に入った身ではないか。かつての因幡山名家とは違い、別家を立てた訳ではないのだ。しかも己は伯父の娘・藤を娶《めと》り、宗家を継ぐべき身のひとりとなっている。

それと戦うのは、毛利にとって、織田と戦うのと何が違うのだろう。

「違わん……と、言い張れる」

「何を、ぶつぶつと申されておるのか。そも御身は——」

森下は未だあれこれ捲し立てていたが、耳に入らない。頭の中には「それで良いのか」の自問が渦巻いていた。

毛利では、未だ代替わりの混乱が続いている。ことに因幡の西、伯耆と出雲は長らく尼子残党が乱していたせいで脆弱《ぜいじゃく》に過ぎるのだ。向こうにしてみれば、因幡を当面の楯としたいだろう。

だとしたら、吉川の兵が動いているのには訳がある。

この豊国は、織田方の山名宗家を継ぎ得る者である。それを形だけでも毛利方とできれば、しばし但馬の織田方が因幡を攻めることはなくなろう。出雲・伯耆を鎮めるだけの時を稼げると踏んでいるのではないか。来るべき織田との戦いのために、その猶予は是非とも欲しいところであるはずだ。つまり。

此度のことは、脅しである。毛利は、こちらから「降る」と言わせたいのだ。

それに乗るのは容易い。しかし尼子残党と手を組み、織田への鞍替えを明らかにしながら、すぐに再び降るのが本当に正しいのだろうか。

思い悩んでいると、ふと誰かの眼差しを感じた。ちらりと見れば案の定、豊続である。試すような目が語っていた。裏切りは生き残りの策という、過日と同じことを。

本意ではない。だが致し方ない。他に取り得る道がない以上、我が心をこそ捻じ伏せねば。

「分かった。毛利に降ろう」

怒号の中に一声を上げる。満座が呆気に取られた。たった今まで怒りをぶちまけていた森下でさえ、信じられない、という顔であった。

「これはまた……左様に都合の好きことを。和議の上で歯向かっておきながら、容れられるとお思いか。毛利にしてみれば、御身を攻め滅ぼして取り込めば済む話よな。ゆえにこそ我らは、巻き添えは御免蒙《こうむ》ると申しておるのですぞ」

　豊国はゆっくりと二度、首を横に振った。

「私は誰だ。山名祐豊の娘を娶り、婿となった身ぞ」

　これを攻めれば織田に仕掛けたも同然と唱え、その上で毛利に降れば良い。胸を張ると、中村が小馬鹿にして鼻で笑った。

「詭弁《きべん》ではござらんか」

「左様、詭弁に違いあるまい。されど織田との争いを厭う上は、わずかな綻《ほころ》びも残しとうないのが人というものではないか」

　いつか毛利と織田は争い合うことになる。此度、毛利が山名宗家の婿を攻めることは、先々に至って信長から仕掛けるに十分な口実となるだろう。毛利輝元は未だ若いが、百戦錬磨の吉川元春と小早川隆景なら、そのくらいは見越しているはずだ。

ならば、敢えて突っ撥ねようとするだろうか。豊国の言い分に、森下と中村はあんぐりと口を開けるばかりであった。

「然らば毛利との談合を進める。垣屋豊続に任せようと思うが、構わぬか」

　眼差しを受け、豊続は笑いを堪《こら》えた顔で「承知」と返した。

　十月、吉川勢が因幡に入る。これを見て取ると、豊国は降伏の使者を送った。

　果たしてこの申し出は、あっさり認められた。守護代としての権も、これまでに武田から切り取った所領も今までのままである。ただし鳥取城には城代を入れ、尼子勢を因幡国外に退去させた上、豊国は布施屋形に戻って人質を出すことを条件とされた。

これに伴い、正室・藤との間に生まれた四歳の娘、蔦《つた》姫が毛利への人質と定められる。その上で豊国は山中鹿之助——城主居館ではなく本丸に入れていた——を訪ね、鳥取城からの退去を求めた。

「かねて話しておった和議の一件、あとは起請文を交わすのみとなった。其許らには申し訳なき話なれど、曲げて容れてくれぬか。尼子一党が因幡を出るまで決して手出しせぬと、毛利には認めさせておるゆえ」

山中は無念の面持ちで黙り込む。だが、やがて「致し方なし」と頷いた。

「織田様とて、今は表立って毛利と争いとうない。だとすれば、これもご意向に沿うことでしょう。織田様の後ろ盾なくば尼子再興の望みも潰えるものなれば、受け容れざるを得ますまい」

豊国は重ねて「申し訳ない」と頭を下げ、伏し目がちに溜息をついた。

「おかしなものだな。昔は敵であった尼子と共に戦《たたこ》うたからこそ、私は因幡で力を持ち得た。短い間だったが、盟主と盟友の間柄が終わるとなれば名残惜しい」

「かく仰せられるからには、宮内様はお心まで毛利に降った訳ではござらんのでしょう」

「私は伯父を通じて織田方であるつもりだ。其許らとも、やがて再び共に歩みたく思う。此度のことも、山名が因幡を束ね、いつの日か晴れて織田方となるための手順と思わねばならん」

山中は「それなら」と先までの無念を拭い去り、爽《さわ》やかな笑みを見せた。

「我ら尼子家が三度《みたび》再興を目指す折には、是非とも宮内様のご助力を賜《たまわ》りとう存ずる」

十一月、尼子一党は鳥取城を退去して行った。これを見届け、豊国も布施屋形に戻る。

鳥取城代には、かつての私部城主一族・因幡毛利氏の浄意《じょうい》入道が送り込まれた。

第三章
濁りと痛み

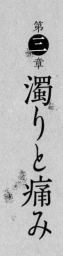

一　表裏

尼子《あまご》残党の動きは早く、年明け天正《てんしょう》二年（一五七四）一月には再び蜂起《ほうき》して、因幡《いなば》東南部の私部《きさいち》城を攻め立てた。

豊国《とよくに》は守護代であり、本来これを見過ごしてはならない。だが本心が織田《おだ》側にあり、加えて山中鹿之助《やまなかしかのすけ》に助力を約束したとあって、妨げるつもりはなかった。拠《よ》るべき城として敢《あ》えて私部を取らせ、その裏で兵糧を回してやった。

さらに二ヵ月後の三月十日、尼子勢は布施《ふせ》の西・気多《けた》郡に鹿野《しかの》城を襲った。伯耆国衆《ほうきくにしゅう》・南条《なんじょう》一族に奪われたままの城である。落城には至らなかったが、南条は大いに兵を損じたという。

この戦を率いたのは、あの亀井新十郎《かめいしんじゅうろう》であった。初めて会った時にはやっと元服したばかりの若者だったが、昨年の転戦で将たる立場も様になってきたらしい。

南条を封じ込めた尼子勢は、以後しばらく私部城に拠って兵を増した。数は千五百ほどと聞こえている。織田の重臣たる羽柴秀吉《はしばひでよし》から金銀を回してもらったのであろう。

そして九月、鳥取《とっとり》に兵を向けた。

これに際し、毛利《もうり》から豊国に出陣の下知《げじ》が申し渡された。

「殿の領と布施屋形《やかた》で二千の兵を集め、鳥取の城方に援軍せよと」

毛利との和議を任せて以来、取り次ぎは垣屋《かきや》豊続《とよつぐ》の役目である。ところが豊続は、使者からの言伝《ことづて》を告げつつ、平たい面持ちに試すような喜悦を滲《にじ》ませていた。

如何《いか》にすべきか分かっているかと、眼差《まなざ》しが問うている。厭《いや》らしいことだが、この男のこうしたところに鍛えられてきたのは間違いない。豊国は相手の肚《はら》を探るように応じた。

「命じられたとおりに兵を集めよ。ただし、私は出陣の前に病を得るつもりだ」

「偽って出陣を控えるおつもりか。毛利に疑われますぞ」

口では苦言、目元には笑み。その様を見て苦笑が漏れた。

「毛利がこれを如何に見るか。向こうの思惑を読んで逆手に取るのだろう?」

「また少し、食えぬお人になられたようじゃ」

小さな頷《うなず》きが返された。ここで尼子と刃《やいば》を交えては、再び織田に鞍替《くらが》えすることも叶《かな》うまい。それよりは、敢えて毛利にこちらの肚を疑わせる方が賢明であった。

果たして豊国は、病を口実に出陣しなかった。当然ながら二心を疑われる。山名《やまな》豊国はいつ裏切るか分からない——毛利にそう思わせることこそ、豊国から尼子勢への支援であった。

鳥取の攻め口は西側にしかなく、尼子勢がそちら側に布陣すれば布施屋形に背を向ける格好になる。城方が豊国を信用しているなら、たとえ「病を得て」出陣に至らないのだと

して も、布施に集めた二千は敵の背を窺《うかが》う味方と言えるだろう。だが豊国の二心を疑った途端、城方にとって布施の二千は尼子の後詰《ごづめ》ということになる。気多郡の南条勢も先んじて尼子に封じ込められ、鳥取に援軍を出す余裕などない。これにて城方は浮き足立つに至った。

寄せ手の兵は千五百、城方は三百。要害・鳥取城に拠って戦うなら、守り切れぬほどの大差ではなかったろう。だが、ほどなく落城した。尼子勢は昨年、二ヵ月ほど鳥取城に入っている。豊国の揺さぶりも然《さ》ることながら、城を知り尽くしていることが大きかった。

鳥取落城の一報を受けると、豊国は麾下《きか》の者を布施屋形の広間に集めた。尼子一党を如何に処すべきかの評定である。その席で、開口一番に言い放った。

「これより私は尼子勢と手を組み、再び織田の側に立つ」

案の定、布施の面々はざわめいた。森下道誉《もりしたどうよ》と中村春続《なかむらはるつぐ》が噛《か》み付いてくる。

「またも、何を申されておるのか」

「付いて離れてを繰り返さば、織田とて御身を疑いますぞ」

しかし豊国は、かえって胸を張った。

「私が毛利から離れるのではない。毛利が私を疎《うと》んじておるのだ」

鳥取が攻められた折、出陣を命じられながら果たせなかった。しかし、それは病を得たがゆえだと声を大にする。

「誓って私に二心などなかった。然《しか》るに毛利は疑うておる」

中村が捻《ひね》くれた笑みを浮かべ、目を逸《そ》らして「猿芝居じゃ」と呟《つぶや》く。取り合う気はない。真正面から言えない厭味《いやみ》など臆病者《おくびようもの》の痴《し》れ言《ごと》である。

「一同、聞け。信じてくれる者にこそ、人は応《こた》えるものぞ。毛利と尼子、どちらが我らに信を置いてくれたか」

昨年に手を携えた折の尼子勢は、誰《だれ》もが命を惜しまず戦ってくれたではないか。それがあってこそ鳥取城を落とせた。長らく布施を悩ませた男、武田高信《たけだたかのぶ》を下し得たのだ。

「尼子勢は私の助力を恩と思うてくれた。私も尼子勢の獅子《しし》奮迅《ふんじん》を恩と感じておる。翻って毛利はどうだ。我らを疑い、織田への楯《たて》としか思うておらぬ」

「然れども、それは――」

「聞け」

森下を一喝して語気を強める。今の毛利が、ただで織田に抗《あらが》えるのかと。

そう言えるだけのことが、東南の遠国・伊勢《いせ》で起きていた。織田信長《のぶなが》が、長島一向一揆《ながしまいっこういっき》を根絶やしにしたのだ。鳥取落城のすぐ後である。

「一向宗は長らく織田を悩ませ続けた。長島一揆はその最たるところぞ。これが消えたのだ。勢いの差は歴然、毛利は是が非でも楯が欲しかろう。それが因幡だと分からぬはずはあるまい」

森下が歯ぎしりして、今にも弾けそうになっている。中村は目を逸らしたまま、ぶつぶつと口の中で捏《こ》ね回していた。

そうした中、面を冒して声を上げた者がある。布施衆の一、大坪一之《おおつぼかずゆき》であった。

「詭弁《きべん》を弄《ろう》するのも大概になされよ。要するに御身は鳥取城が欲しいのでしょう」

丸顔の柔らかい面差しを、今だけは厳しく引き締めている。中村と違って堂々と対決するつもりらしい。ならばと三列目の左端へ真っすぐに目を向けた。

「あの城は因幡の要である。これを手にしてこそ、織田とも毛利とも対等の談合が叶うと申すものではないか」

「鳥取を落とされた上は、毛利とて黙ってはおらぬはず」

遠からず誰かが、恐らくは毛利随一の将・吉川元春《きつかわもとはる》が因幡に出陣するだろう。さすれば尼子は退《ひ》くしかなくなるのだと、大坪は捲《まく》し立てた。

「かの城をお望みなら、その時を待って奪えばよろしいではござらんか」

「否とよ一之。それでは城を奪ったとて、功は毛利にこそあると言われてしまう。我らが鳥取を得ることは叶わず、誰かしら城代を置かれてお終《しま》いではないか」

「だからと申して、尼子に与《くみ》するなどと。此度《こたび》も毛利を裏切れば三度目ではござらぬか」

痛烈なひと言であった。裏切りを繰り返してきたことは豊国にしても気が咎《とが》めている。しかし己は、やはり山名の男なのだ。宗家と共に織田方でありたい。そして何より新しき世を望んでいる。如何にすべきか。

「如何《いかが》なされる。ご裁断を」

一同の中、垣屋豊続が促すように声を上げる。森下がそちらに忌々《いまいま》しげな目を向けた。

豊続は己を評して「食えぬ男になった」と言う。人の思惑を察するだけの力しか持たなかった者が、それを使った立ち回りを覚えてきたのだと。

その男が敢えて声を上げたのは、言葉面どおりの意味ではあるまい。決断を促すことで、いい加減に迷いを捨てよと叱咤《しった》したのだ。織田に鞍替えするつもりで尼子勢の好きにさせ、鳥取城を落とさせたのだろう。この席でも毛利を離れると宣言しながら、大坪ひとりの諫言《かんげん》に揺らいでどうするのかと。

そのとおりだ。容易《たやす》く揺らぐ自らの弱さを捻《ね》じ伏せんと、豊国は力強く頷いた。

「然らば尼子とは手を組むまい。だが、この豊国は因幡守護代である。鳥取とて我が手にあるが道理なれば、城を返せと迫ろう。容《い》れぬとあれば兵を向けると脅して、尼子を従えれば良い」

「それでは、毛利の敵を庇《かば》うことに変わりはないでしょう」

粘る大坪に向け、豊国は「いいや」と首を横に振った。

「同じではない。尼子を従えれば、降を容れたのだと言い張れる。毛利がこれを認めず戦を構えるつもりなら、確かに私に勝ち目はなかろう。だが先にも申したとおり、毛利にとって因幡は織田への楯ぞ。私を討った暁《あかつき》には、毛利は自ら因幡を差配するしかなくなる」

因幡を明らかな領国と成せば、織田方の但馬《たじま》と境を接する。双方には国衆があり、それらは近隣と常に争っているものだ。そして大名とは、国衆の益を守るべき盟主でしかない。因幡衆と但馬衆の間に諍《いさか》いが生まれた時、毛利は因幡衆のために力を貸す必要に迫られる。

「誰もが知っておろう。それが国と国の戦に化けてゆくことを」

今の毛利は、織田と争いたくない。なのに楯としての因幡を壊し、火中の栗《くり》を拾おうとするだろうか。豊国はきっぱりと言った。それはない、と。

「以前より私は、織田が新しき世を作ると申してきた。長島の一揆が潰《つい》えて、それが形になり始めている。世が改まってから擦《す》り寄っても遅いのだ。先んじて通じ、織田に益を与えて重んじられねば、新しき世での居場所を失うであろう」

なるほど、己は我儘《わがまま》を通そうとしているのかも知れない。だが一方で、これは因幡のためでもあるはずだ。胸の信条を述べ立てると、多くの者は口を閉ざした。

三人だけ、違った。森下が「付き合いきれぬ」と席を蹴《け》り、中村はそっぽを向いて不平を漏らし続けている。そして大坪は、黙って涙を流していた。

翌日、豊国は岡垣次郎左衛門《おかがきじろうざえもん》を鳥取城に遣《や》った。形の上で尼子一党を脅して従え、その実は手を携えるという談合のためである。

初めに敢えて私部城を与えたことで、悟るところがあったのだろう。尼子を率いる山中鹿之助は偽りの脅しを容れた。

十月初め、豊国は鳥取城の主《あるじ》となる。そして、あれほど不平を申し述べていたにも拘《かかわ》らず、布施の面々も――森下道誉や中村春続でさえ、これに従って鳥取に入った。

しかし、ひとりだけ従わずに因幡を去った者がある。大坪一之であった。

＊

「先ほど、但馬の御屋形《おやかた》から使いがあり申した。二日の後に、忍びでこれへ参られると」

鳥取に入って数日、豊続に呼び出されて居室に向かうと、いつもどおりのすまし顔でそう告げられた。伯父・祐豊《すけとよ》の使者に先立って、垣屋本家から一報があったのだという。

「自らお出《い》でになるのか。何ゆえに」

「毛利から織田に使者が出されたとか。小早川隆景《こばやかわたかかげ》にござる」

尼子勢が因幡を荒らしていることについて、これは織田の差し金ではないのかと、強く苦情を申し立てたらしい。

「もっとも織田様は、自らの思惑にあらずと言って、お認めあらなんだようですが」

「当たり前であろう。先に手を出したと認めるはずがない」

「されど尼子が織田様の力で動きおるのは、誰もが知るところにて。毛利も今まで敢えて呑《の》み込んできた。わざわざそれを持ち出したのは何ゆえか」

織田にもの言いを付け、譲らせるため。今すぐの戦は互いに望まぬところだと言うのなら、相応の対処をしてくれと釘《くぎ》を刺したのだ。

「斯様《かよう》な時は、誰かに汚名を着せねばなり申さず」

豊続はそこで黙った。豊国は考える。二つ、三つと数えた頃《ころ》、がばと顔が上がった。

「私しかおらぬ」

「そのとおり。山名豊国は毛利から独り立ちせんがため、尼子残党を引き込んで因幡を乱した。但馬衆を動かして成敗するゆえ、これを以《もつ》て織田の潔白と思われたし……左様に毛利へ申し送ったとか。御屋形が参られるは、それについての話でしょうな」

目の前が真っ暗になった。山中鹿之助から羽柴秀吉を通じ、申し入れたではないか。新たな世を作ることに助力すべく、誼《よしみ》を通じたいと。

「織田殿は私など要らぬと。見切ると仰せなのか」

「蜥蜴《とかげ》と同じにござる。小早川は我らより、二枚も三枚も上手だったということです」

好まざる話を避けるため、信長は自ら尻尾《しつぽ》を切って逃げた。そうせざるを得ないよう、毛利が仕向けたのだ。豊国は歯ぎしりした。

「だが……これが天下人か。これが、世を統《す》べる者の差配だというのか」

「当たり前ではござらんか。殿は甘きに過ぎる」

血を吐くが如《ごと》き言葉を、一刀両断に斬《き》って捨てられた。少しでも多くの者が良い目を見るために、ひと握りの者を泣かせる。その決断ができずして、人の上に立つ身は務まらないのだと。

「わずかなる者を憐《あわ》れんで、余の多くに労苦を強いる。これを阿呆《あほう》と申す。織田様を恨むのは筋が違いますな」

「お主は割り切り過ぎだ。続成《つぐなり》が討たれた折もそうだった」

「終わったことに繰り言を吐いて、何か変わるのでしょうや。垣屋本家の一件とて、討たれずに済むだけの力を持ち得なんだ伯父の咎にござる」

豊続の言葉は垣屋先代の続成を云々《うんぬん》しつつ、一方で豊国に向けられてもいた。織田信長に切り捨てられたのは、自らの非才と無力ゆえであろう。そう言っている。深々と胸を刺す言葉に、またうな垂れた。

以後の二日、豊国は思い悩んで過ごした。

信長は足利義昭《あしかがよしあき》を京から追い、越前《えちぜん》の朝倉義景《あさくらよしかげ》と近江《おうみ》の浅井《あざい》長政《ながまさ》を滅ぼして、諸国の囲みから抜け出した。伊勢長島の一向一揆も根絶やしにした。それでも未《いま》だ多くの敵を抱えている。

甲斐《かい》の武田《たけだ》信玄《しんげん》は既に没したが、家そのものは未だ健在。毛利を通じて持ち掛けられた一件、足利義昭の帰京についても破談となっており、これも先々の敵となり得よう。一向宗の本山・本願寺《ほんがんじ》とて潰えた訳ではない。越後《えちご》には上杉謙信《うえすぎけんしん》もある。

なるほど、今は大国・毛利との争いは得策ではなかろう。

だが、だからと言ってこの扱いは何なのだ。織田に与するよう伯父を説き伏せたのは、他ならぬこの豊国ではないか。尼子の一揆にも大いに手を貸してきた。それを――。

いや。違う。大国と誼を通じるとは、それによって庇護《ひご》されるのみではない。現に毛利も因幡を楯に使うべく、我が二心を承知の上で受け容れている。これこそ戦乱の世なのだ。

裏切りのひとつに懊悩《おうのう》し、心の誠を汚すことを厭《いと》うてきた。策を策と割り切れない我が甘さゆえに、こうまで苦しまねばならないのだ。

ならば、もうやめよう。今の世に生を享《う》けた身が、これで良い訳がない。

山名に盛運をもたらすのが我が役目と思っていた。今やそれも、生き残りの道を探ることに変わったようだ。

役目を果たすには、どうしたら良い。己が取るべき道とは——。

眠れぬ夜を明かし、今日も日が高くなってゆく。ようやく思いが定まった頃、伯父・祐豊が鳥取城に参じた。

「久しいな、九郎《くろう》」

城主居館、豊国の居室。祐豊は譲った主座に腰を下ろした。当年取って六十四、髪はすっかり白くなり、額にも深い皺《しわ》が目立つ。己も齢《よわい》二十七を数えたとあっては、伯父の老いも当然か。時の流れを恨めしく思いつつ、神妙な顔を向けた。

「藤《ふじ》とは、もうお会いに？」

「いや。この話が終わってからな」

少しだけ笑みを見せるも、祐豊はすぐ苦しげに面持ちを引き締めた。

「話は聞いておろう。織田殿は我ら但馬衆に、おまえを叩《たた》かせると仰せられた。とは申せ」

伯父の見立てでは、此度は毛利の顔を立てたに過ぎないのだという。まことに兵を動かすというところまで、話が及んでいる気配ではないらしい。

だが、と祐豊の眉《まゆ》が強く寄った。

「飽くまで『此度は』の話であろう。この先はどうなるか分からん」

「はい。私も、それを思うておりました」

祐豊は、やる瀬なさそうに溜息《ためいき》をついた。

「親子兄弟が争うは乱世の常よな。なれど……わしは、おまえと争いとうない」

信長はいつか本当に但馬衆を使って因幡を叩く。豊国を潰《つぶ》し、呑み込もうとする。山名家はその時、わずかに残った力さえ失うことになろう。抜け殻となり果てれば、山名の実を握る垣屋も離れるに違いない。さすれば——。

豊国は目を伏せ、頭《こうべ》を垂れた。

「申し訳ございませぬ。私が、織田と誼を通じてくれとお願いしなければ」

祐豊は「いいや」と穏やかに返した。

「おまえは、ずっと気張ってきてくれた。わしのため、山名のためと……。織田との誼とて同じよ。おまえの勧めに従わなんだら、もっと早うに滅んでおったろう」

だが命運の何と惨《むご》いことか。織田方となったからこそ命脈を繋《つな》ぎ、永らえたからこそ滅びを避けられぬようになってしまったとは。

「九郎。いつまでも下を向いておるな」

促されて頭を上げる。祐豊は慈愛の眼差《まなざ》しを向けて、こちらの顔をしげしげと見た。

「自慢の甥《おい》、自慢の婿《むこ》じゃ」

伯父の面持ちが悲哀に変わる。

「おまえを討てと……いつか命じられる。わしに、わしの手で」

その顔が、怒気の極みへと塗り替えられた。

「できるものか。できるはずが、あろうものか！　かくなる上は」

思いを受け取って、豊国は静かに頷く。胸の決意に確かな火が灯《とも》った。

「はい。我らは身を守るしかありませぬ」

あとは無言で眼差しを交わすのみ。重苦しいものを受け止め、互いの心を察し、確かめ。

そして、頷き合った。

祐豊はその日のうちに鳥取を辞し、但馬へ帰って行った。

三ヵ月の時が流れた。年も改まって天正三年（一五七五）を迎えている。一月二十四日の朝一番、豊国は尼子一党を居館の広間に集めた。

主座の右前には、いつものとおり豊続が座を取る。正面には旗頭の尼子勝久《かつひさ》、実を執る山中鹿之助が並び、二人の後ろに立原久綱《たちはらひさつな》、亀井新十郎、秋上助次郎《あきあげすけじろう》らの勇士が控えた。

尼子の衆は皆が面持ちを強張《こわば》らせている。分かっているのだろう。この三ヵ月、山名が陰で何をしていたのかを。一同を見回し、豊国は静かに口を開いた。

「其許《そこもと》らの助けがあってこそ、私はこの鳥取城を得た。重々ありがたく思うておる」

「それは……宮内《くない》様が我らにご助力あったがゆえ。持ちつ持たれつにござります」

山中は面持ちに厳しいものを映し、一方で、どこか悲しげなものを漂わせていた。

正直なところ苦しかった。辛《つら》かった。今も居たたまれないものに苛《さいな》まれている。

それでも、言わねばならない。

「山名と尼子は今まで手を取り合うて参った。それを終わらせる。私と山名宗家は毛利に従うと決めた。既に和議は整っておるゆえ、尼子の一同は即刻この鳥取から退去召されい」

こうするより他にない。致し方ないのだ。勝久と山中は「やはり」という面持ちで、大きく動じていないように見える。しかし。

「おのれ豊国！　我らを裏切ると申すか」

やはり憤る者はあった。亀井新十郎である。これまで見てきた、喜びに紅潮する顔ではない。明らかにそれと分かる憤怒の朱に彩られていた。

「尼子を体良《ていよ》く使い、捨て駒《ごま》とするとは」

「ここな表裏者《ひょうりもの》、恥を知れ」

立原が、秋上が、腰を浮かせる。亀井に至っては、帯びた刀に手を掛けていた。

「たわけ！」

胸の痛みを無理に押し潰し、豊国は一喝した。

「体良く使うと申したな。そのとおりだ。図らずも、その形になってしもうた！　されど其許らは始めから、山名と同じ捨て駒なのだ。他ならぬ織田こそ尼子を体良く使うておる」

「不埒《ふらち》なことを！　織田様は我らを助けてくだされた。裏切りの上に言い逃れとは」

亀井の目が憎々しげに吊《つ》り上がる。刀の鞘《さや》を摑《つか》む左手が、鯉口《こいぐち》を弾《はじ》いた。

「出合え」

豊続が声を上げる。と、障子《しょうじ》の陰から、廊下の向こうから、隣の部屋から、布施の衆が湧《わ》いて出た。三十余人が槍《やり》を構えて広間を囲み、じわりと尼子一党に迫ってゆく。

「卑怯《ひきょう》な……。かくなる上は豊国、うぬを道連れに」

「やめい！」

亀井が血涙を湛《たた》え、騒がしく声を裏返らせる。そこを山中が一喝し、然る後に主座へと向き直って堂々と胸を張った。

「豊国殿。其許は、鳥取から退去せよと申されたな」

「そうだ。容れるなら其許らの命は取らん」

せめてもの償いの気持ちであった。手を携えてきた者たちである。頼みにしていたのだ。叶うことなら、ずっとそのままでいたかった。

山中は寸時《すんじ》、無上の笑みを見せた。そして小さく頷き、然る後に猛将の顔となった。

「後悔なさるぞ」

すくと立って一礼し、主君・勝久を「さあ」と促して、下の者たちをざっと見回す。皆が無念の面持ちでこれに従った。

尼子一党は、鳥取城を出るまで槍に囲まれたままであった。

その後、尼子主従は私部城と若桜《わかさ》鬼《おに》ヶ城に立て籠《こ》もった。しかし吉川元春と小早川隆景が一万の兵を差し向けると、支えきれずに城を捨て、敗走していった。

これにて、武田高信が息をひそめる鵯尾《ひよどりお》城を除き、他は全《すべ》て豊国の治めるところとなった。

紆余曲折《うよきょくせつ》があった。織田と毛利に幾度も翻弄されてきた。これが望んだ形なのかと言えば、はっきり「違う」と言いきれる。

それでも豊国は、因幡一国をほぼ手中に収めた。この国に入って実に十四年、二十八歳の晩秋であった。

*

因幡から尼子勢を追い払うと、吉川元春と小早川隆景はすぐに兵を退いていった。目的を達した以上は当然の話だが、いささか慌ただしい帰還であったように思える。伯耆の南の隣国・備中《びっちゅう》に、織田が調略の手を伸ばしているためであった。

かつて信長は、諸国大名と本願寺の一向一揆に包囲されていた。その網を破った今、敵らしい敵は毛利くらいである。戦が近いことは自明であった。豊国は来るべき日に備えるべく、鳥取城に武具や兵糧を蓄え始めた。

そして天正四年（一五七六）一月末、信長に京を追われた足利義昭が毛利を頼り、備後《びんごの》国《くに》の鞆《とも》に入った。幕府は既に滅んだが、義昭は未だ将軍位を持ったままである。その将軍位こそ、毛利に重く伸《の》し掛かった。

兵を持つ訳でもない、誰を意のままにできる訳でもない。しかし武士の棟梁《とうりょう》を意味する将軍の位には、未だ厳然として権威だけは残っている。これを慕い、信長に滅ぼされた武家の一門や旧幕臣が鞆に集うようになる。毛利輝元《てるもと》は、ついに織田との戦に踏み切らざるを得なくなった。義昭が鞆に入って三ヵ月余、五月七日であった。

もっとも因幡は、しばらく平穏であった。山名宗家が毛利に鞍替えし、多くの国衆もこれに倣《なら》ったため、但馬の織田方は垣屋本家のみとなっている。つまり因幡と但馬は、既に両大国の境目ではない。織田への楯の役目も、丹波《たんば》や丹後《たんご》、或《ある》いは山陽道《さんようどう》の播磨《はりま》に変わっていた。

戦を有利に運ぶため、境目の者には双方から調略の手が伸びる。そして二年ほど、播磨は概《おおむ》ね織田方となったのだが——。

「ほう」

岡垣次郎左衛門のもたらした一報に、豊国は目を丸くした。天正六年（一五七八）三月、播磨三木《みき》城の別所長治《べっしょながはる》が毛利に鞍替えしたという。

「別所は大身《たいしん》なれば、余の者も引き摺《ず》られておる由」

東播磨の衆は雪崩《なだれ》を打って織田を離れてしまったという。ちょうど山名宗家が毛利方になった時と同じであった。岡垣の伝手《つて》は行商や連歌師などの者でしかないが、戦が近くなれば各々の城は兵糧や小道具を多く買い入れるため、特に行商人からは正確な報《しら》せを仕入れやすい。信を置ける話と言えた。

「だとすると、羽柴は退路を断たれた格好だ」

昨年の十月から年の瀬にかけて、織田は羽柴秀吉を大将として西播磨に送り込み、備前との境に近い上月《こうづき》城を攻め落としていた。そして。

「尼子も……です」

岡垣は少しばかり神妙な顔であった。落城の後、上月城は尼子勝久に任されている。かつて手を携えた者たちを思えば胸も痛むのだろう。だが、と豊国は平らかに応じた。

「致し方あるまい」

「まこと、左様にお思いなのですか」

意外、という岡垣の眼差しが痛い。その思いに蓋《ふた》をして、硬い声音を返した。

「戦乱の習いぞ。尼子も山名と同じ、織田にとっては捨て駒に過ぎぬ」

「それは、仰せのとおりですが」

なお何か言いたそうな顔である。豊国は、ふうわりと笑って見せた。

尼子勝久や山中鹿之助、立原久綱、亀井新十郎、秋上助次郎——面々の顔を思い起こせば、辛いものは確かにある。敢えてそれ以上を思わぬようにしているだけなのだ。

それでも人の上に立つ身は、清廉なだけでは務まらない。ことの大小に違いはあれど、織田信長が山名《おお》を切り捨てたのと同じなのだ。辛さを呑み込み、心を荒《すさ》ませなければ、今の世は渡り果せない。

「なあ次郎。おまえは良き男だな。今の心根を大事にするのだぞ」

汚れるのは己ひとりで良い。そう思うと、浮かべていた笑みに寂しいものが滲んだ。人の思いを察するとは、すなわち自身が相手と同じ立場ならと想像することである。豊国は思った。自分が羽柴ならば、と。

退路を断たれた上は、羽柴はきっと上月城を見捨てる。寝返った別所長治を討ち、余の東播磨衆を束ね直す以外に、織田の戦は立て直せないのだから。早晩、尼子一党の命運は断たれることになるだろう。

四月になると毛利勢が上月城を攻め立てた。

その話だろうか。珍しく垣屋豊続が、自ら豊国の居室を訪ねて来る。しかし。

「羽柴秀吉から、書状が届き申した」

「は？」

いったい何用あって書状など。呆気《あっけ》に取られていると、豊続は「読んでみられよ」と文箱《ふばこ》を差し出した。白木の桐《きり》でできた箱には、封をしてあったのだろう朱色の紐《ひも》が添えられている。つまり豊続は、もう中を検《あらた》めているということだ。山名豊国を神輿《みこし》としているからには、当人に先んじて目を通すことも許されると思っているらしい。不躾《ぶしつけ》ではある。ともあれ、と受け取って書状に目を落とす。そこには驚愕《きょうがく》、と言うより呆《あき》れた文言が連ねられていた。

曰《いわ》く、かつて豊国から好誼《こうぎ》を望まれた折は、毛利との間に波風を立てる訳にいかず、心ならずも棚上げになった。だが今はまさに毛利と干戈《かんか》を交えている。然らば因幡一国の安堵《あんど》と引き換えに味方されたし――。

さすがに、こういう手を打つとは思っていなかった。羽柴は上月城を見捨てるより前に、安んじて退く道を得られないかと探っている。そして、因幡一国の離反を以て毛利に揺さぶりをかけたいのだ。

自身のみならず、尼子をも退かせようとしているのは好ましい。だが、それ以上に虫の好《よ》い話であった。

「山名を足蹴《あしげ》にしながら、いざ己が窮すれば斯様な頼みとは。恥を知れ、羽柴筑前《ちくぜん》」

誰が聞くものかと、怒りに任せて破り捨てようとした。が、そこで目に飛び込んできたものがある。仇敵《きゅうてき》・武田高信の名であった。

「これは」

思い直して読み進める。既に因幡衆にも織田に通じる者があり、武田もそのひとりだと記されていた。

「如何なされる」

こちらの面持ちを見て豊続が問うてくる。豊国は書状を放《ほう》り捨てて腕を組んだ。

「因幡衆に裏切り者があるという話だが、次郎の伝手からも、お主の透破《すっぱ》からも何も聞こえておらぬ。俄《にわ》かには信じられぬところだが、如何に思う」

寝返りを約した者として記された中には、あの森下道誉の名もあった。だが、あれほど毛利に傾き、織田を嫌った男である。この期に及んで寝返るというのは怪しい。

そこには頷きつつ、豊続は「されど」と続けた。

「全くあり得ぬ、とまでは断じられますまい。はっきりと申し上げるが、森下は殿を嫌うておりますからな。あ、中村もですが」

「わざわざ申すな。だからこそ判じかねておるのだ」

森下がより嫌うのは、己と織田のどちらなのだろう。眉間《みけん》に深い皺が寄る。

と、豊続がくすくす笑った。

「殿こそ羽柴の術中に嵌《は》まっておられる。まあ、これも揺さぶりにござろう。何が正しいか分からぬようになれば、人は誤った断を下しがちになる」

織田に鞍替えせねば我が身が危ういと思わせるためか。或いは己に森下を討たせ、因幡の力を弱めて道を奪おうとしているのやも知れぬ。一方で、森下が本当に裏切っていたとしたら。

「思惑を読むばかりでは、道は拓《ひら》けませぬぞ。それを転じて打つ手を定めねば。この機に因幡の全てを握るべきかと存じますな」

言われて「そうか」と思った。羽柴が窮しているからこそ、逆手に取り得るのだ。口の端が、にやりと持ち上がる。何も、羽柴の思惑に振り回されることはない。むしろ利用させてもらうまでだ。

「次郎。次郎やある」

大声を上げると、少しして岡垣が「これに」と廊下に跪《ひざまず》く。豊国は言下に命じた。

「ひとつ頼みたい。使いに立て」

「はっ。して、何処《いずこ》に」

「鶫尾城。武田高信だ」

岡垣は「え」と言ったきり、言葉を失った。

＊

四月半ば、豊国は鳥取の南方・佐貫《さぬき》の大義寺《だいぎじ》で軍評定《いくさひょうじょう》を開いた。岡垣を鶫尾城への使いに立てたのは、この席に武田を召し出すためであった。

草刈重継《くさかりしげつぐ》という男がいる。毛利方の美作《みまさか》国衆だが、因幡南部の智頭《ちず》郡を一部押さえていた。これが織田に通じておるゆえ討伐する、ついては軍議を開くゆえ参ずるべし。助力するなら昔の遺恨は水に流そう――豊国の申し送りに、果たして武田は応じてきた。

だが、この話は全て偽りであった。

羽柴の書状には、武田が織田に通じたと記されていた。鳥取城を失って以来、武田は衰運の一途である。窮した今を覆し、家運を盛り返そうとしても何らおかしくない。もし寝返りが本当の話なら、最も邪魔になるのは己、山名豊国であるはずだ。だからこそ草刈の叛意《はんい》と討伐の話をでっち上げた。

きっと武田は、こう算盤《そろばん》を弾くだろう。戦場で叛旗を翻し、草刈と共に山名勢を挟み撃ちに叩く。豊国の首を取って因幡を握れば、織田に鞍替えしても重んじられると。翻って、武田が毛利への忠節を貫いていたとしたら。その時は草刈討伐で軍功を挙げ、巻き返しの足掛かりを得ようとする。どちらにせよ誘《おび》き出せると踏んだ。

そして武田は、やはり「評定」に応じた。豊国は大義寺の本堂に座し、策が成らんとしている昂《たか》ぶりに頰《ほお》を歪《ゆが》めた。

武田高信は巳《み》の刻（十時）に参じ、本堂の床に拳《こぶし》を突いて一礼した。

「お久しゅうござる。すっかり大人になられましたな」

「まず面を上げよ」

主座からの一声に応じて礼が解かれる。武田の面相は、以前とは少し変わっていた。鋭い眼差しは往年のままだが、白髪頭はなお白く、覚えやすかった縮れ髭《ひげ》もまばらである。

豊国は、しみじみと頷きながら語った。

「其方《そのほう》には、長らく煮え湯を呑まされてきた。が、今日でお終いにしよう」

「約束どおり、遺恨は水に流してくださると?」

聞いて、キッと目が吊り上がった。

「たわけが!」

怒声と共に主座を立ち、年老いた醜怪を見下ろす。と、同じく「評定」に参じたはずの布施衆も立ち上がり、一斉に刀を抜き払った。

「た、謀《たばか》ったか豊国！　おのれ森下、中村、よくも」

血相を変えた姿を、豊国はせせら笑った。

「煮え湯を呑まされてきたのは、布施の衆も同じということだ」

武田は腰を浮かせ、脇に置かれた刀を手に取る。だが抜くより早く、後ろから伸びた槍《やり》に胸を貫かれていた。僧坊の外に控えていた岡垣であった。

武田は口をぱくぱく動かしているが、声は出ない。代わりに血が滴り落ちてきた。豊国は静かに歩を進め、すらりと刀を抜く。

「私が大人になったと申したな。そのとおり、いつまでも元服したての青二才ではない。齢三十一を数えて、斯様な策も使えるようになったわ。遺恨を終わらせるとは、水に流すことではないぞ。ここで全てを断ち切るのだ」

言い放って刀を振り上げ、左肩から胸を一撃の下に断ち割った。武田はがくりとうな垂れ、それきり動かなかった。

「皆の者、見よ」

懐《ふところ》に左手を入れ、羽柴の書状を取り出して、ばらりと広げる。右手の切っ先でそれを示し、大音声に呼ばわった。

「かねて申し伝えてあったとおり、高信は織田に通じたがゆえ成敗と相なった」

そして、と森下道誉を睨《にら》む。次いで、書状に「布施からの寝返り」と記された面々を見回してゆく。

「お主らの中にも、織田に通じた者があるとされておる。されど安堵せよ。皆は今、裏切り者の成敗に手を貸した。これを以て余の者は一切の関《かか》わりなし、毛利を掻《か》き乱さんとした羽柴が策に相違なしと一筆を添え、吉川様にお送りする」

書状に名を記された者は、或いは安堵の息を漏らし、或いは震え上がった。偽りではなく織田に通じていた者もあるようだが、この先は寝返りの恐れもあるまい。真偽の如何《いかん》を問わず、以後それらの面々には毛利の目が厳しくなる。吉川元春に書状を送ることの意味は、皆が正しく受け取ったようであった。

武田を討ち果たして鳥取に戻ると、羽柴の書状を吉川に送る。これは布施の者を守り、或いは牽制《けんせい》するためであると同時に、豊国自身の潔白を示すためでもあった。敢えて書状を明かしたのは、調略に乗るつもりがないからだと。

次いで羽柴にも返書を発する。そこにはこう綴《つづ》った。武田高信を討ち果たしたのは、羽柴の書状が届く前に毛利から命じられたため。これを許し、因幡一国を安堵してもらえるなら織田に寝返ろうと。

返書の裏では因幡と播磨の国境に兵を置いた。羽柴が道を得たと思い込み、ここを通ろうとした時に叩くためである。もっとも、何かを危ぶんだか、羽柴はこの策には乗らなかった。さすがは信長に重宝される男であった。

羽柴勢は播磨に封じ込められ、以後は毛利の優勢となっていった。

そして七月、岡垣から、播磨上月城の落城を告げられた。

「そうか。落ちたか」

尼子一党はどうなったろう。少しばかり心に緩みが生まれる。と、溜息ひとつ、岡垣が寂しげな声で語った。

「尼子勝久殿は自害して果てられました。山中鹿之助殿は囚《とら》われて毛利が陣に送られるも、途上にて逃げんと図り、これが露見して討たれたと聞き及びます」

他の者はどうにか逃れて羽柴秀吉の許《もと》に戻った。尼子の血脈を失った残党は、亀井新十郎が束ねることになったという。

所詮、尼子は古きものであった。終わるべきものが、たったひとつ終わったに過ぎない。苦悩もなくそう思えるようになった自分に向けて、豊国は冷笑を浮かべた。

毛利には本願寺が与している。さらに先頃、荒木《あらき》村重《むらしげ》が織田に謀叛《むほん》して、本願寺と手を携えていた。遥《はる》か東国には甲斐の武田勝頼《かつより》、越後の上杉景勝《かげかつ》など、織田に抗う者も多い。ひとえに毛利が将軍・足利義昭を神輿に戴《いただ》いたからであろう。幕府、将軍、役目を終えた権威。この澱《よど》みを尊び、新しき流れを望まぬ者が、未だ世の多くを占めている。それらの者が織田に新たな囲みを布《し》いたのだ。

かつて織田が受けた包囲は、甲斐の虎・武田信玄の死を境に崩れ去った。信長にとっては望外の幸運だったろう。だが、これほど恵まれた巡り合わせは幾度も訪れまい。毛利の優勢は固まりつつあると、誰もが思った。

しかし、それは長く続かなかった。

二　喪失

摂津《せっつ》の海は毛利《もうり》麾下《きか》の村上《むらかみ》水軍が握っていた。この海路を持つ意味は大きかった。信長《のぶなが》と反目する本願寺《ほんがんじ》と荒木《あらき》村重《むらしげ》を支えるべく、多くの武具兵糧を運び得たからだ。

村上水軍が海を制し得たのは、他より船の扱いに秀でていたからだ。大小の島が散らばり、かつ潮も速く難しい瀬戸内海《せとないかい》西部を本拠とする者共ならではの力であろう。かつて織《お》田《だ》の水軍と戦った折も、優れた操船で矢玉を掻《か》い潜《くぐ》り、火矢を射込んで焼き払っている。

だが天正《てんしょう》六年十一月六日、この支配は崩れ去った。信長が驚くべきもの——軍船を鉄板で覆った「鉄甲船《てっこうせん》」を繰り出してきたためである。

如何《いか》ほど船戦に長《た》けた者であれ、火矢で鉄は燃やせない。今まで培ってきた戦い方が通じないと知って、村上水軍は混乱に陥った。そこへ大筒を撃ち込まれては勝てるはずもない。摂津の海は織田に奪われ、毛利から本願寺・荒木への支援は途絶えることとなった。

これを契機に、各地の毛利方は押し返されてゆく。

明けて天正七年（一五七九）五月、丹波《たんば》の波多野《はたの》秀治《ひではる》が敗北。続いて丹後《たんご》の一色義清《いっしきよしきよ》も織田に膝を折った。さらに九月二日には荒木が有岡《ありおか》城から逃げ、十月には備前《びぜん》の宇喜多直《うきたなお》家《いえ》も織田に鞍替えする。二年足らずで優劣を逆転され、毛利は身を固める必要に迫られた。

「私は……見誤った」

宇喜多の離反を報じる書状を手に、豊国《とよくに》は臍《ほぞ》を噛《か》んだ。

毛利は確かに優勢だった。それが覆されたのは、村上水軍の敗北に端を発している。しかしだ。鉄甲船などという突飛な代物を出されると、いったい誰が考え得たであろう。軍船ひとつを覆うのに、どれほどの鉄を使うことか。どれほどの財を叩《はた》かねばならぬことか。

己も見通せなかった。当然ではあれ、悔やまれてならない。奇想天外なやり様を編み出し、やって退《の》ける者がいると、己は思えなかったのだ。或いは「いるかも知れぬ」でも構わなかったのに、そこにさえ思い至らなかった。織田信長は世の常なる人ではない。かねてそう睨んでいたにも拘らず、此度の包囲こそは抜け出せまいと、常なる物差しで測ってしまった。全ての過ちはこれに尽きる。

「とは申せ」

織田を離れたのは、ひとり自らの意志によるものではない。当の織田に切り捨てられて、山名《やまな》家の生き残りを探るためには致し方なかった。

詮《せん》なきことと諦《あきら》め、書状を破り捨てる。この上は、どこまでも毛利と共に戦うしかないのだと、自らに言い聞かせながら。

間もなく年が改まり、天正八年（一五八〇）を迎える。

　一月十七日、播磨三木城《はりまみき》の別所長治《べっしょながはる》が羽柴秀吉《はしばひでよし》に降《くだ》り、周囲の城もこれに続いた。播磨は西端の上月城《こうづき》を除き、全てが織田の傘下となった。

　播磨を従えた羽柴秀吉は、すぐさま但馬《たじま》に兵を転じて各地を襲い始める。垣屋豊続《かきやとよつぐ》の本領も、今や危うくなっていた。

「どうしても参るのか」

　三月を迎え、豊続が出陣する。見送りに際し、豊国はなお引き留めようとした。

「お主がおらねば、布施の者への睨みが利かん」

「それがしが本領を失うたら、睨みも何もござるまい。つまらぬ繰り言で妨げられては敵《かな》いませぬな」

　豊続は鼻で冷笑を加え、手回りの兵のみ率いて出立していった。

　因幡《いなば》山名家の実を担う豊続は、豊国以上に守護代であると言って差し支えない。が、それでも但馬の土豪・垣屋一族である。織田方に留《とど》まった本家とは袂《たもと》を分かっていたものの、やはり本領は但馬にあった。捨て置けば羽柴に奪われるのみとあって、動かぬ訳にはいかなかった。

　豊国とてそれは承知している。しかし相手は羽柴秀吉、一度は調略を以て播磨を切り崩した男なのだ。但馬の毛利方とて、此度はどう身を振るか分かったものではない。敢えて出陣すれば囚われる目もあろう。悪くすれば命を落とす。

　厭味なこと極まりない男ではあれ、豊続がいてこその今までであった。胸の内に言い知れぬ不安を覚えつつ、無事で帰って来いと願いながら行軍を見送った。

だが運とは儘ならぬもの、悪い時には全てが悪く転がってしまう。垣屋豊続は、ついに鳥取《とっとり》には戻らなかった。

先んじて調略が仕掛けられるのは戦の常である。羽柴はこれを梃子《てこ》に朝来《あさこ》、養父《やぶ》、出石《いずし》、気多《けた》——因幡の気多と同じ名の郡が但馬にもある——の但馬四郡を瞬《また》く間に落としてしまった。それには豊続の本領も含まれていた。

「垣屋様が駆け付けた頃には、為《な》す術《すべ》もなかったと。手も足も出せぬまま、囚われの身となられたらしく」

岡垣《おかがき》のもたらした報せに、豊国は「嗚呼《ああ》」と嘆息して頭を抱えた。この先、己は如何《いか》にして因幡を差配してゆけば——。

「いや待て。それより」

豊国は、がばと顔を上げた。

伯父・祐豊《すけとよ》はかつて但馬を追われ、織田の助力で舞い戻った。その幾年か後、此隅屋形《このすみやかた》を廃して出石城に移っている。たった今、岡垣が言ったではないか。出石郡も羽柴に降ったと。

「次郎《じろう》！　伯父上は。伯父上はどうなったのだ」

血相を変えた顔、噛み付くが如き気勢に、岡垣が寸時怯《ひる》む。だが、すぐに無念の面持ちで小声を絞り出した。

「御屋形様は……羽柴に囚われてござる」

祐豊は戦の数日前から風邪《かぜ》をこじらせていたらしい。年老いた身のこと、陣頭には立てなかったという。

「氏政《うじまさ》様が、ですな。その。織田に付くと仰せられ、御屋形様を置いて城を出てしまわれたと」

「何だと」

山名氏政は伯父の三子で、長子・棟豊《むねとよ》亡き後は宗家の嫡男と定められていた。その男が。織田を恐れたのだとしても、それ自体は責められまい。当主たる伯父と思いを異にしていたとて、致し方ない話と言える。

だがこの豊国が、甥たる身が、実の父以上に慕ってきたというのに。然るに実の子が、年老いた病の父を見捨てて行くとは。

腹の底から、濁流の如《ごと》き怒りが溢《あふ》れ出た。

「氏政……おのれは！　許さぬ。許さぬぞ氏政！」

両の目から脂の如き涙を落とし、豊国は煩悶《はんもん》した。

「伯父上……伯父上！」

左脇の脇息《きょうそく》を払い除《の》ける。膝下《しっか》の畳を殴り付け、狂おしく転げ回る。のた打ち回る。気心の知れた岡垣でさえ、声をかけられずにいた。

＊

豊国の下には田結庄藤八《たいのしょうとうはち》があり、但馬に近い岩井《いわい》奥山《おくやま》城を任せてある。元々が山名四天王と謳《うた》われた田結庄一族、藤八はその伝手を使い、伯父・祐豊についての報せを届けてきた。

祐豊は囚われの身となったが、粗略に扱われてはいないらしい。病の具合が悪いとあって出石城で養生しているという。

これにて一面の安堵を得るも、豊国に安閑としている暇はない。但馬が織田に呑み込まれて一ヵ月、摂津石山《いしやま》の本願寺顕如《けんによ》が織田と和議を結んだためである。実のところは降伏に等しい。海路を断たれて毛利からの支援が途絶え、そのせいで荒木村重の謀叛も潰えたからには、当然の成り行きであったろう。

そして五月——。

「もう少し高くせよ。それでは、すぐ乗り越えられてしまうぞ」

鳥取城の城主居館、二之丸から見下ろす右手の先に石が積み上げられている。向かい側にある三之丸との間、本丸へ通じる小道を塞《ふさ》ぐ石垣は、間近に迫った戦の備えであった。

本願寺が屈した今、但馬を制した羽柴秀吉に後顧の憂いはない。遠からず因幡に押し寄せるのは火を見るよりも明らかなのだ。にも拘らず、毛利の援軍が遅れている。それを思うと、賦役《ふえき》衆を督しながらも溜息が漏れた。

「やはり因幡は」

毛利にとって都合の好い楯でしかないのか。小さく呟き、しかし豊国はすぐに寂しく頭《かぶり》を振った。毛利とて備前の守りで手一杯なのだろう。播磨が織田一色となり、畿内《きない》の毛利方も一掃されたとあっては致し方ない。

だが援軍の遅れは、それだけが理由ではあるまい。こうも動きが鈍い——否、冷たくあしらわれるのは、今まで幾度も表裏を使い分けてきたからだ。

そうしなければ生き残れなかった。しかし、そうしたからこそ軽んじられ、いざ危機に瀕《ひん》して見限られようとしている。人の命運の何と皮肉なことか。

「いかん」

豊国は歯を食い縛り、自らの右の腿《もも》を強く張った。織田に囚われた垣屋豊続が、かつて言っていた。終わったことは元に戻らない。そのとおりだ。

己は因幡の長、肚《はら》を決めて戦うと行ないで示すべし。まず胸を張ろう。思いつつ見下ろす先では、人の背丈二つ分の石垣が積み上がろうとしていた。

十日ほどが過ぎ、五月十六日。鳥取城下は紅蓮《ぐれん》に包まれた。羽柴秀吉が寄越《よこ》した先手衆の焼き討ちである。非道ではない。戦の折、城下町は城方が伏せ勢を置くのに格好の場。城攻めに先んじて寄せ手が焼き払うのは常なる一手であった。

一面の火の海も、四日の後には焦げ臭いものを漂わせるばかりとなる。そして五日目の朝、ついに戦いが始まった。

朝靄《あさもや》の中、遠く敵陣から法螺貝《ほらがい》の音が渡り、陣太鼓が拍子を刻む。それらに背を押された兵が鬨《とき》の声を上げ、未だ城下に燻《くすぶ》る煙を割って突っ掛けて来た。

鳥取の城門は西向きに三つある。詰め寄る敵兵は各門に千ほど、合わせて三千と見えた。これで先手の一番手のみだというのだから恐れ入る。遥か先の敵陣を見遣れば、後続の二番手と三番手も、少なく見積もって二千ずつを揃《そろ》えているようであった。

「あと半里」

二之丸に詰めた城方の中、物見に長けた者が寄せ手との間合いを計る。半里では遠矢も届かない。もう少し、今少しと、じりじりした気配が漂う。

「一町半」

ようやく遠矢が届くようになる。だが豊国は未だ声を上げなかった。

鳥取の城兵は千五百ほど、羽柴の先手が総勢七千だとすれば四半分にも満たない。この城を守るだけなら四千近くを集めることもできた。が、ことは因幡一国の話である。国衆の多くは自らの城を守らねばならず、特に鳥取の西方・気多郡の鹿野《しかの》城には毛利に差し出した人質が入れられているとあって、鳥取に詰めるべき兵からも五百を割いた。数の大差はそれゆえの話、城攻めは城方が有利と言いつつ焦りは禁物であった。

「あと半町」

この声を聞き、豊国は床几《しょうぎ》を立った。そして軍配を高々と上げ、前へと振り下ろす。

「迎え撃て」

号令一下、各々の門に備えられた櫓《やぐら》から「放て」の下知が飛んだ。三つの櫓から射出される矢は、それぞれ二百足らずでしかない。それでも引き付けて放った矢、しかも撃ち下ろしの勢いが乗っている。射貫かれる敵兵は三十、四十。当たりどころの悪かった者はその場でくずおれ、そうでない者も濁った悲鳴を上げて蹲《うずくま》った。

足の鈍った寄せ手に向け、なお矢の雨が降らされる。敵の楯持ちが頭上に楯を掲げ、多くの兵がその下に隠れて再び駆け足を速めた。

さらに間合いが詰まってくると、中央の隊から右手——北側の門に加わる数が多くなった。ここは桝形《ますがた》に整えられておらず、抜きやすい。抜いた先にも二之丸の土塁という難所はあれど、数の力で押し切る構えか。

しかし、そこへ——。

「湯じゃ。撒《ま》け、撒けい！」

中村春続《なかむらはるつぐ》の下知、歪んだ喜びに満ちた声が飛ぶ。応じて、釜《かま》に湛《たた》えられた熱い湯が幾つもぶち撒けられた。真っすぐ飛ぶ矢とは違い、煮え湯は大きく広がって落ちる。門から周りの土塁へと取り付いた兵が、身を焼かれ、目を潰《つぶ》されて、耳障りな悲鳴と共に落ちて行った。

敵も負けてはいない。守りが固いと見るや、すぐさま二番手を繰り出してきた。それらの兵は遠矢が届くかどうかの間合で足を止め、担いだ鉄砲を構えて櫓に狙《ねら》いを定めた。

「放て！」

敵将が轟雷《ごうらい》の如き声を上げ、弾ける音がそれを覆い隠した。櫓の肌や柱に弾が当たり、ごつごつと音を立てる。櫓の弓方が十人も射貫かれ、声さえ上げる間もなくばらばらと転げ落ちた。

三つの門と櫓に向けられた鉄砲は、それぞれ百ほどだろうか。一発を放てば砲身が冷めるまで弾込めはできない。が、敵は続けて二度めの斉射を加えてくる。初めの百の後ろに、次の百が控えていたのだ。

以後は弾込めができるようになった者から順に、五月雨《さみだれ》の如く弾が浴びせられた。雑賀《さいか》式《しき》と呼ばれる撃ち方である。こうなると、櫓の兵は落ち着いて門を守れない。手前勝手に喚《わめ》き声を上げる者が増える。浮き足立った心持ちが手に取るように分かった。

「弓方、下がれ」

ただでさえ少ない兵が乱されては、戦も何もあったものではない。豊国の下知に従って陣太鼓が打ち鳴らされ、弓兵は櫓から降りて土塁越しに矢を放つ。併せて二之丸と三之丸から門の外へ遠矢が飛ぶようになった。

しかしながら、遠矢の力は弱い。引っ切りなしに降らせても寄せ手の足を幾らか鈍らせるのみである。先ほどの鉄砲で上がった気勢まで殺《そ》ぐことはできず、やがて敵の足軽衆が二十幾人ずつで丸太を抱え、各々の門に迫って来た。

「そう、れ！」

寄せ手が門に突っ込み、抱えた丸太で扉を穿《うが》つ。幾度も繰り返すうちに、閂《かんぬき》がみしりと軋《きし》む音を立てた。

「弓方、退け！　二之丸と三之丸に分かれて入るのだ」

豊国は、土塁越しに矢を放っていた兵を引き上げさせた。二之丸と三之丸からは多くの縄が垂らされている。皆はそれを伝って土塁を登った。ほとんどの者が退き果せ、垂らされた縄も引き上げられた頃、ばり、と木の裂ける音がして、門が真っ二つに割れた。

「踏み込め」

敵将が勇んで叫び、喚声と共に百、二百と雪崩《なだ》れ込んで来た。門の内は横向きに引かれた真一文字の道で繋がれている。楯持ちに守られた敵兵はそこを通って、中央に近い一点に向かった。二之丸と三之丸の間、本丸へと通じる狭い道である。この小道は豊国が施した備え——あの石垣が塞いでいたのだが。

「何じゃ、こんなもん」

「これで備えのつもりか」

人の背丈二つほど、然して高くない。しかも積み方が甘くあちこちに隙間が開いており、手掛かり足掛かりは幾らでもある。意気上がる敵兵は石垣を嘲笑《あざわら》い、勢いに任せて登って来た。

が、それらが石垣の上に身を晒《さら》した時、この拙《つたな》い備えがものを言った。

「放てい」

小道の奥に伏せていた兵、岡垣次郎左衛門《じろうざえもん》の率いる鉄砲方が引鉄《ひきがね》を引く。石垣を登ったばかりの兵は不意の弾を受け、勝ち誇った顔のまま骸《むくろ》となって叩き落とされた。これを見て、敵の後続がぴたりと足を止める。何が起きたのか受け止めきれないでいるらしい。

今だ、と豊国は大音声に呼ばわった。

「皆々、矢を射よ」

下知に従い、二之丸・三之丸から石垣の前に矢が集まる。ここに至って寄せ手は震え上がり、浮き足立って乱れ始めた。

とは言え、中には勇ましい者もある。なお石垣を登ろうとする者は十や二十では利かない。それらの者はこう思ったのだろう。今の音からして鉄砲の数は高が知れている。毛利の援兵もない以上、二段三段の備えはあるまい。すぐには次を放てないのなら、乗り越えられるはずだと。

だが甘い。石垣を登りきったと見るや、またも岡垣の「放て」が轟《とどろ》いていた。

確かに鳥取城の鉄砲は少ない。数は五十、寄せ手に比べれば雀《すずめ》の涙ほどと言って良かろう。だがこの道――二之丸と三之丸の間はことさらに狭く、弾が一点に集まるだけに、わずかな数でも威力は高いのだ。半分の二十五挺《ちょう》を一段目、残る二十五挺を二段目と分けて放つだけで、十分に寄せ手を叩くことはできた。

一度ならず二度までも。あまりに容易く射殺《いころ》される味方を目の当たりにして、寄せ手はついに壊乱に陥った。

これぞ勝機と、城方はさらに激しく矢を射掛ける。ほどなく羽柴勢は退いて行った。

＊

「羽柴秀吉、着陣した模様にござります」

二之丸御殿の広間、物見の一報を聞いた豊国は「む」と唸った。

思いの外、動きが早い。すぐにでも断を下さねばと腕組みになる。

先手衆は退けたものの、本隊を相手に同じ手管《てくだ》が通じると思うのは甘いだろう。破られた門には一応の修繕を施してあるが、明日からは櫓の弓方を増やすべきなのだろうか。

が、報せの続きを聞くと眉根が寄った。

「加えて、今日の戦に出ていた敵の先手から、四千が西へ転じた由にて」

「西だと？　西……」

鳥取城の攻め口は西側にしかない。当然ながら羽柴勢もそちら側に布陣している。そこからさらに西とは。

「まさか」

はたと思い当たって、明日からの戦の算段など吹っ飛んでしまった。驚いて立ち上がれば、あまりの勢いに床几が後ろ向きに倒れる。

「おい。羽柴の先手が向かったのは、まさか鹿野城ではあるまいな」

「はっ。恐らくは左様かと」

戸惑う伝令を、豊国は大喝した。

「阿呆め！　これが如何なる話か、分かっておるのか」

気多郡の鹿野城はただの城ではない。豊国の娘・蔦《つた》姫を始め、因幡国衆から毛利に差し出した人質が入れられているのだ。

跡継ぎ、母親、娘、弟。人質は、差し出す側にとって大事な者だからこそ人質たり得る。これが織田方の手に落ちれば、鳥取のみならず因幡の全てが意気を挫《くじ》かれよう。それではとても戦えない。豊国はつかつかと進み、伝令の胸倉《むなぐら》を摑《つか》んで厳しく命じた。

「私部《きさいち》と若桜《わかさ》の城に伝令せい。今すぐだ。急ぎ鹿野城に加勢し、羽柴勢を背から襲って挟み撃ちにするよう申し伝えよ」

「しょ、承知」

突き飛ばすように手を離すと、伝令は逃げるように駆け去って行った。

私部城と若桜《わかさ》鬼《おに》ヶ城の兵は少なく、併せて五百足らずでしかない。それでも両城には未だ羽柴勢が迫っていないため、兵を動かすならここしかなかった。鹿野城に迫る四千の敵を蹴散らせるとは限らないが、不意打ちなら或いは。豊国はそこに賭《か》けた。

しかし。私部と若桜から出た兵は、鹿野城に至る前に蹴散らされ、城も奪われてしまった。羽柴方の伏せ勢に襲われ、因幡勢こそ不意打ちを食らったためである。相手の思惑を察するのは豊国の得手、これを転じて打つ手を定めるべし——伯父や垣屋豊続に教えられたこと、そのままの形で叩かれた格好であった。

鹿野城は五月二十六日に落城し、因幡衆が毛利に差し出していた人質は羽柴の手に渡った。そればかりか、気多郡を押さえられたことで隣国・伯耆《ほうき》との繋がりも断たれ、鳥取城は孤立無援の体となった。

「方々に諮《はか》りたき儀ありて、集まってもろうた」

鹿野落城から二日、豊国は二之丸御殿の広間に城方の将を集めた。どの顔にも、およそ覇気というものが見られない。嫌々ながら参じたのだとばかり、だらけきって背を丸めている。さもあろう。人質は奪われ、当分は毛利からの援軍も見込めない。この上は戦にならぬと誰もが分かっているのだ。

だからこそ皆を集めた。豊国は一同を見回し、おもむろに口を開く。

「このまま城に籠もっておって、果たして道が拓けるだろうか」

途端、恨みがましい目が向けられた。打って出ると言うのか。城兵千五百で羽柴勢二万に仕掛けるなど、正気の沙汰《さた》ではない。そういう眼差しである。

豊国は苦笑を浮かべ、大きく首を横に振った。

「手詰まりなのは私にも分かっておる。この上は降るしかあるまい」

羽柴からは、かつて寝返りの誘いがあった。その折は謀《はか》るつもりで「応」と返したが、向こうも然る者、こちらの思惑を見通してか、以後は何も言ってこなかった。だが形ばかりではあれ、調略に応じると答えたのだ。今こそこれを使うべきであろう。

「さすれば因幡一国は命運を繋ぐ。奪われた人質の命とて救えるのだ」

切々と訴える。しかし、一同の返答は散々なものであった。

「この期に及んで世迷言《よまいごと》を。幾度も節を曲げては毛利に顔向けでき申さん」

「織田に抗いながら人質を助け出す。それこそ守護代の役目ではござらぬか」

「御身は、己が身の安泰ばかりを願うておられるようじゃ」

森下道誉《もりしたどうよ》が言い放ち、用瀬《もちがせ》伯耆守が無理難題を吹っ掛け、中村春続が捻くれた揶揄《やゆ》を寄越す。余の者もこれに引き摺《ず》られ、広間は怒号ばかりが飛び交うようになった。

「何ゆえか」

豊国は主座を立ち、声を大にした。

「方々の有様を見れば分かる。誰もが戦いを諦めた顔だ。勝てるとは思っておらぬのだろう。なのに、何ゆえ降るを良しとせぬ」

「それとこれとは話が違い申す」

森下が鼻で笑い、眼差しをなお鋭くする。

言葉に詰まった。言い負かされたのではない。断じて違う。

分からないのだ。勝ち目がないと分かっていて、負けを認めない。並び立たぬものを、並び立たせよと言う。それがこの者たちだ。駄々を捏《こ》ねる稚児に等しい。それが如何に無様なもの言いか、果たして承知しているのだろうか。呆れるほど身勝手な言い分を、いったいどう捉《とら》えれば良い。

否。ひとつだけ分かる。因幡衆は度し難い。

何を成そうともせず、困難に際して道を探ろうともしない。口を開けば不平ばかり、上に逆らっていれば正しいと思っている。

今日の苦境を招いたのは、確かにこの豊国であろう。皆がそれを嫌い、意固地になっているのも分かる。だが、それを盾に取って何になるというのだ。心得違いも甚《はなは》だしい。

「……今のままでは、遠からず滅びを迎える。それで構わぬと申すのか」

「そこを何とかするのが、御身のお役目じゃと申しておるのに」

中村が厭らしく口元を歪めた。怖気《おぞけ》が走る。斬り捨ててくれようか。主座の後ろ、床の間にある刀を手に取らんかと体が半身になる。

そこへ、慌ただしい駆け足が近付いて来た。

「と、殿！　使い、羽柴の使いにござる」

岡垣が血相を変え、広間左手の廊下に跪《ひざまず》いて捲し立てる。その姿に、やり場のない苛立ちと憤怒をぶつけた。

「今は評定の最中ぞ。待たせておけ」

「いや、されど！　垣屋様ですぞ」

「は？」

たった今までの乱れが、すっかり消え失《う》せた。垣屋とは。

「豊続か？」

「はい。門の外からで構わぬゆえ、殿とお話ししたいと」

途端、胸の内に力が湧いてくる。常に厭味たらしい男ではあったが、そういう者をこれほど頼りにしていたのだと知って、いささかの驚きを禁じ得ない。だが、それもそのはずである。豊続は布施の者や因幡衆と違って、常に先を、前を見ようとしていた。

羽柴の使いというからには、囚われた後に降ったものか。会って言葉を交わすにせよ、互いに敵として語らねばなるまい。それでも、この広間に集った面々より話の通じる相手である。

「分かった。すぐに参る」

豊国は諸将を捨て置いて廊下に進んだ。と、森下が「待たれよ」と声を荒らげる。

「豊続が如何なる使いとして参ったかは、分かり申さぬ。されど御身が織田に降ると申されるなら、我ら一同、弓矢を以てお応えする覚悟にござる。お忘れあるな」

拭われていた怒りが戻り、じろりと眼差しだけ後ろに向ける。皆の目は濁りきっていた。なるほど、脅しではなかろう。身に降り掛かる難事は全て他人の咎、自分だけは常に正しいと思っているのだ。何たる驕《おご》り、何たる無恥。これが世の常なる人というものか。腹いせにこの身を斬るくらいのことは、平気でやって退けるだろう。

だが、左様な馬鹿者を相手に恐れてなるものか。正しい道を見極め、選ぶのみ。なり振り構っておられようかと、鼻で笑って返した。

「勇ましいことだな。それを戦に向けようと思えぬから、方々はうだつが上がらんのだ」

森下や中村が「何を」「青二才め」と色めき立っている。齢三十三を数えて若造呼ばわりをされるとは思わなかったが、構うものかと右から左に聞き流し、岡垣に導かれて御殿を出た。

二之丸、土塁の際まで進むと、果たして門の向こうで馬に跨《また》る者がある。遠くて顔までは判じられないが、身に纏《まと》う気配は確かに豊続のものであった。

「どうした豊続。羽柴の使いだと申すが、我が下に戻る気になったか」

大声に呼ばわると、豊続は小首を傾《かし》げた。小馬鹿にした笑みでも浮かべているのだろうと思っていると、少しして向こうも大声を返してきた。

「かつて豊国殿は垣屋を頼り、時の当主・続成《つぐなり》に申されたそうな。いざ山名が危うくなれば見捨てて構わぬと。ゆえに、それがしは御身を見捨て申した。再び仕える気はあり申さん」

「然らば何用か」

「お報せに参った」

そこまで言って、幾らかの間が空いた。どうしたのだろう、逡巡《しゅんじゅん》の匂《にお》いが漂っている。歯に衣《きぬ》着せぬもの言いが常の男にしては、実に珍しい。

「早う申せ」

促して声を張る。豊続は思い切ったように小さく頷き、背筋を伸ばした。

「山名宗家、祐豊殿。身罷《みまか》られた由」

飛んで来た言葉、耳に入った一報に、豊国は声を失った。

何を言ったのだ。祐豊とは。伯父のことか。身罷ったとは。死んだ、という話か。そうだ。その意味で間違いない。

いや。待て。

どういうことだ。

死んだ？

伯父が、実の父より慕い続けた人が。

死んだとは！

「戯《たわ》けた……ことを」

小さく口を衝《つ》いて出た。囁《ささや》き声だ。後ろに控えている岡垣にすら聞こえなかったろう。だが豊続は何かを察してか、念を押すように硬い声音を寄越してきた。

「去る五月二十一日、出石の城にてご遠行《えんぎょう》召された。御身にはお伝えせずばなるまいと、それがしより羽柴様に申し入れ、これへ参じた次第」

声が出ない。目の前が真っ暗——否、真っ白になっている。豊続が未だ何やら叫んでいるが、何を聞いているのか分からない。

嗚呼。何たることか。何たる！

この豊国が幼き頃より、慈しんでくれた伯父である。武芸に勤しんで腕を上げれば賞し、歌に親しめば目を細め、先々に望みありと楽しみにしてくれた人なのだ。

その心に応えたかった。衰運の山名家を守り立て、古い家名ばかりではない、新しき力を備えなければと懸命になってきた。

伯父が但馬を追われた折には、何とか返り咲いてもらおうと、敢えて垣屋に膝を折った。冠履転倒ではあったろう。だが、織田と好誼《こうぎ》を通じた垣屋を頼る以外に道はなかった。

拒まれた。叱《しか》られた。怒りを向けられた。

それでも訴え続けた。山名祐豊の名を貶《おとし》めるべからず。何も知らぬ者に戯《たわ》けた口を利かせてはならぬのだと。

伯父は、折れてくれた。あの時の言葉、涙に揺れた声が頭の中に蘇《よみがえ》る。

『おまえの心の誠……効いたぞ。響いた。これほど立派な男に育ってくれたとは』

嬉《うれ》しかった。報われたと思った。少しなりとて恩を返せたろうか、と。

だからこそ、なお戦い続けた。あれこれの策を弄し、人を裏切り――意に染まぬ手管も受け容れて、因幡を束ねんと奔走してきた。今こうして籠城《ろうじょう》を続けるのも、全てはそのためなのだ。

なのに。誰よりも慕う人の死を知らされて、己はどうすれば良い。登るべき梯子《はしご》が消え去り、下りるべき梯子が崩れ去ったのだ。ならば、我が身のしていることに何の意味がある。

「九郎《くろう》。山名と藤《ふじ》を頼む」

ひと言が頭を揺さぶった。伯父が常世から寄越した声ではない。城門の向こう、豊続である。右の耳から左の耳へ素通りしていた中、それを聞いて我に返る。

「それは」

呟くと、豊続の佇《たたず》まいが少し変わった。心なしか、この男らしからぬ素直な気配が滲んでいるように見える。

「祐豊殿の、今際《いまわ》のお言葉にござる。用向きは以上にて。御免」

豊続は馬上で一礼し、静かに去った。

遠ざかる背が、黄泉《よみ》へ渡る伯父の背に思える。見送り、眺めているうちに、心が再び空になっていった。

その後、何がどうなったのか、自らが何をしていたのかは分からない。気付いた時には広間に戻り、城方の諸将を前に「そうせよ」と言っていた。

＊

皆に対し、何を「そうせよ」と言ったのか。確かめるまでもなく、それは明らかになった。

垣屋豊続が参じた日の晩から、鳥取城二之丸と三之丸の蔵が開かれるようになった。因幡衆は思い思いに兵糧を持ち出し、日々これを自らの手勢に配っている。戦の折の兵糧は自弁が常であって、城主が賄うものではない。賄うとすれば、長きに亘《わた》る籠城で皆の手持ちが尽きた時のみである。伯父の死に際し、己はしばし呆《ほう》けていた。ゆえに、求められるままに頷いてしまったのだろう。皆の望みどおり毛利方として戦うと。そして、この戦は全てこちらで扶持《ふち》すると。

麾下の者が上に逆らい、上がそれを良しとするなど、本来由々しき話ではある。だが正直なところ、どうでも良くなっていた。

ずっと、気を張って戦い続けた。表裏を使い分けてまで因幡一国を回復せんとしてきた。地位を欲したのでも、富を望んだのでもない。全ては山名家のためだった。この世で誰より慕う人、実の父以上に仰いでいた伯父・山名祐豊の名を守りたかった。それだけのために、滅びに向かわんとする家を支えてきたのだ。人はいつか必ず死ぬ。伯父とて永劫に生きはしないと分かっていた。ならば、せめて宗家を生き残らせたかった。

その山名宗家も、既に滅んでいる。跡を継ぐべき氏政——堯熙《たかひろ》と名を改めたらしい——が伯父を見捨ててしまったからだ。

ひとり歩を進める廊下から、城の背後に聳《そび》える久松山の木々が見える。足を止めれば、森の青は勢いを失い始めていた。もう少しで色付いて、やがて散ってゆくのだろう。

「時の、何と無情に過ぎるものか」

溜息が漏れた。己が戦う意味、辛苦に抗う理由は、木の葉よりひと足先に失われている。違うと唱える者が、あるかも知れない。祐豊の甥、娘婿として宗家を継ぎ、再興せよ。

その気概すら持てないのでは情けない、と。

巷間《こうかん》の雀と、そして何より自らを嘲って、薄ら笑いが浮かんだ。実際を知らぬ者共は気楽で良い。できること、できないことが、世の中にはある。もう幾らも続けられぬだろう籠城を強いられ、かつ、味方であるはずの城将たちが一番の敵なのだ。

布施の者も国衆も、山名豊国の非才がこの窮状を招いたと言って憚《はばか》らない。正しいだろう。己には、曲者《くせもの》揃いの因幡衆を束ねるだけの器がなかった。そうと承知していながら、何ゆえ宗家再興を口走れよう。左様な夢想を抱き得る者こそ、本物の阿呆ではないか。

長く鼻息を抜いて、また歩みを進めた。

今となっては、我が身に残された憂いはただひとつ。山名と藤を頼むという伯父の遺言のうち、残された片方である。

二之丸御殿、奥の間は障子が閉めきられている。廊下から声をかけると、弱々しいながらも嬉しそうな声で「はい」と返ってきた。

「私だ。入るぞ」

静かに障子を開ければ、部屋の中では正室・藤が床に身を横たえていた。幾日か前から、こうして寝込んでいる。豊国は床の右側に進み、廊下を背にして妻の枕元《まくらもと》に腰を下ろした。

「具合はどうだ」

藤は寂しい笑みで、枕に乗ったままの頭を小さく横に振った。

長子の庄七郎《しょうしちろう》、人質に出した娘の蔦、二人の子を産んだ身とは言え、藤の心には多分に幼いものが残っている。そういう女ゆえ、毛利に預けた娘を案じない日はただの一日もなかった。塞ぎ込み、飯すら喉《のど》を通らなかった日も珍しくない。

その娘が織田方に奪われ、これまで以上に憂いが増したところへ、追い討ちの如く父の死を知ったのだ。立て続けに不幸を浴びせられ、藤の脆《もろ》い心は押し潰されてしまった。それでも夫が訪ねて来れば、少しばかり嬉しそうにする。

「殿、戦は如何です？」

「ん？　ああ……皆、懸命に城を守っておる」

「いつになったら終わるのでしょうね。わたくし、せめて父上のお墓にお参りしたいのに。もちろん殿も、一緒に来てくださいますよね？」

豊国は無理に笑みを作って頷いた。

「ああ。必ず連れて行くよ」

そう言うと、藤のくすんだ肌に少しだけ血の色が通った。これを絶やすまじ、己にできる唯一のことだと思いつつ、日を追う毎《ごと》に生気を失う顔を見ているのは辛かった。

妻のためを思うなら、織田に降ってしまう方が良い。が、妻が身と心を病んでいるからこそ、それが儘ならなかった。

鳥取の城方で信を置けるのは、腹心の岡垣のみである。他は全て、味方でありながら敵と変わりない。斯様《かよう》な者に囲まれた中で降るには、城を抜け出す必要があった。齢十二の長子・庄七郎はまだしも、病の妻を連れて行くなど、とてもできぬ相談である。如何ともし難い。身動きが取れない。無為に時ばかりが過ぎてゆく。

そうした中、敵陣に動きがあった。

六月五日、羽柴秀吉の本隊が因幡を去り、播磨へと転戦した。残された兵は宮部継潤《みやべけいじゅん》を大将として、鳥取城の周りに多くの付け城を築き始める。以後の寄せ手は進んで戦を仕掛けず、あって小競り合いという日が続くようになった。

これは干殺し――兵糧攻めの構えである。羽柴がこの手管を取る時は微塵《みじん》も抜かりなく、惨たらしいまでに締め上げてくる。今年一月に播磨三木城の別所長治が滅んだ時も同じ手口で、飢え死にした兵の肉を食わねばならぬほどに追い詰められたそうだ。その顛末《てんまつ》を知っているがゆえ、鳥取の城方はなお士気を下げていった。言いようのない弛《ゆる》みと気だるさに覆われ、時ばかりが虚しく過ぎてゆく。そして二ヵ月、八月十日を迎えた。

その晩、豊国は藤の部屋にあった。自ら進んで訪ねたのではない。藤が「どうしても」と我儘を言ったからである。

妻は、やつれきっていた。にも拘らず、どうしたことか今宵はかなり色艶《いろつや》が良い。寝込んで以来、ついぞ見たためしがないほどであった。

「ねえ九郎様。わたくし、先ほどまで夢を見ておりましたの」

頬のこけた顔、小さく聞き取り辛い声で、にこりと笑う。

頷いて返しつつ、ぞくりと背に粟《あわ》が立った。

九郎様、とは。なるほど藤は、己をそう呼んでいた。だが遠い昔の話である。子を生《な》してからは「殿」と呼ぶようになっていたのに。心が疲れ、押し潰されて稚児に返ってしまったのか。

それだけの話と思いたかった。しかし、強く胸に迫る違和がある。認めたくない。あまりにも嬉しそうな妻の顔には、確かな死の匂いが漂っていた。

「どういう夢だ」

豊国は穏やかに、それは穏やかに問い返した。全てを受け止めよう。今この時こそ、己は藤の夫でなければならぬのだと。

「わたくしと九郎様がね、此隅に帰った夢でした」

夢の中では祐豊も生きていたらしい。良い子だな、と頭を撫《な》でてくれたそうだ。

「でも父上が、おかしなことを言うのですよ。九郎様と、できるだけ長く一緒にいなさいって」

「ほう。それで？」

「父上は、それきりお部屋に入ってしまいました。ですから、わたくしは九郎様とずっと手を繋いでいたのです」

それが嬉しかったと藤は言う。毛利か織田かで因幡が揺れた頃から、触れてもらうこともなかったからだと。

「でも目が覚めたら、ひとりで寝ていて」

堪らなく寂しさを覚えたらしい。ゆえに我儘を言い、夫を呼んでもらったのだという。

「そうだったか。おまえと過ごす日も、ずいぶん減っておったものな」

両の眼《まなこ》に熱いものが浮かび、見下ろす先で藤の顔が滲んでゆく。ひと粒が頬を伝った。

「では、今宵はずっと手を握っていよう」

「まことですか？」

落ち窪《くぼ》んだ目に、ぱっと花を咲かせている。豊国は止め処《ど》なく涙を流しながら、生涯にこれ以上はあるまいという笑みで右手を伸ばした。

藤の震える左手が、そっと乗った。柔らかく握ってやると、手中の指がぴくりと動く。握り返そうとしているのだろうに、もう、それだけの力さえ出せないのか。

その後も、妻はあれこれ取り留めのない話をした。だが、やがて疲れたのか、いつの間にか眠りに落ちていた。

豊国は握った手を離さなかった。枕元に座ったまま、背を丸めて目を瞑《つむ》る。眠ろうとしたのではない。幼い頃からのあれこれを、瞼《まぶた》の内に思い返すためであった。

そうして、一睡もせぬまま朝を迎えた。

天正八年、秋八月十一日。妻の手から温《ぬく》もりは消えていた。

三　奈落

京・妙心寺《みようしんじ》の東林院《とうりんいん》は山名《やまな》家の菩提寺《ぼだいじ》である。豊国《とよくに》は岡垣次郎左衛門《おかがきじろうざえもん》を遣《や》ってここから僧を招き、正室・藤《ふじ》を荼毘《だび》に付した。鳥取《とっとり》城には城山——久松山《きゅうしょうざん》の西側からしか入れないが、これは常なる出入りの用であり、寄せ手の攻め口である。裏手の東側から獣道を使って僧ひとりを導き入れることは難しくない。荼毘の煙は目立たせぬよう、朝餉《あさげ》の炊煙に紛れさせた。

葬儀から三日後の早暁、薄暗い仏間で妻の霊に手を合わせていると、長子・庄七郎《しょうしちろう》が訪ねて来た。

「父上」

豊国は振り返り、微笑を以て小さく頷く。

「母上の供養に参ったか」

庄七郎は「はい」と頷いて右後ろに腰を下ろし、目を瞑って合掌した。齢十二、元服する者もある歳《とし》だが、親の目から見ればまだ幼い。母の死を悼んで涙を堪える姿は健気《けなげ》であり、痛々しく映った。

「戦は、いつになったら終わるのでしょう」

囁くように問うた我が子に、体ごと向き直って静かに問う。

「戦を嫌うか」

「好き嫌いではありません。戦が終わらねば、母上は墓にもお入りになれませぬ」

豊国は「そうだな」と返して祭壇を見遣った。妻の骨壺《こつつぼ》は実に小さい。寝込んでいる間に骨まで痩《や》せてしまったのだろう、荼毘に付すと所どころ砂の如くなっていた。

「この戦が終わったら、共に東林院へ参るとしよう」

「はい。必ず」

寂しげな笑みを見せて一礼し、庄七郎は下がって行った。

八月の半ばから末にかけて、戦は全くと言って良いほど動かなかった。取り囲む羽柴《はしば》勢は干殺しの構えを固く崩さず、豊国も敢《あ》えて仕掛けようとはしない。誰かに「打って出よ」と命じたところで聞くはずもないからだ。城方は豊国が蓄えた兵糧を使い、気の抜けた顔で毎日を無為に過ごしている。鳥取城の蓄えも残り少なく、あと二ヵ月も籠城を続ければ立ち行かなくなると思われた。

そして、腑抜《ふぬ》けた日々は豊国も例に漏れない。籠城で鈍《なま》った体、何もせずにいるからこそ溜《た》まる疲れを持て余し、夜も早く休むのが常となっていた。

だから、なのだろうか。八月も末のとある晩、ふと夜中に目が覚めてしまった。寝屋は未だ真っ暗なまま、障子には空の白む兆しすらない。

しかし。部屋の外には、微《かす》かながら人の気配があった。

「誰だ」

小さく問うも返答はない。或いは因幡《いなば》衆の誰かが、この命を奪いに来たのか。豊国は身を起こし、闇に慣れた目を凝らした。

「む」

外の気配が動く。そして何ということだろう、障子も開けずに寝屋の中へと入って来た。物《もの》の怪《け》か。或いは人の魂か。魂ならば藤であってくれ。もう一度だけでも、あの幼いままの心に触れることができたら――。

闇の中に、さらに深い漆黒が動いた気がした。

豊国だからこそ分かった。これは藤ではない。だが知っている気配だ。まさか。

「兄上か」

ふわりと、柔らかいものが漂ったかに思えた。息を殺して気を研ぎ澄ます。

聞こえた。耳に、ではない。頭の中に「豊国」と響いたのだ。

間違いない、やはり兄・豊数《とよかず》である。伯父の覚えめでたい弟に嫉妬《しっと》し、自らのここにあることを示すべく栄達を望んだ人。行き過ぎた望みの果てに道を踏み外し、武田高信《たけだたかのぶ》に踊らされて命を縮めた人。その兄が、どうして今ここに。

「私に何か伝えんとなされるか」

返事はない。先の如く、頭の中に響く声もなかった。だが、きっと何かある。教えたいことがあって、魂がこの寝屋を訪れたのに違いないのだ。

「兄上！」

小声で、しかし強く呼びかける。漂っていたものは、闇に溶けて消えた。

「――上、なぜ」

瞼が開き、頭が跳ね上がった。

「どうした。私は」

先までと同じく床の上に座っている。だが、たった今まで確かに目は瞑っていた。どうやら知らぬうちに起き上がり、座ったまま眠っていたのか。兄とのあれこれは夢であったらしい。だが、どうして。とうの昔に死んだ兄を、何ゆえ今になって夢に見たのだろう。胸の奥にもやもやしたものを抱え、豊国は「ふう」と小さく息をついた。

ちょうどその頃、羽柴秀吉《ひでよし》が播磨《はりま》から舞い戻った。九月初旬であった。

そして。

「垣屋《かきや》豊続《とよつぐ》様、羽柴方の使者として参じてござります」

岡垣が二之丸御殿の居室を訪ね、それを告げた。豊国は「ほう」と頷いた。

「会おう。石垣を狭く開けてやれ」

本丸に続く道は石垣で塞いである。が、豊続と供の者が続いて通れるくらい、人ひとり分だけなら退けてやっても大きく障《さわ》りはなかった。

小姓《こしょう》のみ従えて二之丸御殿の広間に待つと、しばらくして豊続が参じて深々と頭を下げた。

「お久しゅうござる。奥方様に於かれては、お気の毒なことにござった」

口上を述べる面持ちは、見慣れたすまし顔ではない。言葉どおりに神妙である。この男にもそうした情はあるのだと思うと、素直な笑みが浮かんだ。因幡の実を垣屋一族に譲り、それを受けて豊続が岩井奥山城《いわいおくやま》に入った折のことを思い出す。藤が庄七郎を産んだのは、まさにその日、その時であった。

「但馬《たじま》は変わりないか」

「村岡《むらおか》にござるな。ご側室の希有《きう》殿、御身が二子・平右衛門《へいえもん》殿も息災にて」

「何よりだ。さて」

用向きを聞こう、とは言わなかった。分かりきっているからだ。先頃、毛利《もうり》がようやく重い腰を上げた。吉川元春《きっかわもとはる》が因幡に向かっている。羽柴としては早々に戦を終わらせたいだろうし、降伏を勧めに来たと思ってまず間違いない。豊続を寄越す辺り、頑なな因幡衆が頷くだけの条件を示すはずであった。

「なるほど。人の思惑を汲《く》み取るは、御身の得手にござったな」

豊続はにやりと笑い、居住まいを正した。

「お察しのとおり、降を勧めに参ったものにて。羽柴様に於かれては、因幡一国をそのまま御身にお任せくださるとの由」

いささか、当てが外れた思いであった。己にとっては良い話である。だがこの条件では、はっきり「足りない」と言えた。

「所領の話のみでは因幡衆が応じまい。皆の人質はどうなる」

豊続は「ふん」と鼻を鳴らした。

「御身が姫君は、お返ししても良い。羽柴様は左様に仰せです」

豊国は「お」と目を見開いた。因幡一国など、実のところどうでも良かった。伯父・祐《すけ》豊《とよ》が世を去り、正室・藤も黄泉に渡った今、己にはもう戦う理由がない。最も大事なのは、藤との間に生まれた娘——毛利に人質として差し出し、羽柴の手に渡ってしまった我が子なのだ。

「ありがたき話だ。余の者の人質も？」

これが満たされるなら、無駄な籠城を続ける理由はない。

だが、甘かった。豊続は「おやおや」という眼差しで失笑し、嘲るが如き声で言い放つ。

「返すはずがござるまい。因幡衆は御身に従う気がないのですぞ。左様な者共なれば、一度は降っても早々に裏切るのは見えておる。足枷《あしかせ》を外す阿呆がおるとお思いか」

厭味を通り越し、失敬、不躾《ぶしつけ》に過ぎる言い種である。しかしながら、確かに豊続の言うとおりではあった。

「では……。それを以て降を容れぬとあらば、どうなる」

「人質は、ひとりずつ磔《はりつけ》に架けられましょうな」

ぞくりと身が震えた。人質の命が失われたら、皆の怒りと恨みは敵方ではなく、この豊国にこそ向くだろう。上に立つ者は神の如く全てを落着させて然るべし、そう言って憚らぬ恥知らず共である。

この勧めは、降るか否か、それだけの話ではない。足りない条件で降るなら良し。さもなくば因幡衆の不平を煽《あお》り立て、気を腐らせて袋小路へと導く。そうやって内から崩そうという肚だとは。

これが羽柴秀吉の戦か。あまりに巧みな手管には怒りすら湧かない。だが、と豊国は固く奥歯を噛んだ。

「つまり……因幡衆が織田《おだ》に降った上で再び裏切らぬなら、人質の命までは取らぬと」

「そういうことです。重々、思案の上でお決めあれ」

ただし、降るなら二日のうちに。言い残して、豊続は城を辞して行った。

＊

「言語道断にござる」

森下道誉《もりしたどうよ》が目を吊り上げた。豊続の申し送りを皆に話して聞かせ、ひと呼吸と置かぬうちにである。

「確かに城の兵糧は危うく、もう幾らも持たぬところなれど、今少し待たば吉川様が援軍を率いて来られると申すに」

吉川元春は毛利の主将、軍兵は精強を極め、数も羽柴勢を凌《しの》ぐ。それが参じれば敵も引き上げるに違いない。森下の説くところに、広間に集った面々が「そうだ」と声を揃えた。

そうした中、中村春続《なかむらはるつぐ》は卑屈な笑みを浮かべている。

「もう長くは籠城できぬと知って、臆病風《おくびょうかぜ》に吹かれましたかな。体面を捨て、義理を欠いてまで降ろうなどとは、山名の男も地に堕《お》ちたものよ」

満座が怒気を孕《はら》んだ笑い声を上げ、これを肯《がえ》んじた。

やはり、こうなったか。見えていた話ではある。しかし、と豊国は胸を張った。

「方々は私の話の何を聞いておったのだ。皆が織田に忠節を尽くさば人質の命までは取らぬと、羽柴は左様に申しておるのだぞ。我が体面など如何様になっても構わぬ。人質の命を救うためならば、我が義理も信も捨てようと申しておるに過ぎぬ」

「我らのためにと、左様に申されるのか」

再び森下が嚙み付いた。恩着せがましい物言いも大概にせよ、と。

「因幡衆はずっと、毛利をこそ頼むべしと唱えて参った。御身が織田に近付き、尼子《あまご》残党を使うて鳥取を落とした折にも、それは申したはず」

　にも拘らず、振り回したのは誰だ。因幡衆のためと言うなら、毛利を裏切ることなく人質の話も丸く収めて見せよと言う。

呆れ果てた。それができれば苦労はない。

「そうか。全ては私のせい、か」

森下の厳めしい面持ち、中村の薄笑い。余の者の勝ち誇った眼差し。

豊国は、くすくすと笑った。そして。

「馬鹿者共めが！」

一転、声を荒らげた。

「生き残りとうないのか。この戦乱、我らの如き小勢は大国にすがるより他にない。だからこそ正しき道を選ばんと、今日まで苦心してきたのではないか」

豊国にとって、因幡衆の言い分は妄言《もうげん》以外の何物でもなかった。

己が毛利に従ったのは、織田に付くと申し入れながら有耶無耶《うやむや》にされ、挙句の果てに裏切られたからだ。

織田信長《のぶなが》は、そして今この鳥取を囲む羽柴秀吉は、尼子残党を操って毛利を乱した。然るに毛利から「織田の差し金か」と詰め寄られると、当面の戦を避けるべく「否」と答え、あまつさえ但馬衆——山名宗家の手でこの豊国を討たんとした。

「我が伯父・祐豊は、ゆえにこそ織田を離れた。私も毛利に従った。織田に降るが恥なら、毛利に従うたことも恥となろう。だが我らの如き境目の者は向背勝手、それが戦乱の世の習いぞ」

毛利に従い始めた頃、織田は八方を敵に囲まれて窮していた。だが今はどうだ。織田は窮地を脱し、それまで避けてきた毛利との戦いに本腰を入れている。

以来、毛利は織田より優れていたと言えるのか。勝るところがあったのか。

ない。別所長治《べっしょながはる》を干殺しにされ、播磨を崩された。摂津《せっつ》の海を奪われ、本願寺顕如《ほんがんじけんにょ》や荒《あら》木村重《きむらしげ》への援助を潰された。荒木は居城を落とされ、今となっては行方を晦《くら》ましている。本願寺とて織田と和議を結び、軍門に降ったではないか。勢い、流れは織田にこそある。

「道誉。其方《そのほう》は先に、吉川が参らば羽柴は兵を退くと申したな」

「如何にも。間違っておると申されるか」

挑む眼差しに、大きく首を横に振った。おまえの申しようは正しい、と。

「では問うが、羽柴が退いた後はどうなる。毛利の兵が因幡を守ってくれるのか」

豊国は声を大にして「あり得ぬ」と断じた。

「毛利は私に信を置いておるまい。ゆえに備えの兵も残さぬ。だが、それだけか」

断じて違う。羽柴が因幡から去れば、その兵はまたぞろ播磨や備前《びぜん》に向かう。毛利もそちらに手当てすべく、吉川の兵を動かさねばならない。因幡になど関わり合っている暇はないのだ。

「毛利にとって因幡は都合の好き楯ぞ。私が長でなかろうと、そこは変わらぬ」

楯だからこそ、二度三度と矢面に立つ。羽柴が退いたから終わり、とはなり得ないのだ。

「楯となるのは、織田に降っても同じよな。されど織田は盛運、毛利は衰運ぞ。勢いの差は容易《たやす》く覆し得ぬものだ。私も衰えた家を支えんとして参った身ゆえ、それが分かる。そも――」

毛利は何ゆえ貧するに至ったのか。先代の元就《もとなり》が世を去り、輝元《てるもと》に代替わりしたからだ。

あまりに偉大な毛利の先代と、織田は長らく渡り合ってきた。それに比べれば輝元は与しやすい。吉川元春や小早川隆景《こばやかわたかかげ》が支えているとは言え、器の違いは埋めきれるものではない。

そう、続けるはずだった。しかし。

「山名を支えんとして参った、とは」

中村の陰気な声が、話の腰を折った。黙っておれと一喝する間もなく、因幡衆が「何と」と腰を浮かせる。

「我らのためじゃと申されたは、嘘《うそ》にござったか」

「所詮は自らのことしか、考えられぬお人ということよ」

「支えて参った山名の宗家は、潰れてしまいましたな」

囂々《ごうごう》と非難が沸き起こる。豊国は「鎮まれ」と叫んだが、一向に止《や》む気配がない。皆の加勢を得た中村が、得意げに頰を歪めた。

「支える宗家を失うて、何を守るために降ると申される」

皆が差し出した人質を、ではあるまい。因幡衆そのものを守るのでもなかろう。じめじめした眼差し、粘ついた心が滲み出たもの言いが続く。

そして、そのひと言が浴びせられた。

「ご自身のお立場、因幡一国を握った栄達を手放しとうない。左様にござろう」

ドン、と腹を殴られた思いがする。思わず息が詰まった。

己がここまで戦ってきたのは、因幡を束ねたのは、いったい何のためだったのか。立場を欲したのではない。富や名誉を望んだのでもない。

しかし、である。

今、この者たちは言葉尻を捉え、揚げ足を取ったに過ぎない。それでも、確かに己が目は常に山名宗家に、但馬にしか向いていなかった。国衆の益を守るべき守護代の位にありながら、因幡を見ていたとは言い得ない。

それは、自らのために戦ってきたのと何か違うのだろうか。

違わない。同じなのだ。

皆の目には、我が姿はこう映っていたのだろう。自らの力を増そうと、栄達を摑み取らんとして躍起になっているのだと。だからなのだ。だからこそ、山名の血筋を神輿に担ぎながら、誰も従おうとしない。

何たることか。兄の轍《てつ》を踏むまいと、異なる道を歩んできたつもりだったのに。違うと思っていたのは自分のみ、傍《はた》から見れば全くの同じだったとは。

思った刹那《せつな》、しばらく前に見た夢が胸に蘇った。

「兄……上」

小さく、誰にも分からぬくらいに小さく、唇だけが動いた。

あの夢は。兄・豊数の魂が、告げに来たというのか。おまえもこの身と同じ、栄達に搦《から》め取られたのだと。何をどう言い繕ったとて、全く同じなのだと。

「ともあれ」

森下が、すくと立ち上がった。

「何としても降ると申されるなら、我らは弓矢を以て御身にお応えするのみ。ゆめ、お忘れなきように願おう」

足音も荒く下がって行く。他の面々もこれに続き、腹立たしげに立ち去った。

静寂が訪れる。豊国の口から、零《こぼ》れる言葉があった。

「……往時は今、何ぞ追わん」

過ぎ去ったものを、どうして今から追いかけられよう。蘇軾《そしょく》の詩の一節であった。

「殿。もう、誰も残っておりませぬぞ」

隣の間に控えていた岡垣が参じ、部屋に戻るよう促してくる。声は聞こえていたが、否とも応とも返す気になれなかった。

裏切りに裏切りを重ねて胸を痛め、悩んできた。だが、これが乱世に生きる者の常だと自らを捻じ伏せてきたのに。心が慣れた今になって、全てが過ちであったと突き付けられるとは。

「得るところは失えるを……償わず」

またひとつ、呟きが漏れる。得たものによって、失ったものの埋め合わせはできない。

胸の内には、運命の皮肉を嘆く思いだけがあった。

降に応じるなら二日の後まで——その二日の間に、豊国は何をすることもできなかった。

三日目の朝、ひとりの幼子が磔に架けられた。因幡国衆、高木越中守《たかぎえつちゆうのかみ》の娘であった。四日目、五日目と磔は続く。国衆の子や母親、姉、弟たちが、次々に命を落としていった。鳥取城は悲嘆と怨嗟《えんさ》に包まれた。戦を続けるだけの意気地など、もう誰にも残っていない。それでも城の皆は「吉川が来れば」と唱え、念じ続けていた。

＊

援軍、未だ至らず。昨日もまた、ひとり磔になっている。今日も夕刻を迎え、ついにその幼子が磔木に縛り付けられた。

「聞けよ豊国！　次は、うぬが娘ぞ」

鳥取城の西、一里の先から怒鳴り声が渡る。豊国は二之丸御殿から裸足《はだし》で飛び出し、土塁の際まで駆けて遠く見遣った。

「分からぬ。ここからでは」

あまりに離れていて、我が子かどうか見分けが付かない。しかも西日が強く、背格好さえ曖昧《あいまい》であった。だが髪は長い。それが風に流れている。

「明日の朝じゃ。それまで身悶《みもだ》えして過ごすが良かろう」

げらげらと品のない笑い声が上がる。それきり、敵からは何も言って来なかった。俯いて歯噛みしながら、虚《うつ》ろな足取りで御殿に戻る。二之丸の郭《くるわ》には因幡衆が幾人かいたが、どの姿にも憐憫《れんびん》の情は感じられない。我らの人質も討たれた以上、同じ道を辿《たど》って然るべしと怨念《おんねん》ばかりが漂っていた。

日が落ちてからも、豊国の居室に灯《あか》りはなかった。すっかり暗くなった中、ただ頭を抱え、背を丸めている。そこへ岡垣が訪ねて来た。

「殿。よろしいですか」

「入れ」

蚊の鳴くほどの声を返す。それでも岡垣は聞き拾い、静かに障子を開けた。

「まだ、戦う気はおありなのでしょうや」

静かな問いは、まさに我が心を言い表していた。

自らの非を悟り、悔悟の念だけが残る今、いったい己は何のために籠城を続けているのだろうか。伯父が死に、正室・藤が逝き、我が身と山名を繋ぐものさえ全て失われたというのに。

否。全て、ではない。手許《てもと》には藤が産んだ長子・庄七郎がいる。そして羽柴の手に、同じく藤の産んだ娘・蔦《つた》が握られている。二人の子は取りも直さず、伯父の許で藤と共に育った日々の、懐かしく幸せだった思い出の化身なのだ。

そのうち、ひとりが明日の朝には失われる。なのに己は、なぜ戦陣にある。国衆や布施《ふせ》衆のためか。守護代としての役目を果たすためか。

それもひとつの道であろう。だが役目を果たして何になる。麾下の者からは、嫌悪と憎悪しか向けられていないというのに。

「藤との絆《きずな》が消える。伯父上との繋がりも」

呟き声が出る。暗い中、岡垣は黙って息を殺していた。なるほど。全てはこちらの胸ひとつだと言うのか。如何なる断を下そうと、この岡垣次郎左衛門だけは従うのだと。

たったひとりの男が、傍《そば》にいてくれる。何と心強いことだろう。嗚呼、そして己は。

「私は……弱いな。加えて愚かだ」

丸めていた背が、ゆらりと伸びる。真っ暗な中、温かく光る眼差しに笑みを向けた。

「庄七郎を連れて参れ。城を抜け出し、私ひとりで羽柴に降ろう」

「確かに、承り申した」

返された囁きは柔らかく、どこか嬉しそうであった。

少しの後、岡垣は庄七郎を連れて再び参じた。豊国は腰に刀を佩《は》き、藤の骨壺だけを抱えて、二人と共に闇に紛れた。向かう先は城の門でも、本丸へと続く小道でもない。二之丸御殿の裏手から久松山に入り、しばし登って行った。

「獣道を覚えております。お方様の葬儀の折に」

あの時、京の東林院へ走らせたのは岡垣のみである。つまり城から抜け出す道は、この男しか知らない。追っ手が寄越される気遣いもないと察し、ざわつく胸が少しだけ落ち着いた。

久松山を抜け出したのは、片割れ月が空に浮かぶ頃であった。

山の北麓《ほくろく》から野に出ると、一路西を目指して走る。やがて、遠くに付け城と思《おぼ》しき篝火《かがりび》が見えるようになった。さらに馳《は》せ寄ると、掲げられた旗の紋様が下から照らされ、橙《だいだい》色に浮かんだ。

「あれは、橘菱《たちばなびし》の紋か」

駆けながら問う。ややあって、岡垣が「はい」と息を弾ませた。

「宮部継潤《みやべけいじゅん》殿にござる」

羽柴秀吉が戻るまで、鳥取攻めの大将を任せられていた法体である。そうと知って、なお懸命に走り続けた。

「開門！　開門を願う。山名宮内少輔《くないのしょう》、羽柴殿に降るものなり」

岡垣が叫ぶ。城の門衛が寄り集まり、槍を束ねて立ち塞がった。が、こちらは三人のみ。そうと知ると幾らか用心も解けたか、槍を向けられたままではあるが門の内へ導かれた。しばしの後、痩せた頬に鋭い眼差しの法体が出て来て、どこへともなく問いかけた。

「相違ないか」

これまた、どこからともなく「はっ」と返る。戦場に透破《すっぱ》は付きもの、羽柴勢もこちらの面相は既に知っているらしかった。

朝を迎える前に、豊国たちは鳥取の西、布施の東に当たる徳吉《とくよし》城に連れられる。羽柴秀吉はここを陣城としていて、一報を受けると寝間着のままで姿を現した。

「山名宮内殿かや」

甲高く捻じれたような声、歳の割に皺の多い赤ら顔の小男であった。

「如何にも山名宮内少輔、豊国にござる。後ろに控えるは我が股肱《ここう》・岡垣次郎左衛門。並びに我が長子・庄七郎」

「そうかや、やっと降ってくれたんか。ありがてゃあ話だわ」

きゃきゃきゃ、と猿の如く笑う。底抜けに明るい。手厳しい戦運びとは裏腹に、何とも人好きのする物腰であった。

「我が降、容《い》れていただけましょうや」

「おう、おう。容れるに決まっとるがや。いやあ、めでたい！　おみゃあさんの姫もな、これで命を繋いだぞい」

最も聞きたかったことが語られ、豊国は「おお」と涙を浮かべる。羽柴は幾度か頷き、然る後に少しばかり困り顔を見せた。

「じゃがのう。すぐに降ってくれんかったせいで、わしんとこの殿がお怒りなんじゃやわ。因幡一国の安堵ちゅう話、なかったことになるて思うがね」

「構いませぬ」

涙を落とし、笑みを浮かべて返す。羽柴は「よっしゃ」と膝を叩いた。

「おみゃあさん、元は岩井におられたんじゃろ。なら、ひとまずそこに落ち着くとええがね。鳥取にゃあ、夜明けと共にこのことを知らせるでの」

「忝《かたじけな》い」

羽柴は以後もてきぱきと諸々《もろもろ》を判じ、小姓衆を動かして手筈《てはず》を整えさせた。

明くる朝、寄せ手の大軍が鳥取城を囲み、豊国が降ったと告げた。すると、あれほど降伏を嫌っていたにも拘らず、城方はあっさりと城の明け渡しに応じた。既に誰もが戦意など持ち合わせていない。それで囲みが解かれるのならと、むしろ安堵の気配すら漂わせていた。

＊

吉川元春の軍勢が到来したのは、豊国が岩井奥山城に入った翌日であった。すると羽柴は、ものの四日で兵を退いてしまった。もっとも、あちこちの城に押さえの兵は残されており、攻め取った地を手放す訳ではない。因幡は鳥取より東と北が織田、南と西が毛利と色分けされた。

「そうか。道誉が参ったか」

慣れ親しんだ岩井の城主居館で岡垣の報せを受け、苦い笑みが浮かんだ。羽柴が退いて五日、森下道誉が訪ねて来た訳は自明である。

「兵を連れておるのだろう」

念のために問うてみる。果たして岡垣は、腹立たしげに「はい」と頷いた。ならば追い返すことはできそうにない。致し方なしと、広間に移って目通りを許した。

「用向きは、申さねばなりませぬかな？」

主座より低い板間にありながら、森下は見下した眼差しを寄越してくる。豊国は肚の内に「やはりな」と呟き、首を横に振った。

「吉川元春が参ったのだ。降を勧める他に、お主がこれへ参じる用はあるまい」

「少しばかり違い申す。勧めに参ったのではなく、降が決まったと伝えに上がった次第」

「ほう。では今日より、お主らと私は敵同士になるのか」

森下は、さも嫌そうにせせら笑った。

「それも違い申す。御身も共に降るのです」

吉川はこう言ったそうだ。鳥取城を明け渡すなら降を容れる。ただし、引き続き山名豊国を守護代に据えよと。

「吉川様が何をお思いなのかは、我らには分かり申さん。されど、左様に仰せられては従わざるを得ず。ゆえに御身を迎えに参ったまで」

最前から呆れ顔で聞いていたが、そこに、わずかばかりの憐《あわ》れみが混じった。

因幡衆は山名の傘下にありながら、ことある毎に逆らってきた。己が「山名のため」と懸命になり、但馬ばかり見ていたせいでもあろう。が、この者共の身勝手はそれ以前から目に余った。

そういう面々である。今ここで山名の家名を取り払えば、因幡衆はいずれ厚顔無恥な振る舞いに及ぶはずだ。毛利はそれを嫌い、山名家という重石《おもし》の上から皆を差配せんとしている。因幡の者は手に負えない、ゆえに楯を一枚挟むと言われたのだ。森下を始め、因幡衆は毛利のそうした肚が分かっていない。

豊国は「やれやれ」と軽く右膝を叩いた。

「生憎《あいにく》だが私は降りとうない。誇りまで捨てる気はないのでな」

「我らに誇りがないと申されるか。幾度も表裏を繰り返した、その薄汚い口で」

法体とは思えぬほどに激昂《げきこう》している。話すだけ無駄と悟り、長く溜息が漏れた。

「禅問答は無用だ。断ったところで、私を連れて参るのであろう」

「分かっておりながら、口幅ったいことを申す御仁よな」

相手は兵を伴って来ている。誇りだけで抗うことはできなかった。

豊国は布施の西方、気多《けた》郡の鹿野《しかの》城に入れられた。無論、至るところに見張りの目が光っている。半ば囚《とら》われの身であった。鳥取城番は吉川元春の一族――元春は毛利からの入嗣だが――から、石見《いわみ》吉川氏の当主・経家《つねいえ》が寄越されることになった。

鹿野城に入ってからは、まさに飾りものの守護代であった。国の差配は鳥取の吉川経家が受け持ち、豊国の名で因幡衆に下達される。何を成す訳でもない日々の無聊《ぶりょう》を慰めるのは、長子・庄七郎と股肱の岡垣、そして愛好する蘇軾の漢詩のみであった。

そうして年が明け、天正《てんしょう》九年（一五八一）を迎える。齢三十四を数えた豊国は、今日も詩集に目を落としていた。

「父上、父上」

城主居館の庭先から、庄七郎の嬉しそうな声が渡る。どうしたのかと顔を上げれば、両手に細長い草を抱えていた。

「それは菖蒲《しょうぶ》の葉か」

「御殿の裏手に生えておりました。まだ半月ほど早うございますが、菖蒲湯など如何です」

初夏四月も半ばとなっていた。折に触れ、我が子は色々と気遣ってくれる。慕う相手に寄せる優しい心根は、母の藤によく似ていた。

「では、次郎に渡しておくと良い。下働きの者に支度を命じてくれるだろう」

笑みを以て返す。庄七郎は「はい」と一礼し、下がって行った。

が、少しすると菖蒲を抱えたまま戻って来た。

「おや、どうした」

「それが、次郎が玄関で押し問答をしておりまして」

何かあったのか。わざわざこの城を訪ねる者があるとすれば、鳥取城の使いであろう。

それと岡垣が押し問答とは穏やかでない。

ともあれ、と御殿の玄関に向かう。案の定、そこには吉川経家の子・経実《つねざね》の顔があった。

「これ次郎。何とした」

声をかけると、岡垣より早く経実が声を上げた。

「これは宮内殿、良うござった。父より言伝を預かって参ったと申すに、ここな岡垣が通してくれぬものですから」

　すると岡垣は、当然だとばかりに眉をひそめた。

「言伝と仰せられましても、そこは我が主《あるじ》の与《あずか》り知らぬところにございましょう」

　どういう話であろう。豊国は首を傾げ、岡垣に「まずは」と目配せする。岡垣が控えると、経実が「実は」と切り出した。

「因幡の者共が毛利の差配に否やを申しておるのです」

　苦笑が漏れた。かねて見越していたとおり、身勝手なもの言いで困らせているのだろう。

「形ばかりでも守護代に収まっておるのは、斯様な時のためと申されるか。されど私に、あの者共の不平を解きほぐす力はありませぬぞ」

「さにあらず。大本の話にて」

　大本とは。聞けば因幡衆は、失われた所領の代わりに宛行《あてがい》を求めているらしい。なるほど私部城《きさいち》や若桜鬼《わかさおに》ヶ城を始め、因幡の半国ほどは羽柴秀吉の将兵に押さえられている。改めて毛利に降ったとて、それらの領は戻って来ない。

「皆はそれを、私が羽柴に降ったせいだと?」

　本末転倒である。向こうから一国安堵の申し出があった時に己が言い分を容れ、すぐに降っていれば良かったのだ。それだとて全ての領が安堵されたとは言い難いが、少なくとも今より失うものは少なかったろうに。なるほど岡垣の言うとおり、斯様な話を持って来られても与り知らぬところである。

「毛利は半国を切り取られたままになされるおつもりか。いずれ奪い返すゆえ、それまで待てと言い聞かせれば済むように思えるが」

「左様に申してはおるのですが、誰も聞き容れませぬ。このままでは、皆の不平は宮内殿に向くことでしょう。ゆえに、御身から言い聞かせてはもらえまいかと」

何を求められているのか、ようやく分かった。つまりは皆の不平に叩かれて、少しばかり気の収まるようにしてやれということか。損な役回りだが聞かざるを得まい。

「承知致した。分からず屋共を、これへ寄越されるが良い」

すると岡垣の顔に、また別の不平が浮かんだ。豊国はこれを宥《なだ》めるべく、眼差しを以て「お飾りの役目だ」と語った。

ところがその晩、思いがけぬ報せが届けられた。そろそろ寝屋に移ろうかと廊下に出た折である。庭の暗がりから届く声があった。

「宮内様。我が主より火急の御用件があり申す」

透破か。豊国は「次郎やある」と岡垣を呼び、共に声の主を引見した。

相手は男で、覚えやすいところが全くない顔であった。垣屋豊続が寄越した透破だという。

「羽柴様がご下命により、我が主は垣屋本家と共に因幡を探っており申した由」

「理屈は通っておるな。して、私に何用か」

透破は驚くべきことを明かした。

「中村春続と森下道誉が手を組み、御身の押し込めを企てております。既に因幡衆の意を取りまとめたらしく」

「何と」

押し込めとは、下の者が上を討つ代わりに隠居を強いるものである。幾らか穏便ではあれ、下克上に相違ない。しかし。

「私を押し込めたところで、何がどう変わる訳でもあるまい」

「仰せのとおり。されど中村が、御身を戴《いただ》く形では皆の怒りを収められぬと唱えまして」

昼間に吉川経実から聞いたとおり、不平の源は所領の一件に尽きる。羽柴に屈せず吉川元春の援兵を待っていれば、今のようにはならなかったのだと。

馬鹿馬鹿しい話だ。この考え方は覆せない矛盾を孕んでいる。

援軍を待っていればという言い分は、毛利の武威が織田を凌《しの》ぐ場合に限って正しい。だが実のところはどうだ。

吉川元春の来援によって、確かに羽柴秀吉は退いた。ならば吉川は、各地に残された羽柴の将兵を除き得たはずである。然るにそうしなかった。あまつさえ、未だ因幡半国は織田が押さえている。

己は先んじて釘《くぎ》を刺した。織田の兵は、いずれまた因幡を襲うのだと。毛利もそれを見越していたのだろう。羽柴の残した兵を蹴散らせば、次にはさらなる大軍を呼び込むことになってしまう。だから、敢えて今なお蹴散らそうとしない。即ち毛利は認めているのだ。

自らの力は織田に勝るものではない、と。

　中村や森下とは馬が合わないが、あの者共とてこれが分からぬほどの愚物ではない。だとすれば、二人の心には嘘が巣食っている。その嘘に唆《そそのか》されたのだ。豊国を押し込めて、見たくないものから目を逸らせと。

　だが、押し込めが成ったところで溜飲《りゅういん》が下がるのは一時の話である。毛利では織田に勝てないという事実、これと向き合わぬ限り、因幡衆の憤怒は再び燃え上がるに違いない。そして今よりも激しい炎と化し——。

「うん？」

　しかめ面が、呆《ほう》けて弛んだ。押し込めとは。己が隠居した暁には、当然ながら後釜《あとがま》が要る。

「あ！」

　愕然《がくぜん》として、思わず声が上がった。

「私の代わりは……」

「然り。庄七郎様にござります」

　透破の声に、ごくりと固唾《かたず》を呑んだ。我が子に地位を譲るのは構わぬところである。だが、次に皆が怒気を持て余せばどうなるか。

　その時こそ押し込めでは済むまい。庄七郎の命が危うくなる。

「おい。春続と道誉が企みは、いつだ。あの者たちは、いつ立ち上がる。そこまで探りを入れてあるのか」

「無論にござる。向こう二日のうちになりましょう」

透破は言う。今なら逃げ果せるかも知れない。夜陰に乗じて但馬まで導くように命じられ、これへ寄越されたのだと。

「こうしてはおられぬ。次郎」

岡垣に目を向ける。恐れか、或いは怒りか、身震いしながらの頷きが返された。

二人は既に眠っていた庄七郎を起こし、透破に導かれて城を抜け出した。鹿野は平山城で、南方が小高い丘の森に通じている。布施衆の目を盗んで逃げるなら、そちら側しかない。だが見張りの目がある以上、如何に用心しても気取られぬとは言いきれなかった。

そして、やはり——。

「何奴か」

闇の中、遠くに松明《たいまつ》の灯りが躍る。透破が「構わずに」と足を速め、豊国たちは懸命に後を追った。

「海まで至らば、船が待っております」

「分かった。案内は頼む」

先までの森を抜けて野に出ると、しばらく走った後に細い川を渡った。どこをどう進んでいるのか分からないが、海に出ると言うからには、今は北へ向かっているはずだ。豊国と岡垣、そして庄七郎は、胸も潰れよと懸命に駆け続けた。

だが、悪いことに望月の夜であった。今宵の闇は薄い。そして垣屋豊続が透破を寄越したように、因幡衆も毛利の透破を借りていたのだろう。微かに潮騒が届き始め、あと少し走れぱと思った頃、後ろから馬蹄《ばてい》の音が近付いて来た。

「山名豊国、待てぃ」

「裏切り宮内、いずこへ逃げるか」

森下の怒鳴り声、癇癪《かんしゃく》を起こした中村の叫びが届く。馬の足音はなお大きくなり、少しの後に弓の弦を弾く音が風に乗って来た。かなり近い。遠矢では済まされぬほどだ。

「南無三」

豊国は腰の刀を抜き、さっと振り返ると、迫る矢を三つ四つと立て続けに斬り払った。岡垣も同じく矢を払い、厳しい声を上げる。

「若、お逃げなされ。殿もです。早う」

庄七郎が「すまぬ」と足を速める。豊国も「死ぬなよ」と声をかけて踵《きびす》を返した。

じかし。

「あっ！」

前を行く背と首に、矢が突き立った。目の前で。ほんの数歩の先で。

我が子が、くずおれてゆく。駆け足の勢いのまま、もんどり打って転げる。背を捉えた矢は胸まで貫いていた。纏う小袖《こそで》が、瞬く間に赤黒く染まってゆく。

「庄七郎！」

転げるように駆け寄って抱き起こす。

返事がない。既に息をしていない。

こと切れていた。

「あ……あ。あ、ああ、あああああああああああ!」

心の箍《たが》が外れた。我が子を。亡き妻の生きていた証《あかし》を。伯父との絆を。我が全ての望みを。

「道誉! 春続! そこ動くな」

狂おしく叫ぶ。岡垣が振り返って「殿」と大声を上げた。戻るな、逃げてくれと。

聞けるものか。奴らを殺してくれる。皆殺しにしてやる。それればかりが胸に渦巻き、弾かれる勢いで駆け出した。

背後に、透破の声がした。

「御免」

首筋に鈍い痛みが走り、目の前が真の闇に変わる。そして、何も分からなくなった。

気が付けば、寝かされていた。

虚ろに目を開けると、側室の希有が「殿」と涙を落とす。脇《わき》で己を呼ぶ「父上」の声は、希有との間に生まれた二子・平右衛門であった。

「ここは」

舅《しゅうと》・長高連《ちょうたかつら》の領内、但馬村岡の屋敷か。それが分かると、気を失う前の一部始終が思い出される。豊国の目に涙が溢れ出した。

仔細《しさい》は岡垣から聞いた。透破の当て身で昏倒《こんとう》し、運ばれて逃げたのだと。岡垣は二つの矢を受けて傷を負ったが、命は落とさずに済んだという。もっとも、庄七郎の亡骸《なきがら》は捨て置く外になかったらしい。

「申し訳次第もござりませなんだ。若をお守りできず……斯様な」

岡垣は号泣し、床に額を打ち付けた。肩口に巻かれた木綿が真っ赤に染まっている。豊国にできるのは、掠《かす》れる声で「泣くな」と労《いた》わることだけであった。

第四章
乱世と泰平

一　隠者

頭に剃刀《かみそり》が当てられ、少しずつ髪が落とされていった。一刀毎《ごと》に覚える軽い痛みが、豊《とよ》国《くに》の思いを心の一点に集めてゆく。

長子・庄七郎《しょうしちろう》が命を落とした。子が先立ち、何ゆえ親が未《いま》だ生きているのか。我が子にはまだ先があった。然《しか》るに齢《よわい》三十四を数え、使い古した我が命だけが現世《うつしよ》に留《とど》まらねばならぬとは。人の世の無常、これに極まれり。

「終わりましたぞ」

声をかけられ、瞑《つむ》っていた目を開けた。先までと何が変わった訳でもない。だが極めて自然に両の掌《てのひら》が合った。

山名《やまな》家の菩提《ぼだい》寺、京の妙心寺東林院《みょうしんじとうりんいん》。豊国はこの地で得度し、禅高《ぜんこう》の法名を得た。

小袖《こそで》と袴《はかま》を墨染《すみぞめ》の法衣《ほうえ》に替え、若い僧に従って静かに廊下を進む。庭に差し掛かると、中央では丈の低い木が大きく横に枝を広げていた。その右脇《みぎわき》にあるのは沙羅《さら》らしい。夏には真白な花を付けるのだが、初夏四月の半ばでは未だ蕾《つぼみ》も膨らんでいなかった。

ふと虚しい笑みが浮かんだ。沙羅双樹の花の色、盛者必衰《じょうしゃひっすい》の理《ことわり》をあらはす——胸《むな》の内を行き過ぎる平家《へいけ》物語の序開は、まさに今の己ではないか。

「こちらへ」

本堂に導かれ、入るよう促される。合掌して一礼し、板張りの中へと進んだ。

奥の暗がり、本尊の観世音菩薩《かんぜおんぼさつ》が見下ろす前にひとりの法体がある。朱の直綴《じきとつ》に朱の袈《け》裟《さ》を重ねた姿は、妙心寺五十六世・九天宗瑞《くてんそうずい》であった。

豊国――禅高は二間を隔てて腰を下ろし、合掌して深々と頭を下げた。

「わざわざのお運び、痛み入ります」

「いえいえ。楽になされませ」

穏やかな声に応じて顔を上げ、合掌を解く。宗瑞はまた口を開いた。

「武士とは、まこと切なきものにございますな」

二十歳ほどと思《おぼ》しき若い声、込められた篤《あつ》い憐憫《れんびん》の情が胸に沁《し》みる。禅高はひとつ溜息《ためいき》をついて、伏し目がちに語った。

「仰せのとおりです。私は今まで、いったい何をしておったのかと」

山名家のため、伯父のためにと気を張って、懸命に生きてきた。しかし、それゆえ国衆《くにしゅう》に疎《うと》まれてしまい、挙句の果てに年若い我が子を死なせてしまうとは。

「愚かでありました。現世に残った我が命に何の意味があるのか。これまでの我が生に何の値打ちがあったのか。全く以《もっ》て見えませせぬ」

「ゆえに得度なされた」

「はい。山名家は宗家も此方《こなた》も所領を失うてございます。この上は、死なせてしもうた子の菩提を弔いながら、自らの命を見つめて参りとう存じます」

この先いつまで生きるのかは分からない。だが生涯を閉じるまでの間、我が命の何たるかを突き詰めて考えたいのだ。ほんの一片でも見極めが付いたなら。己は安んじて世を去れるだろう。

切なる思いに、宗瑞は「なるほど」と微笑《ほほえ》んでくれた。

「人とは押し並《な》べて愚かなものだと、釈迦牟尼《しやかむに》も仰せにございます。ゆえにこそ人の生は一切皆苦。如何《いか》にして苦を和らげるか、如何に生きれば平らかなる心を持ち得るのか。それが御仏《みほとけ》の教えなれば、御身もこれに従うて参られるがよろしいでしょう。ただ」

向かい合う面持ちが、ふと曇る。禅高は「はて」と軽く目を見開いた。

「ただ、何でございましょうや」

「御身には、まだ迷い……或《あ》いは心残りとでも申すものがある。左様に思えてなりませぬ」

それは執心に他ならない。心の底から仏門に帰依せんとするなら、胸に残った澱《おり》の全《すべ》てを吐き出し、洗い流す必要がある。宗瑞はそう言った。

「誠心から清らかに追い求めるのです。さなくば、見えるものも見えませぬぞ」

「教え、肝に銘じまする」

禅高はまた合掌し、静かに頭を下げて本堂から下がった。

頃合《ころあい》は昼下がり、山吹《やまぶき》色に濁り始めた日差しの中、今宵を明かす宿坊まで導かれる。ひとりになると宗瑞の言葉が胸に蘇《よみがえ》った。

「誠心から清らかに、か」

さすがは名刹《めいさつ》の住持、若いながらも人を見る目は確かである。

我が迷い、心残りとは。

知れたことだ。庄七郎の命を奪った者共、森下道誉《もりしたどうよ》と中村春続《なかむらはるつぐ》への恨みである。心に斯《か》様《よう》な膿《うみ》を抱えていては、見透かされて当然だったのかも知れない。

「されど……。吐き出せと言われたところで」

どうしたら洗い流せるのか。如何にすれば、この心は清らかになるのか。

捨て去れば良い。しかし、それができれば仏門に救いを求めはしなかった。

ふう、と長く息が漏れる。苦笑が浮かんだ。頭だけ丸めても、思いは未だ衆生のままだ。

胸に湛《たた》えた泥を洗い流すには、どうやら――。

と、障子《しょうじ》の向こうから声が寄越された。

「殿」

岡垣次郎左衛門《おかがきじろうざえもん》であった。

京へ上がるに当たり、岡垣には垣屋豊続《かきやとよつぐ》と長高連《ちょうたかつら》への使いを頼んでいた。用が済んだら迎えに来ると言っていたが、思ったより早い。

「良う参った。入るが良い」

すっと障子が開く。片膝《かたひざ》を突いた岡垣が、山吹色を背に頭を下げた。敷居を跨《また》ぐ間に、禅高はゆったりと問うた。

「村岡《むらおか》のことは障りないか」

「はい。殿とご家族の身は、垣屋様と長様にて確かにお守りいただけると」

所領を失った禅高には、側室の希有《きう》や二子・平右衛門《へいえもん》を守る力がない。希有の父たる長と、その主筋たる豊続に縋《すが》るより他になかった。聞き容《い》れてもらえたのは幸甚である。

「嬉《うれ》しきことよな。舅御《しゅうとご》ばかりか豊続まで応じてくれるとは」

「垣屋様はあいうお方ですが、誠はおありですぞ。それに、そもそも村岡のお方様との婚儀を言い出したのも垣屋様にござれば」

希有を娶《めと》ったのは、豊続に半ば命じられてのことである。因幡《いなば》を平らげるには西但馬衆の力を借りねばなるまい、と。この経緯《いきさつ》を重んじてくれる辺り、なるほど義理堅い男だ。そう言えば正室の藤《ふじ》が死んだ後、羽柴秀吉《はしばひでよし》の使者として参じた折も、あの者はいつになく神妙であった。

「口を開けば厭味《いやみ》なことしか言わぬが、中々どうして気持ちの良き奴《やつ》よ」

「これにて後顧の憂いもなし、明日には村岡へ向けて発《た》ちましょう。帰り着きましたら、以後は心安く過ごされませ。及ばずながら、この次郎もお傍《そば》にお仕え致しますれば」

禅高は「いや」と首を横に振った。

「まだ帰らぬ。宗瑞様に諭されてな。心残りがあってはならぬと」

「はて」

岡垣は初め、何のことか判じかねたようであった。だがこちらの目、沸々と滾《たぎ》る熱を見て取ると、はっと息を呑《の》んだ。

禅高は、ゆっくりと頷《うなず》いた。

「今、私が参るべきは村岡ではない。播磨《はりま》ぞ。心残り……我が胸の澱を流すためだ」

昨年の秋に因幡から退いた後、羽柴は播磨国に入り、姫路《ひめじ》城を陣城としていた。

そこを訪ねるとは、つまり。意を汲《く》んだ岡垣の目にも、武士としての猛々《たけだけ》しい炎が宿った。

＊

「おうおう豊国殿、良くぞ参ら――」

姫路城、城主居館。禅高の待つ広間に、羽柴が騒々しく歩みを進めて来た。が、こちらの顔を見ると声が止まる。

「ご無沙汰《ぶさた》しており申した」

笑みを以て応じると、羽柴は目を見開いたまま自らの頭を撫《な》でた。

「丸めたんかね」

「ええ。因幡を放《ほう》り出され、我が子まで失いました上は」

「ほう。はあ……まあその、ご愁傷様じゃのう」

言いつつ、目は剃髪《ていはつ》した頭に釘付《くぎづ》けである。そのまま主座に進む足取りは、あたかも蟹《かに》の如き横歩きであった。

羽柴は供をひとり連れていた。年の頃は禅高と同じくらいだろうか。瓜実顔《うりざね》に鼻筋太く、涼やかな眼差《まなざ》しに理知の光を湛えた男である。ただ右目の上には青黒い痣《あざ》が染み付いていて、また右足が悪いのか、引き摺《ず》るように歩いている。

「そちら様は？」

問うてみると、供の者は羽柴の右前に腰を下ろして軽く会釈した。

「初めてお目にかかり申す。黒田官兵衛《くろだかんべえ》、孝高《よしたか》にござる」

「其許《そこもと》が黒田殿か」

織田《おだ》か毛利《もうり》かで揺れていたのは、但馬や因幡ばかりではない。山陽《さんよう》では長らくこの播磨が境目の地であった。同じ立場の国ゆえに、黒田の名も幾度か耳にしたことがあった。

黒田は早くから織田方に付くべしと唱え、往時の主君・小寺政職《こでらまさもと》を説き伏せている。小寺は後に毛利方へと寝返ったのだが、その際、黒田は主と袂《たもと》を分かって羽柴の臣となった。

「小寺殿が毛利に寝返ったのは、織田様が押されていた折であった。其許が羽柴殿に従い続けたは先見の明と申すものですな」

「いえ。頑固なだけかと」

返しつつ苦笑を浮かべ、ちらりと主座に目を流す。羽柴は未だこちらの頭を珍しそうに見ていたが、黒田の眼差しに気付くと軽く咳払《せきばら》いして後を引き取った。

「して、訪ねて参られたことについてじゃが。まず豊国殿にはお悔やみ申す。わしが退いた後のことは、ひととおり聞いとるがね。まったく因幡衆ちゅうのは救いようのにゃあ奴らよな」

以後は、これでもかと禅高を誉《ほ》めそやした。曰《いわ》く、以前より織田に与《くみ》すべしと目を付けていた辺りは、黒田にも劣らぬ先見である。曰く、因幡の如《ごと》く難しい国を束ねた力は、この辺りの大名では抜きん出ている。曰く、鳥取《とっとり》での籠城《ろうじょう》も実に粘り強く、戦運びも巧かった。次から次に飛び出す賛辞は、口から先に生まれたと言うに相応《ふさわ》しい。禅高はかえって虚しいものを覚えた。

「そのくらいに。因幡衆に疎まれ、追い出された身にございます」

「ちゅうてもなあ。わしゃ幾度も雪隠詰《せっちんづ》めを仕掛けとるがよ、おみゃあさんの粘り腰にゃあ目を見張ったがね」

羽柴が身を乗り出し、黒田も小さく頷いた。二人の目に強い関心が滲《にじ》んでいる。なるほど、因幡衆にまとまりがないことは、恐らく黒田が先んじて摑《つか》んでいたのだ。そうした者に囲まれながら、どうして長きに亘《わた》る籠城を成し得たのか。そこを聞きたいらしい。ならば、ここを訪れた目的は果たされたも同然であった。

「因幡の者共は私に従わざるを得なかったのです。何しろ籠城に使うものは、兵糧も何も、全《すべ》て私が出しておりましたゆえ」

羽柴が「は？」と素《す》っ頓狂《とんきょう》な声を上げた。

「そんなもん、城に入る奴らが自前で揃《そろ》えとくんが当たり前じゃろ。何でまた」

「私が進んで扶持《ふち》した訳ではなく、行き掛かり上そうなったに過ぎませぬ。されど長陣ゆえに皆の手持ちも底を突いており、その上いつまで続くか分からぬ戦でした。口を賄ってくれる者には刃《やいば》を向けられなんだのでしょう」

主座の眼差しが驚きに変わり、黒田に向いた。黒田は小さく首を横に振る。斯様な戦は聞いたこともない、ということだろう。

羽柴は軽く喉《のど》を上下させ、こちらに目を戻した。

「ちいと聞くがよ。鳥取城にゃあ、どんくれゃあ蓄えがあったんかね」

「あと半月も戦が続いておれば、城の蔵も空になったはずです」

禅高は「つまり」と続け、力を込めた。射貫《いぬ》くが如くになった眼差しに、羽柴が前屈《まえかが》みの身を起こす。そこへ畳み掛けるように言葉を継いだ。

「鳥取に限らず、因幡には満足に兵糧がございませぬ。再び締め上げるに如《し》かずと存じますが、如何に。今は五月、次の刈り入れも二ヵ月の先なれば、息をつく暇を与えぬが肝要かと。すぐさま兵を向けて鳥取を囲まば、毛利から糧秣《りょうまつ》を回すことも儘《まま》ならぬはず」

「じゃ、じゃけどなあ。毛利が既に兵糧を回しとったら――」

「刈り入れ前に蔵が寂しゅうなるのは毛利とて同じにござろう。よしんば既に手を回しておったとて、やはり籠城は長続きいたしませぬ。その上で、因幡衆は毛利の力を大きく見過ぎており申す。兵糧の足りぬ折に戦とならば、毛利が全て扶持して然るべしと騒ぎ立てるに相違ござらん。何しろ、国衆に追い出された情けなき守護代でさえ全てを賄っておったのですから」

斯様な気構えの者共が、まともに戦えるはずがあろうか。否、すぐに音を上げるに決まっている。羽柴の力を以てすれば、今の鳥取を落とすのは楽な話だ。ひいては因幡一国が自《おの》ずと手に入るのだと、なお論を押し込んでいった。

羽柴は「む」と唸《うな》り、傍らの黒田に声をかけた。

「官兵衛よう。どう思う」

「山名様の申されること、まことに正しいと存じます」

禅高は「お」と目を輝かせた。羽柴に因幡を平らげさせ、憎き森下と中村に鉄槌《てっつい》を下す――この地を訪れた狙《ねら》いが成就したと、沸き立つ思いに軽く腰が浮く。

が、黒田が続けた言葉は望んだものではなかった。

「とは申せ、今すぐに兵を出すのは如何《いかが》なものかと」

なぜだ、と目が見開かれた。眼差しの先には羽柴の得心顔がある。

「まあ、そうじゃろな。近いうちに梅雨《つゆ》じゃからのう」

黒田は「はっ」と応じ、こちらに向いた。もっとも、目に映るのは我が姿ではないらしい。因幡の野を遠く眺めているかのようであった。

「鳥取城の攻め口は西にしかござらん。そして鳥取の西には千代川《せんだいがわ》の流れがある」

兵を動かすにせよ、播磨に押さえの兵は残す必要がある。さすれば城を囲むとは言っても必ず穴は開くものだ。毛利からの兵糧、小荷駄《こにだ》の動きを見落とすことはあり得ないが、たとえば十幾人かが山に紛れて鳥取城を抜け出したとすれば、必ず摑めるとは限らない。黒田はそう言う。

「さて山名殿、少し思いを巡らせてくだされ。その十幾人が川上に回り、堰《せ》き止めれば如何なりましょうや。十分に水を蓄えた上で堤を切られたら、我らの付け城は流されてしまいますぞ」

水というのは恐ろしいものだ。こうした計略の他にも色々とやり様はある。因幡衆が水を味方に付けた戦い方をするかどうかは分からない。しかし。

「全てが必ず悪《あ》しき形に運ぶのだと思えぬ者は、勝てぬものです。そも梅雨時は、行軍ひとつ取っても手間取りやすい。戦の組み立てが難しい折なれば、容易《たやす》く兵を動かす訳には参りませぬ」

「では、羽柴様は」

無念に沈む思いを主座に向ける。と、羽柴は底抜けに明るい声で、からからと笑った。

「何ちゅう顔しとるんかね。誰も、ずっと兵を出さんとは言うとらんがや」

ひと頻《しき》り笑った後に、猿の如き顔の中、眼差しが剣呑《けんのん》な光を湛えた。

「梅雨明けじゃ。奴らめ、今度こそ叩《たた》き潰《つぶ》してくれるわい。楽しみじゃのう。わしゃ、これでまた出世できるわい」

禅高は何も返せなかった。気圧《けお》されたのではない。飛ぶ鳥を落とす勢いの織田、その家中で重んじられる以上、羽柴とて恐るべき男であるはずなのだ。そこは重々承知していた。だが。どうしたことか、おぼろげに違和が漂う。どこか懐かしく思いながらも、厭《いや》らしく疎《うと》ましい。そういう気配だ。

ふわりと、何か胸に浮かんだ気がする。もっとも、すぐに黒田の言葉が続いたことで、それは有耶無耶《うやむや》に消え去ってしまった。

「然らば殿。鳥取の干殺しを早くに成らしめるべく、我が手の者を遣って因幡の米を買い集めようかと存じますが」

「お！　さすがは官兵衛じゃ。ええぞ、ええぞ。銭は幾ら使うても構わんでよ、根こそぎ買い占めたれや」

この主にして、この臣あり。二人の交わす笑みはどこまでも不敵であった。

＊

羽柴勢が鳥取攻めに向かったのは、それから概《おおむ》ね二ヵ月後、天正《てんしょう》九年六月二十五日であった。禅高は羽柴の本隊付きとなって案内役を務めている。また黒田官兵衛と共に、あれこれを諮《はか》られることもあった。鳥取城を知り尽くした身ゆえであろう。

全軍の先手となったのは、羽柴の腹心・蜂須賀《はちすか》正勝《まさかつ》である。六月二十九日、その蜂須賀が私部城《きさいち》を攻め、幾日かでこれを落とす。月が替わった七月五日には、羽柴の弟・秀長《ひでなが》が海路を取って因幡に入り、鳥取城の北西にほど近い丸山《まるやま》の地に陣を布《し》いた。

そして七月十二日、本隊が鳥取北東の小高い山に着陣する。名もなき山は、これより本《ほん》陣《じん》山と呼び習わされた。

将たる身には各々に陣小屋が宛《あて》がわれた。戦場のことゆえ、四つの柱と板屋根のみ。壁の代わりには陣幕が巡らされている。禅高にもこれがひとつ割り当てられた。

「あと少し。少し待てば」

薄暗い蠟燭《ろうそく》の下で呟《つぶや》き、素焼きの盃《さかずき》に酒の白い濁りを注ぐ。いよいよ始まった干殺しに胸が昂《たかぶ》り、このままでは眠れまいと少しずつ口に含んでいた。

鳥取城に残された兵糧では長く持って二ヵ月。近辺の米は既に黒田が買い占めている。半月余りで刈り入れの頃《ころ》だが、羽柴勢が目を光らせている以上、年貢米が城に届くことはない。

「庄七郎。父は必ず、おまえの仇《かたき》を取るぞ」

心残りを流し去る。そして村岡に戻り、死なせてしまった我が子の菩提を弔おう。妻の希有や子らと共に、穏やかに暮らすのだ。

「――れよ。待たれよと申すに」

「ええい、うるさい。何が何でも通してもらうぞ」

騒々しい声が近付いて来る。待てと押し止《とど》める声は岡垣だ。それを退けんとしているのは誰《だれ》だろう。聞き覚えがあるようにも、ないようにも思える。どちらにせよ、この静かな心持ちを乱すとは無粋極まりない。

「待たれよ」

岡垣の制止と共に小屋の入り口、陣幕の合わせ目が手荒く開けられた。

「豊国、おったか！　ここで会《お》うたが百年目ぞ」

外の暗がりに浮かぶ顔が憤怒の朱に染まっている。この男は。

「お主は確か、亀……ええ、と。亀田新之助《かめだしんのすけ》と申したか」

「半端に間違えるな！　亀井新十郎《かめいしんじゅうろう》、茲矩《これのり》だ」

思い出した。尼子《あまご》残党と手を組んで戦った折、山中鹿之助《やまなかしかのすけ》に伴われていた顔である。

「うぬに裏切られたがゆえ、尼子の皆は塗炭の苦しみを強いられたのだ。鹿之助様が命を落とされたのも、全ては其方《そのほう》が咎《とが》に帰する」

そのとおりである。伯父と共に織田方を去り、毛利に鞍替《くらが》えした時に、己は尼子残党を裏切って鳥取城から追い払った。尼子勝久《かつひさ》・山中鹿之助以下は羽柴秀吉の許《もと》に戻り、後に西播磨の上月城《こうづきじょう》を任されるまでになったものの、毛利の大軍に攻め立てられて城を明け渡すに至った。尼子勝久は上月城で自害、山中は捕らわれて安芸《あき》へ送られる道中、逃亡を図って斬《き》り殺されている。

「然《しか》るに、どの面下げてこれへ参ったか。うぬが如《ごと》き恥知らずと陣を同じうするなど、とても我慢ならぬ！　今すぐ去れ。消えよ。さもなくば謝れ。腹切って詫《わ》びよ。いいや、謝ったとて許さんぞ。そうだ、腹など切るな。我が恨みの行き場がなくなる」

こちらに何も言わせぬまま、止《と》め処《ど》なく捲《まく》し立てている。終《しま》いには、自らが何を言っているのか分からなくなってしまったのではないか。

「待たぬか。我が殿に何たる愚弄を」

さすがに見かねたか、岡垣が割って入り、腰の刀に手を掛けた。亀井も負けてはいない。おまえがその気ならばと、やはり刀に左手を添える。

「ここな外道を庇《かば》うとは、さても裏切りの家中は道理を知らぬ」

「何が外道か。裏切りも騙《だま》し討ちも戦乱の習いぞ。左様なことも弁《わきま》えぬ小童《こわっぱ》が、一端《いっぱし》の口を利くとは片腹痛いわ」

岡垣が眦《まなじり》を割いて鯉口《こいぐち》を弾《はじ》く。亀井は頭に血が上って声さえ出せなくなったか、無言で刀の柄《つか》を握る。

「次郎。やめよ」

大きく溜息《ためいき》をひとつ、禅高は岡垣を制した。振り向く顔に「何ゆえです」と大書されている。宥《なだ》めるように頷いてやり、改めて亀井に目を向けた。

「新十郎。申し様は良う分かった。私を許す必要はない」

「いいや！　何を申そうと許すものか」

「だから、許さんで良いと申しておる」

さすがに呆《あき》れて眉《まゆ》をひそめる。と、亀井は梯子《はしご》でも外されたような顔になった。

「い……潔さを見せようとしても、だな」

「さにあらず。お主も羽柴様の許におったのなら存じておろう。私は全てを失うた。今の望みは子の仇を取ることのみ。それが終われば黙って去ろう。ゆえに、一時だけ堪《こら》えてはくれぬか。このとおりだ」

剃髪した頭を深々と下げる。亀井は少し黙ったが、やはり返答は「否」であった。

「虫の好《よ》いことを申すな。かくなる上は、羽柴様に談判あるのみ。尼子と山名、どちらを取るのか、はっきりさせてもらう。うぬも来い」

言うだけ言って、すたすたと行ってしまった。岡垣が怒りの形相で呆れ返り、眼差しで「どうするのです」と問うている。

「確か、今の尼子勢はあの男が率いておるのだったな」

ならば厄介だ。尼子残党には少しなりとて数がある。対して、こちらは我が身と岡垣のみ。どちらを取るのかと詰め寄ったところで、羽柴ほどの才子なら巧くあしらってくれるとは思う。だが亀井が面倒なことを言い始めたら、如何な羽柴でも根負けしないとは言えない。

「この戦から外される訳にはいかん。我らも参ろう」

岡垣を伴い、羽柴の陣小屋へ向かう。思ったとおり、中では亀井の怒鳴り声が響いていた。

「禅高にございます。御免」

岡垣を外に残して小屋の内へ入る。羽柴は苦虫を嚙《か》み潰《つぶ》したような顔だったが、こちらを見ると安堵《あんど》したらしい。

「おう、良う来てくれたわい。こやつがのう、何をどう言うても聞いてくれんのよ」

亀井は「この陣から豊国を追い出せ」の一点張りで、羽柴の言葉尻《ことばじり》を捉《つか》まえては「しかし」「されど」と屁理屈《へりくつ》を並べたらしい。果ては、尼子残党が今の憂き目を見ているのは羽柴にも責任があるとまで言ったそうだ。

そう話した時、羽柴の目は明らかな怒気を孕《はら》んでいた。いつまでも退《ひ》かぬようなら、この場で斬り捨てんという凄《すご》みがあった。

が、幾らかの躊躇《ためら》いも見て取れた。亀井の言い分にも一理あるからだろう。上月城が毛利に攻め立てられた折、羽柴は確かに尼子一党を見殺しにした。それだけに、あと一歩を踏み止まったのではないか。禅高には、そう思えた。

「羽柴様。私がこの戦に伴われたは、誰よりも鳥取城を知るからだと思われますが」

「お？　おう、そのとおりじゃ」

「然らば城が落ちれば、私にも功ありということになりますな」

目元だけで笑みを送った。すると羽柴は「なるほど」とばかり、両の眉を上げる。

「無論じゃて。禅高殿の功、きっちり我が殿にお報《しら》せするがね」

「それを免じてくだされ」

今、こうして軍中に諍《いさか》いを生んでいるのだ。恩を受けるのは憚《はばか》られる。その分、亀井への恩を上乗せしてはどうか――。

「私は尼子に不義理を働いた。許して欲しいとは思いませぬが、少しなりとて新十郎に良き目を見させねば寝覚めも悪い。羽柴様とて、尼子一党が身を立てられるように計らいたくお思いなのでは？」

「まこと、其許の言葉どおりだがや。いや、良う申してくれた」

羽柴は大きく両手を開き、叩き合わせ、それを繰り返しながら猿の如く「きゃきゃきゃ」と笑った。そして亀井に向き、深々と頭を下げる。

「ちゅうことで、新十郎よう。信長《のぶなが》様に頼んどくで、それで矛を収めよまい。わしの顔、立ててちょうよ。なあ？」

紆余曲折《うよきょくせつ》はあれど、未だ主と仰ぐ人にこうまでされたのだ。亀井も引き下がらざるを得なくなり、禅高の顔を憎々しげに睨《にら》み付けながらも「はい」と頷いた。

＊

「お、禅高殿。まあ入りゃあ」

干殺しが始まって二ヵ月近く、九月も十日を過ぎた頃、羽柴の陣小屋に召し出された。上機嫌で迎えられ、膝詰《ひざづ》めという辺りに置かれた床几《しょうぎ》に腰を下ろす。向かい合う二人の間には腰高の机があり、銘々に白湯《さゆ》の椀《わん》が支度されていた。

自らの椀からひと口を含み、羽柴は嬉しそうに胸を張った。

「其許の申されたとおり、城方の奴ら、鵯尾《ひよどりお》城に仕掛けて参ったわ」

鳥取城の兵糧は八月半ばには尽きていて、城内では馬を潰《つぶ》して飢えを凌《しの》いでいる。もっとも西国では、将たる者が跨《また》がる以外あまり戦に馬を使わない。鳥取も例に漏れず、厩《うまや》には二十何頭かが繋《つな》がれているのみであった。城兵は千五百ほど、それだけの口を賄うには少なきに過ぎる。ゆえに、きっと囲みのどこかに穴を空け、糧道を求めるはずであった。

羽柴からそれを諮られた折、禅高は鳥取から少し南西の鵯尾城が狙われやすいと進言した。あの武田高信《たけだたかのぶ》が没落の後に拠《よ》っていた城である。構えの小さな古い城で、財貨に困るようになった武田は満足な修繕も施していない。鳥取に籠城している面々はかつて禅高の麾下《きか》にあった者たちで、当然ながら武田の辿《たど》った命運を知っている。至近にあって備えの弱い城を狙うのは道理であった。

とは言え、羽柴がそれを見越していなかったのかと言えば違うだろう。分かっていて諮り、敢《あ》えてこちらに手柄を立てさせようとしたのだ。つまりは――。

「ご機嫌なところを見ると、仕掛けて参った兵は楽に退け得たのですな」

「当然よ。腹を減らした奴らなんぞ、赤子の手を捻《ひね》るようなもんじゃい」

「そして、敵を叩いたのは亀井新十郎」

禅高は「ふふ」と笑う。にやり、と返された。

「禅高殿の手柄を免じて、奴に付け替えにゃあならんでのう」

信長に報せたところ、亀井には働き次第で出雲《いずも》一国という沙汰《さた》が下ったそうだ。これで少しは溜飲《りゆういん》も下がったろうか。禅高にとっても、面倒ごとに一応の筋目が付いたのは喜ばしかった。

「まあ信長様も心得ておられるわ。働き次第で、ちゅう辺りがな」

羽柴は「ひゃひゃ」と、かさついた笑いを漏らした。最も仕掛けやすい鴨尾城で蹴散《けち》らされた以上、城方も容易《たやす》く打って出ないようになる。この先、今を超える手柄は立てられまい。信長の沙汰はそれを見越している。

「まあ出雲一国にゃあ及ばんが、それなりの恩はくれてやるでの。今に比べりゃ大層な出世じゃから、新十郎の奴も喜ぶじゃろ」

出世すれば亀井も喜ぶ。人として当たり前の心の動きであろう。しかし、そこにまた違和を覚えた。姫路城で感じたのと同じものである。何だろう、この厭らしさは——。

「あ」

小さく驚きの声が漏れた。胸に蘇る顔がある。実の兄・山名豊数《とよかず》であった。あの面影が羽柴の顔に重なってゆく。

ようやく分かった。羽柴秀吉という人は、つまり。

「どうしたんかね」

何ゆえこちらが驚きを見せたのか、羽柴には分からないらしい。当然である。禅高は取り繕うように眉をひそめた。

「いえ、ひとつ思うところがございまして」

「何じゃね。申してみよまい」

「では……。この戦、毛利が黙って見ておるとは思えませぬ。援軍など寄越されては厄介なことになりますが」

胸の内を覆い隠すべく、それらしい懸念を申し述べた。もっとも、そろそろ吉川元春《きっかわもとはる》辺りが出張って来てもおかしくないことは確かな話である。

羽柴は、幾らか嘲《あざけ》るように頰《ほお》を歪《ゆが》めた。

「援軍なんぞ来にゃあて。そういう仕掛けを施してやったからのう。宇喜多直家《うきたなおいえ》ちゅう名は、知っとるわな?」

山陽に於《お》いて、織田と毛利は備前《びぜん》から備中《びっちゅう》で争っている。備前には宇喜多直家という梟雄《きょうゆう》があった。裏切り、闇討《やみう》ち、騙《だま》し討ち、凡《およ》そ策略に於いては手段を選ばず、縁故の者でさえ平気で足を掬《すく》うような男である。しかしながら、そういう男だけに目端《めはし》は利く。一昨年の十月、宇喜多は毛利に見切りを付け、織田方の調略に応じていた。

「宇喜多をわしの下に付けてもろたんよ。まあ当然じゃろな。わしゃ、毛利を叩けて言われとるんじゃから」

「あ。では」

羽柴は宇喜多に命じ、備前で何かしらの動きを取らせているのだ。あからさまに兵を使うのでなくとも構わない。宇喜多ほどの難物が怪しい素振りを見せれば、それだけで毛利は因幡への援兵を割きにくくなってしまう。

我が意を得たりと、大きな頷きが返された。

「戦ちゅうんはなも、どんだけ兵を損なわんで勝つかが肝要じゃ。まあ見とれ、鳥取は近いうちに音を上げるでよ」

果たして戦は、羽柴の言うとおりに運んだ。

鳥取では日を追う毎《ごと》に飢え死にが増え、十月に入ると城から嫌な臭いの煙が立ち昇るようになった。これまでに覚えのない、心胆寒からしめる臭気――馬を潰した肉も底を突き、死んだ兵の肉を焼いて食い始めたらしい。

食わねば死ぬ。だが人の肉を食って生きれば、心が死ぬ。これ以上は正気を保てなくなったのであろう、十月二十四日、ついに鳥取城は陥落した。

「吉川経家《つねいえ》殿より、自らが首と城を渡すゆえ、余の者が命は助けて欲しいと」

評定の陣幕で黒田官兵衛が告げた。城番の吉川経家は、血の繋がりこそないが吉川元春の縁者である。その自刃は降伏の条件として十分と言えた。

羽柴も、その弟・秀長も頷いている。羽柴の腹心・蜂須賀正勝も異存はないらしく、口を開こうとしない。しかし禅高は違った。

「吉川殿が自刃なされるは城番として当然なれど、余の者を赦免するのは如何なものかと。この国で織田と毛利が争うたは、元を糺《ただ》さば因幡衆の不明ゆえにございましょう。降をお容《い》れあるなら、同時に禍根も断つべきかと存じます」

胸を張って朗々と唱える。主座にある羽柴が少し嫌そうにこちらを向いた。

「森下道誉、中村春続の二人かや」

「間違っておりましょうや」

羽柴は分かっている。怨恨《えんこん》ゆえに二人を討てと言っていることを。

しかし、因幡の中でも布施《ふせ》衆には大身《たいしん》が多い。中でも森下と中村の力は特に強く、そして骨の髄から毛利に染まっている。面々は織田の力量を知らず、禅高が幾度それを説いても認めようとしなかった。そして他を束ね、毛利方へと導いてきたのだ。

「ふむ。されどなあ」

歯切れが悪い。ならばと、禅高は止めのひと言を放った。

「生かしておかば二人は必ず背きましょう。羽柴様の従える、この因幡にて」

羽柴の目の色が変わった。頭の中では、恐ろしい速さで諸々《もろもろ》が駆け巡っているのだろう。

森下と中村のこれまでを語ったのは、二人が目端の利く者ではないと示すためであった。

それは紛うかたなき事実である。だからこそ今、この禅高はここにいるのではないか。羽柴ほどの才子が分からぬはずがない。

そして。二人が必ず叛《そむ》くと聞けば、羽柴は如何に思うか。

赦《ゆる》した者に叛かれるのは、一軍を束ねる身の失策である。これは出世の妨げとなる——

羽柴の重んじるところが栄達ならば、それをこそ恐れるはずだ。

どう判じるのか。見つめる先で、羽柴は少し考えて頷いた。

「……そうじゃな。二人にも腹を切らすか」

やはり、と心中に得心した。羽柴秀吉という人は、兄・豊数と同じだ。才から言えば兄や己など遥《はる》かに超えている。だが心の根本は兄と何も違わない。常に自らの益を第一とし、栄達こそが全てと信じて疑わないのだ。人の思惑を察し、それを転じよ――伯父に教えられ、垣屋豊続に厭味たらしく鍛えられた力が、思わぬところでものを言った。

「良くぞご決断くだされました。他に異存はございませぬ」

本望を遂げた喜びに、禅高は深々と頭を下げた。

鳥取城の降伏は容れられ、翌日、城番・吉川経家は蜂須賀正勝の立ち会いの許に切腹して果てた。

森下道誉と中村春続は、それより少し早く、首のみの姿となって羽柴本陣に運ばれた。羽柴が禅高を伴っているのは、庄七郎落命の遺恨を容れたからではないのか。さすれば武士として腹を切るなど許されず、斬首《ざんしゅ》の憂き目を見るかも知れない。二人はそう考え、面目を失うまいと、先んじて生涯を決したようであった。

鳥取城の戦いは終わり、羽柴秀吉は但馬と因幡を握った。両国は羽柴麾下の宮部継潤《みやべけいじゅん》が束ねると定められ、諸将には褒賞が宛がわれる。新十郎こと亀井茲矩には、因幡鹿野《しかの》城と一万三千石余りが与えられた。

山名宗家の跡取り・堯熙《たかひろ》は、かねて羽柴に降っている。その堯熙も宮部の下に付けられ、但馬出石《いずし》郡に戻って指図を仰ぐようにと達せられた。

一方、禅高には意外な申し出があった。

「其許、わしに仕える気はにゃあか?」

十一月初めのある日、鳥取城の二之丸御殿である。明日には姫路に戻るという羽柴自ら、そう誘いをかけてきた。

「私の如き非才に、何ゆえまた」

自嘲《じちょう》の笑みで応じると、幾らか忌々《いまいま》しさを湛《たた》えた目が向けられた。

「非才ちゅうのは違うじゃろ。わしを踊らせよったくせに」

眼差しが語っている。森下と中村の扱いに他ならない。何たる男か。才気煥発《かんぱつ》は承知していたが、全て分かった上で容れていたのか。さすがに、そこまでは見通していなかった。

「何ゆえ……踊ってくだされたのです」

「其許の言い分は道理が通っとったでの」

そして羽柴は、にやりと頬を歪めた。

「わしが何を望んどるんか、おみゃあさんは読んだ。望みちゅうんはよ、裏を返しゃあ弱みそのものじゃ。そこんとこを巧《うま》うやられた。しかも正論でな。姫路で『鳥取を攻めい』と言われた時も同じよ。あの後で官兵衛も唸っとったわい」

道理を説くことで、道理の通じる相手を意のままに動かす。こうした交渉ができる者は多くないのだと羽柴は言う。

「出世に障りがあるって言やあ、わしが容れるて思うたんじゃろ。中々、腹黒い男だがね。

じゃが気に入った。わしの家来になって、おみゃあも出世しよまい。どうじゃ」

食い入るが如き、押しの強い眼差しである。心から望んでいるらしいことは、それだけで十分に分かった。

だが禅高は、ゆるりと首を横に振った。

「せっかくのお誘いなれど、出世には興味がないのです」

「何でじゃい」

意外、という顔を向けられた。羽柴と兄に相通ずる望みの強さが分かろうというものである。

だが、いみじくも羽柴自身が言ったとおり、望みとは弱みの裏返しなのだ。そして己は、骨身に沁《し》みて知っている。出世や栄達のみを望む人は、ものごとを広く見られない。ともすれば世を顧みなくなるものだ、と。

何ゆえ山名家は没落の途を余儀なくされたのか。幕府の累代管領、栄達と権勢を渇望した者たちの私欲に巻き込まれ、振り回されてきたからだ。

これに比べれば、兄の如きはまだかわいいものだろう。だが自らを誇示せんと躍起になるあまり、従兄《いとこ》の棟豊を死に追いやった。結果、山名家を大きく揺るがしている。

ふと、兄が死の間際に残した言葉を思い出した。

『おまえを羨《うらや》み妬《ねた》むばかりだった。わしは、心の奥底で負けを認めておったのだ。どうして、思えなかったのだろうな。おまえを超えてみせる……と』

それこそ答なのだ。羽柴には、悔い改める前の兄と同じ危うさを覚える。

もしも、と胸に浮かぶ名があった。羽柴の主――織田信長から誘われていたら、己はどう答えていたろうか。体良く使われ、あっさり切り捨てられて、恨みもした。だが信長には天下布武の大志があった。天下に静謐《せいひつ》をもたらし、武王《ぶおう》の徳政を布く。そのために力を付けようとした人に誘われたのなら、承知していたのではないだろうか。

翻って羽柴はどうだ。立身出世も結構だろう。では、何を志すがゆえの栄達なのか。それに対する答を、恐らく羽柴は持たない。信長と羽柴では、そこに覆せない違いがある。

「ずっと前じゃが、おみゃあ信長様に従いたいて申しとったがね。わしに仕えりゃ同じこっちゃにゃあか。ええ？」

羽柴の言い分も、これはこれで正しい。とは言え人の心とは、そう簡単にできてはいない。

相手が信長ならばと思うのは、世を新しく清めてくれるのではないかと思えるからだ。その点に於いて、羽柴は足りない。陪臣《またもの》として織田に尽くすにせよ、この人を主と戴《いただ》くのは危ういと思えてならないのだ。

自身に問い、己が思いを見定めて、禅高は平らかに笑みを浮かべた。

「この戦を進言したのは、心残りを流すためにございました。森下道誉と中村春続への報《ほう》仇《きゅう》を果たした上は、私にはもう戦う理由がございません。以後は村岡に戻り、妻や子と穏やかに暮らしとう存じます」

「戦わんでええんじゃ。わしゃ、おみゃあの頭を買うとるんじゃから」

「ならば、やはり私は無用でしょう。この鳥取攻めとて、私はすぐにご出陣をとお願いしたではございませぬか。羽柴様や黒田殿の如く、梅雨明けを待とうとは思えなんだのです。これにて我が身の非才を思い知り、恥じ入るばかりにございますれば」

羽柴はなお諦《あきら》めず、しばらく誘いをかけ続けた。しかし禅高は決して首を縦に振らず、最後まで丁寧に断って鳥取城を辞した。

＊

しばらくの後、禅高は村岡の屋敷にあった。今日は広間に客を迎えていたが、それも少し前に帰っている。未だひとり佇《たたず》んでいるのは、いささかの懊悩《おうのう》を抱えているためであった。

「殿」

下座、入り口の辺りに岡垣が参じた。がらんとした広間を眺め、軽く息をついている。

「お帰りになられましたか」

苦笑いで「ああ」と頷く。岡垣はもの憂げな顔で中に入り、やれやれ、と腰を下ろした。

「幾度目です、羽柴様のご使者は」

「今月は二度目だな。先月は三度参られた」

鳥取城の戦いから既に三ヵ月余り、天正十年（一五八二）二月である。禅高は齢三十五を数えていた。

正月早々、機嫌伺いの名目で使者が寄越された。とは言え用向きは別にある。思い直して羽柴に仕えぬかと勧めに来たのだ。初めは羽柴子飼いの加藤孫六《かとうまごろく》なる若者であった。次は黒田官兵衛の家中から人が寄越されたが、名は忘れた。その次は何と宮部継潤である。山名宗家が宮部の下にあるのだから、禅高も倣《なら》ったが良かろうということだった。

「今日の使いは、この前と同じでしたな」

「石田佐吉《いしださきち》と申すそうな。ずいぶんと若いが、宮部殿よりは道理に適《かな》ったもの言いをする」

返しつつ丸めた頭を撫で、うんざりと眉をひそめた。世を捨てて、ひっそりと暮らしたいと言っているのだから、そろそろ諦めてくれないものだろうか。

「村岡に帰ると申したのが、まずかったのやも知れぬ。居場所を明かしたも同じゆえな。とは申せ、他に隠れ住むところもなし」

岡垣が「お」と目を見開いた。

「隠れ住むと仰せなら、良きところがありますぞ」

「ほう？」

問うてみると、それは摂津《せっつ》国の川辺《かわべ》郡らしい。多田《ただ》兵部《ひょうぶ》なる国衆が治める地だが、この多田氏は清和《せいわ》源氏《げんじ》の頼光《よりみつ》流、源　満仲《みなもとのみつなか》を祖としている。

「山名家は上野《こうずけ》に興った新田《にった》氏の流れ、元を辿れば同じ満仲に行き着く血筋にござれば」

「血が遠きに過ぎよう。頼ったとして、容れてもらえるかどうか」

岡垣は「なあに」と面持ちを緩めた。

「かつて殿は、それがしに諸国を調べるようお命じあられましたろう。その折に商人を通じ、幾度か文のやり取りをしており申す。断られて元々、頼んで損はございますまい」

全く縁のない相手ではないらしい。書簡に連ねられた諸々の言葉には、人の好《よ》さそうなものが滲《にじ》んでいたという。羽柴の使者が寄越されるたびに楽しまぬ姿を見せているからか、どうやら岡垣の方が乗り気と見えた。

「お主に任せよう」

穏やかな笑みで頷くと、岡垣は「では」と立ち、そそくさと下がって行った。

半月ほどして二月の末、多田兵部から返事が来た。困った時はお互い様、むしろ賑《にぎ》やかになって嬉しいと、したためられた文字が躍っている。岡垣の人を見る目は確かであった。

そして三月初旬、禅高は妻の希有と子らに加え、岡垣を伴って川辺に入った。

「ようこそ、お出《い》でくだされた」

多田兵部は樽《たる》の如く腹の太い大男であった。そのせいか、鄙《ひな》びた屋敷の小さな広間がなお狭く映る。主座から向けられる四十路《よそじ》の面差しは何とも円《まろ》やかで、どこにも捻《ひね》くれたものがない。少なくとも因幡衆には、こういう者はいなかった。まず信頼して間違いなかろう。

「我が多田家の領は少なきに過ぎますゆえ、名門のお血筋には何かとご不便もござろう。不足あらば何なりとご相談くだされよ。できる限りのことはいたしますぞ」

禅高は、ゆるりと頭を振った。

「先まで村岡に引き籠《こも》っておった身にございます。煩わしき話から逃れられるなら、それで十分ありがたい。どうか、よろしゅうお願い申し上げます」

多田は満面の笑みで幾度も頷いた。

「然らば今宵は宴《うたげ》ですな。夕刻になりましたら禅高殿の庵《いおり》に迎えを出しますゆえ、ごゆるりと寛《くつろ》いでお待ちあられよ」

その晩のささやかな宴は禅高の心を潤した。胸に抱えた重荷が消えるだけで、こうも違うものだとは。勧められる酒を少しずつ舐《な》め、摂津の海で獲《と》れた鱸《すずき》の塩焼きを軽く摘《つま》んで、たわいもない話に興じる。そうするうち、あまりに気が緩んだせいか、眠気を催してきた。

「――殿。禅高殿」

多田に揺り起こされる。宴の席が片付けられている辺り、もう夜中らしい。すっかり眠り込んでしまうとは不作法な話である。恐縮して座り直し、深々と頭を下げた。

「これは、はしたなきところを」

同じ席にありながら起こしもしないとは、岡垣は何をしていたのか。面持ちを渋くすると、多田は「いやいや」と相好を崩した。

「わしが止めたのです。遠路のお疲れもあろうことゆえ、起こさずにおかれよと」

「左様にござったか。して次郎は何処《いずこ》へ？」

静かな広間に岡垣の姿は見えない。まさか置いて帰ってしまったのか。

と、多田は軽く「はは」と笑った。

「ちと、お客人が訪ねて参られたようでして。岡垣殿はそのお相手に。されど幾らか持て余しておるらしく、さすがに禅高殿を起こさねばならぬかと思うたのです」

ぎくりとした。客とは誰だ。まさか羽柴が既に嗅《か》ぎ付けているのでは。だとすれば、この川辺も安住の地ではない。

「――であろうに」

玄関から不意に声が通る。憂いの顔が、また別の困り顔に変わった。今のは因幡訛《なま》りだ。それも聞き覚えがある。

「多田殿。客とは因幡衆にござるか」

「お察しのとおり。ここまで聞こえたところでは、用瀬《もちがせ》殿と申されるそうな」

禅高は「申し訳ござらん」と平伏した。羽柴の使者どころの騒ぎではない。羽柴家中への誘いはかなり執拗《しつよう》だったが、それでも節度というものがあった。因幡衆にそれを求めるのは日輪に西から昇れと頼むに等しい。

「いったい、どこから聞き付けて参ったのか」

「先ほど、商人がどう、こうと声が届いておりましたが」

目を瞑って天井を仰ぎ、何たることかと額に手を当てる。川辺に移ったと漏らしたのは、岡垣が伝手《つて》としていた商人である。

「ともあれ、すぐに追い返して参る」

一礼して立ち、玄関へ進む。そこにいたのは、確かに、かつて従えていた因幡国衆・用瀬伯耆守《ほうきのかみ》であった。

「お！　これは禅高殿」

夜分ゆえ、岡垣は声をひそめて問答していたようだ。だが用瀬にそうした遠慮はない。忌々しさが募り、苦い面持ちで返した。

「これは、ではない。何をしに参った」

「無論、御身に扶持してもらうため」

他にあるのかと言わんばかりに胸を張っている。呆れてものも言えない。岡垣ならその思いは察して当然、こちらに成り代わって静かな怒声を発した。

「何度も同じことを言わせせんでもらいたい。殿を裏切った者が身勝手極まる」

「だから！　身勝手と申すなら、禅高殿も同じではないか」

羽柴勢に攻められて鳥取に籠城した折、禅高は因幡一国安堵の条件で降った。然るに今、因幡各地は羽柴の家中に割り当てられてしまい、因幡衆は所領を失っている。その全てが禅高の責に帰すると言うのだから始末に負えない。ついに岡垣まで声を荒らげるに至った。

「其許は戦の道理も弁えんのかと、これも幾度申したことか」

「いいや。わしは、こうして流浪の憂き目を見ておるのだ。元を糺さば、あの時の降伏ゆえぞ。然らば禅高殿が扶持して然るべきであろう」

なるほど押し問答が終わらぬ訳だ。しかし、多田にこれ以上の迷惑はかけられない。何としても追い返さねば。

「私とて多田殿の厄介に――」

「まあ、よろしいのではござらんか」

苦言を呈しかけたところへ、後ろから多田の朗らかな声が渡った。

「わしらの如き小勢にとって、何より足らんのは人じゃ。一朝ことあった時、そこな用瀬殿が助けてくれると申すなら、扶持するのも無駄ではござるまい」

いったい、この男はどこまで人が好いのか。用瀬の身勝手よりも、そちらに呆れた。

「貴殿は……仏にござるか？」

「いや？　まだ現世に留《とど》まっておりますぞ」

そう言って、多田は鷹揚《おうよう》に笑った。

以後、用瀬伯耆守は禅高の臣として川辺に腰を据えた。そして、それは用瀬のみではない。同じく行く当てをなくしていた因幡の面々、高木越中守《たかぎえっちゅうのかみ》や山口伝五郎《やまぐちでんごろう》、大坪一之《おおつぼかずゆき》なども用瀬から聞いて押し掛けて来たが、多田兵部はそれらを全て迎えてしまった。

こうした小さな騒動はあれど、川辺での暮らしは平穏そのものであった。

一方、世の動きは忙《せわ》しない。

移り住んですぐ、織田が甲斐《かい》の武田勝頼《かつより》を滅ぼした。そして三ヵ月後の六月二日、驚くべき報せが届く。織田信長が、重臣・明智光秀《あけちみつひで》の謀叛《むほん》によって討たれたのだという。

その明智も、ほどなく羽柴秀吉の手で成敗され、以後の織田家は羽柴が実を握るに至った。世は目まぐるしく変転している。

新たな時をもたらすだろうと見ていた信長の死は、まさに驚愕《きょうがく》の一語に尽きた。それでも禅高にとって、今や天下の趨勢《すうせい》も遠い彼方《かなた》の話でしかない。

ただ、ひとつだけ気に懸かってはいた。羽柴の胸にあるのは立身出世の願いのみ。この人が天下を取った時、果たして世はどうなるのか。川辺での平穏が乱されはしないか――と。

二　明暗

織田《おだ》家の後継ぎとされたのは、わずか三歳の嫡孫・三法師《さんぼうし》である。羽柴秀吉《はしばひでよし》はこの幼君の後見となり、やがて家老筆頭の柴田勝家《しばたかついえ》を打ち破って主家を完全に握った。以後は急激に、かつ確実に「織田家」を「羽柴家」へと作り変え、かつて干戈《かんか》を交えていた毛利《もうり》さえも取り込んで、瞬く間に天下人としての階《きざはし》を登っていった。

時が過ぎ、天正《てんしょう》十三年（一五八五）も既に秋七月の終わりを迎えている。摂津川辺《せっつかわべ》で過ごしたこの三年余りは、禅高《ぜんこう》にとっては穏やかで心豊かな日々であった。

しかし、この平穏を乱す者が訪れた。

「お久しゅうござる」

石田三成《いしだみつなり》――但馬村岡《たじまむらおか》にあった頃、二度ほど訪ねて来た石田佐吉《さきち》である。

正直なところ驚いていた。隠棲《いんせい》の先が知られ、羽柴の使者が寄越されたことに、ではない。

「私がこれにあると、垣屋豊続《かきやとよつぐ》にでも聞かれましたかな」

「はい。関白殿下のご下問に、ようやく応じてくれ申した」

村岡では垣屋豊続と長高連《ちょうたかつら》の世話になっていた。川辺へ移るに当たって二人に挨拶《あいさつ》をしたのは当然である。豊続は垣屋本家と共に羽柴家中であり、ここを探られたらそれまでだとは思っていた。むしろ豊続に対しては、良く今まで黙っていてくれたと感じ入るばかりである。

「して、其許が参られたのは」

「禅高殿に出仕のご下命をお伝えするためにござります」

驚いたのは、これについてである。わざわざ使者を寄越すからには、他の話などあろうはずもない。三年も経《た》って、なお羽柴がこの身を欲しているとは思わなかったのだ。

そして。

「お断りする訳には、参らぬのでしょう」

「関白が下知《げじ》に従わぬとあらば、朝敵と看做《みな》されても致し方ございませぬ」

去る七月十一日、羽柴秀吉には関白の位が宣下《せんげ》されている。これが厄介であった。かつてのように誘われたのなら断る道もあったろう。だが、今や誘いではなく下命なのである。

「たかが世捨て人ひとりに朝敵とは、いささか大仰に過ぎる気がいたしますが」

「それだけ殿下が本気だということです。禅高殿が首を縦に振らねば、御身を匿《かくま》う多田兵部《ただひょうぶ》殿にも累が及ぶと思うていただきたく」

どうあっても容れざるを得ないらしい。もっとも、もう諦めても構わぬところか。何ゆえ未だに生きているのか分からぬ身である。この先に少しばかり苦渋を抱えたとて何でもあるまい。

禅高は主座を外した。部屋の入り口近くへ進んで腰を下ろし、関白の使者に上座を譲ったことを示すと、丁寧に平伏した。

「多田殿にご迷惑をおかけするは、私が最も望まぬところ。ご下命、謹んで拝受いたします」

天正十三年秋、禅高は羽柴秀吉の伽衆《とぎ》となった。ただの話し相手ではなく、学の浅い羽柴のために、あれこれの耳学問を付ける役割である。

出仕に先立ち、禅高は多田兵部を訪ねた。そして長らく世話になったことに篤く謝辞を述べ、刀ひと振りを贈る。別れの挨拶を済ませると、八月、関白の本拠・大坂へ上がった。

大坂城はあちこちに金や朱を配した造りであった。かつて幾度か会った時にも、羽柴は派手な着物や具足、陣羽織を好んで身に付けていた。天下を握って夥《おびただ》しい財を手にした今、こういう煌《きら》びやかな城普請とて驚くには値しない。

「だが」

岡垣《おかがき》以下の家臣と目通りの間に座り、禅高は小さく溜息をついた。但馬で伯父の許にあった頃から、こうした毒々しいまでの絢爛《けんらん》とは無縁であった。慣れるのには苦労しそうである。

と、品のない足音が騒々しく廊下を進んで来た。後ろに控える家臣たちと共に、平伏の体となって待つ。

「いやいやいや！　やっと来てくれたわい。ああ、構わん構わん。面、上げよまい」

関白・秀吉はすこぶる上機嫌であった。念願のものを手に入れた時の稚児にも似ている。促されて顔を上げれば、一段高い主座にある身は幾らか肥えたように思えた。元々の皺に笑みの皺を重ねた赤ら顔のせいで、小さな体に纏う白絹の羽織が目に刺さるほど際立っている。

「お久しゅうございます」

「禅高の顔を見とうて、もう仕方なかったがね。まあ、よろしゅうな。そんでなも、ひとつ頼みがあるんじゃが」

開口一番に頼みとは何だろう。その眼差しに向け、秀吉はこの上なく下卑た笑みで続けた。

「おみゃあの娘、側室にくれや。毛利の人質に出しとった、あの姫よ」

がん、と頭に響いた。藤《ふじ》との間に生まれた愛《いと》しい娘を差し出せと言うのか。それも、こともあろうに己より十一も年嵩《としかさ》の男に。

「蔦《つた》を……に、ございますか」

「おお、その蔦姫じゃ。なあ、ええじゃろ？　あの姫はよう、わしが助けなんだら、あの世に渡っとったんじゃゃから」

言うにこと欠いて。確かに己は娘を毛利の人質に出した。だが秀吉は、それを助けたのではない。毛利から奪ったのだ。そして鳥取《とっとり》城を攻めあぐねると、余の人質に続いて蔦まで磔《はりつけ》にしようとした。娘が命を繋ぎ果《おお》せたのは、磔木に架けられた姿に負けて、この禅高が秀吉に降ったからである。

「……せっかくの、お話なれど」

「おい。断るんかや。毛利から助け出してやって、ずっとわしが面倒を見てきた姫じゃぞ」

途端、剣呑《けんのん》な気配が漂う。ぞくりと背に粟《あわ》が立った。

こういうところがある人だとは、共に鳥取城を攻めた時に承知していた。尼子《あまご》勢を率いる亀井《かめい》茲矩《これのり》の強情を腹に据えかね、ことと次第によっては斬り捨てんという勘気を撒《ま》き散らしていたくらいだ。

だが亀井は斬られずに済んだ。そればかりか戦後には一万三千石余りを与えられている。この禅高が仕官の誘いを断っても、とりあえずは引き下がった。非情の一面は将として当然だが、一応の分別はある人だった。

然るに、今のこれは何だ。否やを言うのならと目が据わっている。増長に他なるまい。栄達を極めて慢心したのだ。命より大事な娘を、そのような男の慰み者になど――。

「おう。答えんかいや。断るっちゅうなら、わしにも考えがあるでよ」

主座の眼差しが狂気を孕んだ。今の自分には何でもできる。おまえを斬り、娘も後を追わせてやろうか。そういう澱《よど》み、濁りが渦を巻いている。

我が身など絶えたところで何でもない。庄七郎《しょうしちろう》を死なせながら、なぜこの命が続いているのかと恨みに思うほどである。しかし娘は、蔦は、先立った正室・藤の忘れ形見なのだ。何たる話であろう。己ひとりが苦しめば済むと思っていたのに。どうにかして翻意を促せないものか。

そうだ。秀吉は立身出世が全てという人である。世の頂に立ったという誇りを突いてやれば、或いは。

「……お断りする訳ではなく。ただ我が娘は田舎育ちにござりますれば、殿下のご寵愛《ちょうあい》を受けるだけの値打ちはなかろうと思われまして」

すると、食い殺さんばかりに迫っていた空気が嘘《うそ》のように流れ去った。

「何じゃ。ほんなこと気にしとったんかね」

秀吉は、さもおかしそうに「きゃきゃきゃ」と笑った。

「構わんでよ。山名《やまな》家の娘ちゅうだけで、十分に値打ちはあるがね」

翻意は、させられなかった。秀吉の中では既に決まったことなのだ。娘の命を助けるには、この男の奥――という名の牢《ろう》に繋ぐしかない。

そして今、いみじくも分かった。己が出仕を命じられたのも、これと同じ話だったのだ。秀吉には確かに学がない。だが長く世を渡る中で培った、豊かな智慧《ちえ》がある。加えて黒《くろ》田官兵衛《だかんべえ》や小早川隆景《こばやかわたかかげ》の如き智嚢《ちのう》、細川幽斎《ほそかわゆうさい》を始めとする教養豊かな臣も多い。伽衆に耳学問を求める必要はないのだ。

求められたのは、やはり山名という家名であった。

川辺にあった頃、多田兵部と話した中で聞かされていた。位人臣を極めたとは言え、秀吉は成り上がり者である。それも百姓の出自とあって、心の底では蔑《さげす》む者も多いのだと。だからこそ山名禅高を伽衆に加え、その娘を側室に取る。足利《あしかが》幕府の名門と崇《あが》められた家柄を従えて、関白の権威を飾り立てるために。

打ちのめされる禅高を余所《よそ》に、秀吉は嬉々《きき》としていた。

「田舎育ち、大いに結構じゃにゃあか。わしも同じだで、おみゃあの姫、かわいがってやるがや。なあ？　ええじゃろ？」

「左様に、思し召されるなら」

禅高は平伏し、奥歯で無念を噛《か》み殺す。無力な父を許してくれと、心中で娘に詫《わ》びた。

この天正十三年、秀吉は紀伊《きい》と四国を平定している。明くる天正十四年（一五八六）九月九日には朝廷より豊臣《とよとみ》の姓を賜った。およそ千年ぶりの新姓は、この国の帝が関白の世襲を認め、秀吉に世を委ねた証《あかし》であった。

だが、その天下人に抗《あらが》おうとする者は未だ残っていた。関東の北条氏政《ほうじょううじまさ》・氏直《うじなお》父子、奥州の伊達政宗《だてまさむね》、九州の島津義久《しまづよしひさ》などである。これらを平らげねばと、天正十五年（一五八七）一月、秀吉はまず九州征伐の軍を起こした。

伽衆となって一年半、齢四十を数えた禅高も参陣を命じられた。もっとも、戦場に出よとは言われていない。そもそも征伐軍は総勢二十万、島津を楽に捻じ伏せられるだけの数なのだ。総大将の秀吉にしても半ば遊山の趣であり、禅高はそれを飾る取り巻きのひとりとして伴われたに過ぎなかった。そして三月――。

「ここが阿弥陀寺《あみだじ》かや」

長門国《ながと》の赤間関《あかまがせき》、壇《だん》ノ浦《うら》にほど近い寺である。ここには遠く平安の昔に滅んだ平家一門と、幼い身で死を共にせざるを得なかった安徳《あんとく》天皇が祀《まつ》られていた。それゆえだろうか、本堂に至った秀吉はいつになく感慨深げな声音であった。

「禅高、ちいと来いや」

肩越しに後ろを向き、忙しなく手招きしている。応じて進み出でると、秀吉はひとつ咳払いして続けた。

「おみゃあは歌が巧い。幽斎を除きゃあ一番じゃ。わしが平家を偲《しの》んで一首詠《よ》むでよ、返し歌を頼むわい」

そして、朗々と声を上げた。

「波の花　散りにし跡を　こととえば　昔ながらに　濡《ぬ》るる袖《そで》かな」

栄華を極めた平家も、花の如く波間に散った。その跡を訪ねれば、昔のことだと分かっていながら涙が溢《あふ》れ、我が袖を濡らすばかりだ――細川幽斎に師事しているだけあって、中々の歌であった。幽斎は古今伝授《こきんでんじゅ》、つまり古今和歌集の解釈、秘伝の口伝を認められた身である。

「さて、おみゃあの番じゃ」

促され、禅高は会釈して歌を返した。

「名計《なばかり》は　沈みも果てぬ　泡沫《うたかた》の　哀れながとの　春の浦波」

哀れにも長門の海に、平家の人々は沈んでしまった。しかし、その高名は水に浮く泡の如く、長い時の流れの途《と》の中、沈み果てはしない。そう詠むと、秀吉は満面に笑みを湛えた。

「さすがじゃのう。わしが詠んだ悲しみに、慰めと癒《いや》しを返してくれるとは」

平家の名を讃《たた》え、悲哀に対して慰撫《いぶ》と癒しを傾ける。確かにそういう歌である。

だがこの歌には、裏の意趣をも交えてあった。我が身は長門の海に沈んだ平家と同じだ。哀れなことかな、名家の高名を弄《もてあそ》ばれ、この身は水に浮いたまま沈むこともできぬ泡となっている。私は何を望むでもないのに――と。

「いや見事、見事。そうよな、成した名は沈みはせんわい。なあ禅高よう」

「恐れ入ります」

静かに頭を下げる。秀吉の顔から外れた眼差しは、思うに任せぬ自らの生を嘆いて、虚ろに漂っていた。

大将がこうして物見に興じていても、島津に対する豊臣の優位は揺るがない。数の力にものを言わせた九州征伐は二ヵ月後、五月に終わった。

＊

秀吉は武士を束ねる一方、関白として朝政を執らねばならない。そのための居館として、大坂城とは別に、京に聚楽第《じゅらくだい》を築いた。

この普請は九州征伐の四ヵ月後、天正十五年九月に終わった。第、つまり「邸」と言いつつ、櫓《やぐら》や天守を備えた構えは城そのものである。各々の壁には漆喰《しっくい》の白、瓦《かわら》には箔押《はくお》しされた金。二つが日の光に輝く様は、京雀《きょうすずめ》をして「この世の浄土」と言わしめるほどの眩《まばゆ》さであった。

「私には」

呟いて、禅高は控えの間へと進む。自分にとって聚楽第は、浄土などではあり得ない。日々虚しさを抱えるばかりの無間地獄《むげんじごく》にも等しかった。

「御免」

一礼して控えの間に入れば、関白の伽衆が顔を連ねていた。

足利幕府三管領家のひとつ、斯波武衛《しばぶえい》家の斯波義銀《よしかね》。同じく三管領家のひとつ、細川京兆《けいちょう》家の細川昭元《あきもと》。長きに亘り幕府の藩屏《はんぺい》として活躍した六角《ろっかく》家からは六角義賢《よしかた》。さらには旧幕臣の山岡景友《やまおかかげとも》がいる。住吉屋《すみよしや》宗無《そうむ》は幕府相伴衆・松永久秀《まつながひさひで》の庶子であった。いずれもかつての名門、或いは大物の血筋である。お飾りは山名家のみではない。

禅高は末席に座り、小さく溜息をついた。天正十六年（一五八八）四月十四日、聚楽第の落成祝賀のため、正親町《おおぎまち》上皇と後陽成《ごようぜい》天皇の行幸《みゆき》がある。これを迎えるべく、伽衆と諸国の大名には秀吉への供奉《ぐぶ》が命じられていた。

上皇と帝は、しばらくして到着した。

八十畳はあろうかという大広間の中、いつもは秀吉が座る主座に御簾《みす》が下ろされ、玉音のみが寄越される。それとて広間の中央にある秀吉にしか届かない。大名衆はそのずっと後ろ、伽衆はさらに離れた後ろに控えているとあって、身動きひとつせぬまま座していることだけが求められた。

行幸の次第はそう長くかからずに終わった。

満座が平伏する中を、衣擦《きぬず》れの音が静かに去って行く。それが聞こえなくなると、秀吉が見送りのために腰を上げた。大名衆もこれに従って広間を辞して行ったが、伽衆はその場に残され、追って「下がれ」の下知があるまで座っていなければならない。

どれほど時が過ぎたろうか。右手の廊下から入る初夏の日も少しばかり傾き始めた。と、奉行の石田三成が広間に参じ、その廊下から声をかけた。

「帝と院に於かれましては、恙《つつが》なくお帰りあそばされた由。関白殿下より、ご一同の供奉に『大儀であった』とお言葉を頂戴《ちょうだい》しております」

これにて今日の役目は終わった。石田が立ち去ると、ひとり、またひとりと伽衆も下がって行く。それらを見送りながら、禅高は最後まで腰を上げずにいた。

「関白……殿下か。これが何になる」

自らにだけ聞こえる声で漏らし、大きく溜息をついた。

「つまらなそうじゃのう」

後ろ側、最も下座の廊下から不意に声をかけられた。飛び上がらんばかりに驚いて、前のめりに身を倒しながら振り向く。丸顔に太い鼻筋、きょろりと愛嬌《あいきょう》のある目が笑みを湛え、こちらを見下ろしていた。

「あ。これは徳川《とくがわ》様」

徳川家康《いえやす》。かつて織田信長《のぶなが》の盟友として三河《みかわ》、遠江《とおとうみ》、駿河《するが》を治めた大物である。信長没後は甲斐《かい》と信濃《しなの》を平らげ、合わせて五ヵ国を従えた。秀吉が織田家簒奪《さんだつ》の動きを強めた頃には、信長の次子・信雄《のぶかつ》を助けて共に戦っている。以後もしばらく秀吉に抗ったものの、あの手この手の誘降を受け、一昨年の十一月に至ってついに膝を折った。

それでも、秀吉が戦で下せなかった唯一の相手である。恭順の前から保っている五ヵ国百五十万石、豊臣家中での実力は抜きん出ていた。

これほどの男が何ゆえ、塵芥《ちりあくた》にも等しい伽衆に声をかけるのか。全く以て分からない。探るように言葉を返した。

「貴殿に於かれましても、今日のお役目は終わられましたのか」

「ああ。禅高殿に会えるかと思うて、急いで戻って来た。が……来てみれば、ひとりで退屈そうにしておられる」

「それは」

関白への疑い、嫌気ゆえであると、真っ正直に言えるはずもない。二心と取られかねないことなのだ。自分が足を掬われたら、秀吉の側室に差し出した娘の命も危うくなる。

「……伽衆の顔を見るにつけ、昔の名前ばかりだと。それが殿下の下に集うておる。世は移り変わっておるのだなと、左様に思うておったのみにございます」

当たり障りのない言葉。心にもない言葉。それでやり過ごそうとする。家康は小首を傾《かし》げ、くすくすと肩を揺らした。

「無常、かな？　その胸の内、楽しませて進ぜようか」

「は？」

「ここでは広きに過ぎるわい。わしの宿所で酒でも呑みながら話そう」

そう言って、くるりと背を向ける。呆気に取られていると、家康は少し進んだところで振り返り、手招きをした。

「ほれ。共に参られい」

円やかな笑みの裏には、何か別のものが漂っているようにも思えた。只《ただ》ならぬものに吸い込まれるが如く、気が付けば家康の後を追っていた。

しばしの後、禅高は八畳敷の一室にあった。障子の閉め切られた薄暗い部屋に頼りない行灯《あんどん》ひとつ、家康と差し向かいに座る。互いの膝下《しっか》に酒と肴《さかな》の膳《ぜん》があるばかりで、家康の小姓《こしょう》すら払われていた。ただし、外には厳めしい面差しの武士が佇立《ちょりつ》して、誰の耳目も許すまじと気を研ぎ澄ましている。

勧められた酒のせいだろうか。或いは、我が心を端《はな》から見透かされていたと悟ったせいか。いつの間にか、胸に抱えた諸々を少しずつ吐き出してしまっていた。

「つまり其許は、こう思うておるのだな。いつまでも古いものを引き摺って、ありがたがっておってはならぬと」

家康の小声が深く心を抉《えぐ》る。もっと素直に吐き出してしまえと言われているような気がした。

「はい。かつて私は、織田信長殿に夢を見たひとりでして。殿下には、いささか」

「成り上がり者じゃからのう。だが、それを申すなら信長殿とて成り上がり者であった」

笑みを湛えた言葉に、禅高は「全く違います」と声音を硬くした。

「信長殿には大志があり申した。天下布武……古の唐土《もろこし》、周《しゅう》の名君・武王《ぶおう》の徳政を天下に布くのだと。この人なら世を改めてくれるのではと、左様に思わせるだけのものが確かにあった」

頂に立つ者は、世を新しくせねばならない。それを探し求めてこその天下人であろう。秀吉に仕えて三年近く、心に積もらせ続けた懐疑の念である。

「古く劣った世を改めねば、我が山名家と同じ道を辿り、苦しむ者が出て参ります。それこそ、きっと次の戦乱の火種となりましょう」

家康は「ふむ」と頷いた。

「古いものは劣っておる、か」

「左様なものに凝り固まり、保とうとして、足利の幕府は躓《つまず》いたのです。信長殿なら新しく優れた形を作れたのではないでしょうか」

　すると家康は、不意に笑った。哄笑《こうしょう》には、どこか嘲った響きがあった。

「其許も凝り固まっておるではないか」

　きっぱりと言い放って盃を干す。禅高は身震いするような驚きを覚えつつ、銚子を取って酌をした。盃の朱が酒の白に覆われてゆく傍ら、言葉が継がれた。

「なあ禅高殿。わしは幼い頃、織田や今川《いまがわ》の人質として過ごしたのよ」

「聞き及びます。それが？」

「身を守らねばならん。誰の勘気も蒙《こうむ》ってはならん。だから、つぶさに人を見た。世の中に目を凝らした。するとな、分かるのだ」

　そして家康は、二つの愚を並べ立てた。

「古きものに凝り固まる。昔の名前をありがたがる。殿下に限らず、人とは押し並べてそういうものじゃ。其許の申されるとおり愚かよな。が、愚かなばかりではない。長く続くものには続くだけの値打ちがある。わしはそう思う」

「では、殿下のなさりようを是とされますのか」

　この戦乱を作ってしまった古臭い形を、珠の如く守り続けて何になるのか――静かながら、食って掛かる口ぶりになる。と、家康の指がこちらに向いた。

「そこだ。新しいものが、古いものより必ず優れていると信じて疑わん。これも凝り固まっておると申せよう。古きに留まるが愚なら、新しきのみを求めるのは裏返しの愚に違いあるまい。もっとも、これとて其許に限った話ではないのだがな。世の人もやはり同じ

した。

戸惑いを覚え、少し落ち着こうと酒を嘗《な》める。家康は銚子を取り、こちらの盃に注《つ》ぎ足

「垣屋豊続。この者に聞いた。禅高殿は山名のために、伯父御のためにと骨を折って参られたのだろう。それは其許が嫌う、古きを保とうとする姿ではないのか」

「いえ。その」

ぎくりとして、返す言葉はしどろもどろになった。

「それはですな。私は、実の父よりも、伯父を慕っておりまして」

はっきり「違う」と言いきれない。家康は「そうだろうな」という笑みを見せて、小さく身を揺すった。

「其許の申されるとおり、新しきは優れたものが多い。だが禅高殿にとって、山名の家にも捨て難い値打ちがあった。それで良いではないか」

身を守るため、つぶさに人を見てきたがゆえなのか。家康は人というものの割り切れなさを知り、全てを受け容れている。己が心得違いと驕《おご》りを、言葉で張り倒された思いがした。ひとりでに背が丸くなる。

「古きにも新しきにも、等しく値打ちがあると」

「ちと違うな。等しく、ではない」

右手をひらひらと左右に振り、家康は「はは」と笑った。

「其許が申しようにも一理はある。わしが見てきた中にも『昔はこうだった』で躓いた者は多かったぞ。大事なのは、残すべきと改めるべきの見極めではないか」

そして言う。足利幕府がなぜ衰えたのか。それは将軍位や管領位の争いが後を絶たなかったからだ。では、何ゆえその争いが起き続けたのかと。

「それまで権勢を振るうた者のやり様とて、全てが悪かった訳ではあるまい。良き策や手管もあったはずよな。されど争って勝った側は、全てを自らの思惑に染めねば気が済まん。残すべきものまで、まとめて捨ててしもうた。すると歪みが出る」

思わず「嗚呼《ああ》」と嘆息が漏れた。

「山名を見れば良う分かります。我が祖父・致豊《おきとよ》がそうでした。将軍位の争いに巻き込まれて敗れ、捨てられた。隠居を強いられて」

そして勝った側――足利義稙《よしたね》に与していた垣屋一族に家の実を奪われてしまった。家臣筋に従うという、紛うかたなき歪みが生まれたのだ。

「つまり徳川様は、関白殿下が古きものの値打ちを見定めておられると？　私に声をかけられたのは、それがためでしょうや」

と、目の前の人は含みかけの酒を噴き出し、少し咳《せ》き込んだ。そして三度胸を叩き、大きくひとつ息をついてから、丸い目を吊り上げた。

「違うわい。わしは殿下が信長殿の小者《こもの》だった頃から存じ上げておる。あのお方は如何にして立身するか、どれだけ出世できるか、それだけのお人よ。二十……三十年もの間、そうして生きてこられた」

こうまで長く続けた生き方は否応《いやおう》なく身に染み付いてしまう。天下を握ったから、いきなり変わるものではないのだと言う。

「立身出世も結構。されど、それは飽くまで己ひとりの願いであり、欲でしかない。長らく自分のことだけ思うてきた者が、残すだの変えるだの、そこまで考えられようか。足利の将軍や管領より始末が悪いぞ、これは」

そして、真っすぐに目を見据えられた。

「わしも人の上に立つ身ぞ。ゆえに分かる。誰かを従えるまでの間より、従えた後の方が大事なのだ。お主にも覚えがあろうて」

然り。因幡一国を従えるまでより、従えた後の方が辛《つら》かった。束ねたものを如何に保ってゆくか。何をどう変えて、皆の思いをひとつにするか。己にはそれができなかった。

「織田と毛利のどちらに付くか。その一事でさえ、私は皆をまとめられませなんだ」

「だな。それでも、お主がおった頃の因幡を攻めるのは、一筋縄では行かなかったそうな」

禅高が追われた後の因幡は余計に乱れ、皆が手前勝手に振る舞っていた。だからこそ楽に切り取れたと、他ならぬ秀吉に聞かされたらしい。

「上に立つ者にとっては従える前より従えた後。さらに申すなら、自らが死して後の方がよほど大事だと、わしは思う。日の本全ての話となれば、なおのことだ」

　されど、と家康は声をひそめた。

「申したとおり、殿下は三十年も己ひとりの願いに凝り固まって参られた。世を変える云々《うんぬん》には無論のこと目が向かぬし、次の代の話など見えてもおられぬだろう。少なくとも、ご自身の命が長《なご》うないと思い知るまではな」

　どん、と胸に響いた。総身に粟が立ち、心地好い痺《しび》れが骨の髄を駆け回っている。

「まさか」

　覆すつもりなのか。驚愕の眼差しに対し、大きく深い頷きが返された。

「お主に声をかけたのは、そのためよ。山名家は清和源氏《せいわげんじ》・新田《にった》の本流じゃろう。我が徳川も新田の傍流を謳《うた》っておる。まあ嘘《うそ》なのだが、それを以て人の見る目は変わるものぞ。由緒正しき新田に連なる者なら……とな」

　ようやく得心した。この人が今まで論じてきたことは――。

「世の人が古きを重んじるなら逆手に取る。新田本流の山名と昵懇《じっこん》にならば、徳川様の嘘にも真実が宿る」

「そのとおり。さすれば下の者を束ねるのも、民百姓を安んじるのも楽になる。世の中も変えやすい。そういう訳で、わしと仲良うしてくれぬか」

　別心、野心に他ならない。だが家康は、旧来のものは悪、新たなものは善と思い込んでいた己の蒙《もう》を拓《ひら》いてくれた。その人が新旧の益を見極め、世の中を変えようと言うのだ。

ならば。

「……よしなに。末永く、お願い致します」

素直な笑みが零《こぼ》れた。家康の中にあるものは、織田信長に見た鮮烈な大志とはまた違う。しかし禅高の胸は確かに昂っていた。この人にならば、再びの夢を見られるはずだと。

以後、禅高は家康に近侍するようになった。秀吉はそれを咎めず、茶会や歌会を催す時を除いて出仕を求めずにいる。禅高の値打ちは関白の威を飾ることのみ、図らずもそれが証立《あかしだ》てられた格好であった。

＊

手持ちの駒《こま》から桂馬《けいま》を取り、将棋盤の上に打つ。崩れ始めた矢倉囲いの備えを、もう少し崩そうという攻めであった。

さて如何に応じてくるだろう。禅高は向かい合う顔を窺《うかが》った。家康は軽く「む」と唸《うな》り、王将を右下の枡《ます》に逃がした。

「このところ、お主と将棋ばかりしておる」

「徳川様が相手をせよと仰せられるからでしょう」

「お主は強いからな。退屈の慰みに重宝しておる」

退屈——その一語に尽きた。肥前《ひぜん》国まで来ていながら、己も家康も、何をすることも求められていないのだから。

家康の知遇を得て既に四年、天正二十年（一五九二）盛夏六月であった。

二年前の七月、秀吉は北条氏政・氏直父子を下して関東を平らげ、直後の奥羽仕置によって天下を統一した。もっとも、日本の乱れが収まるにはもう少しかかった。仕置をしたばかりの奥羽で葛西《かさい》氏と大崎《おおさき》氏の残党が一揆を起こし、また九戸《くのへ》政実《まさざね》が叛乱《はんらん》を起こしたためである。これに応じて軍兵を出し、再度の仕置を行なって、世の中はようやく落ち着きを見せた。

にも拘《かかわ》らず、秀吉は戦をやめなかった。仮途入明、道を借りて明《みん》帝国に攻め入ると唱え、海を越えた先の朝鮮《ちょうせん》に出兵している。この「唐入《からい》り」は三ヵ月ほど前、三月二十日に始まった。

家康や禅高にも参陣の下知があり、そのためにこの肥前名護屋《なごや》に詰めている。唐入りの先陣を切った諸将は連戦連勝で、朝鮮王国の深くまで攻め込んでいた。

「海を渡るべしとのご下命なきは、ありがたいことではございませぬか」

家康には未だ渡海が命じられていない。勝手の分からぬ地に赴くのはひと苦労、難題を向けられぬのだから良かろうと言うと、大欠伸《おおあくび》でぼやき声が返された。

「お主は気楽で良いのう。わしは兵共を食わせねばならんのだぞ」

禅高は秀吉の伽衆として、陣城たる名護屋城に詰めていれば良い。自らの他に賄うべき口も、岡垣次郎左衛門《じろうざえもん》と高木越中守《たかぎえっちゅうのかみ》、帯同した家臣二人のみ。対して家康は軍兵を動かしていた。

「そもそも戦は金食い虫だが、得るものがあればこそ財を叩《はた》く気にもなる。こうして後詰《ごづめ》に控えておるばかりではな」

言いつつ、家康は次の手を打った。禅高は盤上から眼差しを外して正面へ向ける。つまらなそうな面持ちの裏に、苛立ちが見て取れた。

「関東への国替え、やはり厳しゅうございますか」

「まあな。太閤《たいこう》殿下の思惑どおりじゃわい」

奥羽仕置と同じ頃、家康には国替えの沙汰があった。三河、遠江、駿河、甲斐、信濃の百五十万石は召し上げとなり、旧北条領の二百五十万石が宛《あて》がわれている。百万石の加増だが、それで喜べるほど単純な話でもない。諸国の年貢に国ごとの違いがあるからだ。

徳川領を始め多くの国では五公五民、戦の折などには別途の地租や棟別銭《むなべっせん》が命じられる。実際には石高の七分目まで領主が握っていると言えた。

ところが北条領では、元々の年貢が四公六民であった。如何に領主が変わろうと、いきなり年貢を高くすれば民百姓は不平を抱く。それを避けるべく、家康は当面、北条の年貢に倣《なら》わねばならない。にも拘らず、軍役は二百五十万石に見合うものを命じられる。

禅高は「なるほど」と頷き、溜息をついた。

「徳川様ほどではないにせよ、この唐入りでは皆、金繰りに苦労しておると聞き及びます。大名衆の財を削り、殿下に叛《そむ》く者をなくす……そのための戦なのでしょうか」

語りながら次の駒を打つ。家康が「あ」と目を丸くし、次いで困り顔を見せた。

「厳しい手を打つわい」

「恐れ入ります。強いとお褒めいただきましたので、渾身《こんしん》の一手を」

大きな溜息をひとつ、家康からたった今までの困り顔が消えた。

「それはさて置きだ。唐入りには、お主の申すとおりの狙いがあろう。されど殿下にはもっと大それた望みがある。どちらかと言えば、そのための戦よ」

それは次なる栄達だと、家康は言った。

関白の位に昇って——その位も、唐入りに専念するため養子の秀次《ひでつぐ》に譲ったが——ひとつの栄達は果たした。二つ目の栄達は、信長にもできなかった全国統一である。これを果たした上は全てを極めたと言えよう。さらなる栄達など残っていない。

だが秀吉は、立身出世が全てという人である。

「その道を繋ぎとうて、海の向こうに手を出したのだろう。まあ、殿下が御自らそれに気付いておるとは思えんがな。人の性根とは、さほどに御し難い。心の底に強き願いあらば、必ずや行ないの全てに顔を出すものだ」

秀吉に唐入りの狙いを問うたら、きっと、それらしい答が返って来るだろう。戦しか知らぬ者に功を立てさせるため。海の向こうから財や糧秣を得て、それを以て荒れた日本を潤すため。如何様《いかよう》にも理由は付けられる。しかし、どう言い繕ったところで口実に過ぎない。

「なあ禅高。この唐入り、どこまで勝てば終わると思う」

「明を打ち破って従えれば、でしょうか」

家康は「違うな」と苦笑を漏らした。

「そこまで成し遂げれば次の栄達を欲しがる。明のさらに向こうまで兵を出すだけよ。日の本の政《まつりごと》は下の者に任せて、片手間になるだろう。世を正すなど、できぬ相談だ」

得心するところがあった。信長が天下一統を果たしていたら、唐入りなど考えたろうか。天下布武の大志に則《のっと》れば、それは「否《いぶ》」であろう。戦に次ぐ戦で、日本の全てが上から下まで擦り減っている。信長なら国を慰撫し、豊かにする政を先に立てたのではないだろうか。

思って、禅高は嘆息した。

「やはり、御身は慧眼《けいがん》にございますな」

初めて膝詰めで語った日、家康は言った。秀吉は世を変えることに目が向かない。自らが死して後、次の代の話など見えてもいないと。この唐入りがその証なのだ。

対して家康は先の先まで見据えている。秀吉に膝を折ったのも、勝てないと踏んで諦めた訳ではなかったのだろう。織田をそっくり奪った秀吉と戦えば、たとえ勝っても深手を負う。それではつまらないと判じ、秀吉という人を推し測って、行き着く先を読んだのに違いない。言うなれば細い光明に賭《か》けたのだ。自らの力を損なわず、先々に道が開ける日を待つべしと。

面持ちに出ていたのだろうか、家康は少し照れ臭そうに「ふふ」と笑う。そして手持ちの駒を全て握り、盤上にばら撒《ま》いてしまった。

「慧眼と申されては、この対局も投了せざるを得んわい。今日はお主の二勝、わしの一勝だな」

三番勝負を終え、禅高は丁寧に一礼して徳川の陣屋を辞した。

以後も、唐入りの軍は破竹の勢いで勝ち進んだ。しかし、この遠征は思わぬところから破綻《はたん》を見せる。朝鮮民衆の蜂起《ほうき》であった。

朝鮮の民百姓は初め、むしろ日本の軍兵を歓迎していた。李氏《りし》朝鮮王朝を退け、長く続いた悪政を改めてくれるのではないかと期待したからだ。日本の将兵も、攻め取った地には手厚く宣撫《せんぶ》を施した。国内で戦をした後もそうであったように。

しかし、政治は妖術《ようじゅつ》でも神術でもない。諸々の策を施したところで、すぐに一新することなど何ひとつないのだ。朝鮮民衆はそれを弁えず、暮らし向きが変わらないことに恨みを募らせて、日本軍に反抗を始めた。

「正面から戦わず、兵糧を襲うのだそうで。盗賊と変わらぬ行ないをしながら、口幅ったくも義兵を名乗っておるらしく」

岡垣は、この名護屋でもあれこれを聞き回っている。長くそういう任を与えてきたせいか、秀吉ではないが、身に染み付いてしまったのかも知れない。

ともあれ、どこの地でも下の者は道理を解さないようだ。朝鮮の民は因幡衆に似ているなと思いつつ、禅高は眉をひそめた。

「では、先手衆に兵糧が届いておらぬのではないか」

「そのようです。第一陣、第二陣は、ええ……何と申す地かは忘れましたが、ずいぶんと北に進んでおるそうで。日の本で言えば南部《なんぶ》領ほどに離れているとか」

南部家の領は北も北、奥州の最も奥である。それほど糧道が延びていれば、まともに小荷駄が動いても将兵を賄うのは困難だろう。さらに襲われているとあっては――。

「この戦、もう長くは続けられまいな」

果たして、禅高の見通しは現実となった。

天正二十年は十二月八日を以て文禄《ぶんろく》と改元されたが、その頃には日本勢の苦戦、および撤退に関わる諸々が囁《ささや》かれるようになった。

*

戦に際して普請される城は概ね、一方の砦《とりで》と大差ない。しかし唐入りのために築かれた肥前名護屋城は別だった。戦場は海を渡った先、対して名護屋は日本の内とあって、常なる陣城の殺伐とした風情がない。しかも太閤・秀吉の陣城とあって、やはり煌びやかに飾り立てられている。

海の際、小高い丘に築かれた平山城には本丸と二之丸、三之丸を始め、幾つもの郭《くるわ》が備えられていた。各々の郭に並ぶ建物には、聚楽第と同じ金瓦。漆喰の白壁に朱色の柱と併せ、豪壮な構えは鄙の地に似つかわしくないものであった。

「天下人の力、か」

家康の陣屋から出て西側に城を眺め、禅高は呟いた。これほどの財があるなら、使うべきところは他にあるだろうに。城普請も無駄、遠征も無駄、この国にとって何ひとつ益がない。自らの栄達をひけらかす、ただそれだけの城に溜息が漏れる。

「できることなら」

この城には上がりたくない。が、そういう訳にもいかなかった。文禄二年（一五九三）初夏四月、珍しく秀吉から召し出されている。茶の相手をせよということであった。

引かれた道に従って右手、北へ向かう。左右に構えられた水の手郭と遊撃丸、その間を抜けて北門に至る。門をくぐれば二之丸、道なりに少し進めばすぐに本丸であった。

「おう、来たかや」

本丸御殿の外には野点《のだて》の支度が整えられ、既に秀吉が待っていた。上機嫌で忙しなく手招きしている。前将軍・足利義昭《よしあき》、秀吉のかつての主家筋・織田信雄、茶人として高名な古田織部《ふるたおりべ》が既に顔を揃えていた。席の空き具合からすると、もうひとりか二人、来るのかも知れない。禅高は末席に腰を下ろした。

少しして宮部継潤《みやべけいじゅん》を迎え、野点が始まる。回し呑む茶碗《ちゃわん》が一巡したところで、秀吉が嬉しそうに口を開いた。

う。

軍兵が苦戦しているがゆえの講和ではないか。にも拘らず、何ゆえこうも上機嫌なのだろ

講和に向けて話が進んでいることは、かねて家康から聞かされている。しかし渡海した

目が丸くなった。驚きのあまり声も出ない。

「この戦な、いったん和議を結ぶことにしたがや」

と、織田信雄が「はは」と朗らかに笑った。

「明は大国なりとの触れ込みにございましたが、一年で降参するとは思いませなんだ。さすがは殿下の精兵たちにございますな」

秀吉は「おうよ」と顔を皺だらけにしている。

腑《ふ》に落ちた。聞かされている話が違うのだ。将兵の苦戦は皆の知るところ、しかし秀吉には講和に「逃げた」ことが伝えられていない。

だが、そうと分かれば別の疑問が浮かぶ。負けに等しい戦の講和である以上、いずれは嘘が明るみに出よう。端《はな》から本当の話をした方が良さそうなものだが。

「近々お生まれある和子様に、良き祝いとなりましょうな」

沈思の傍ら、足利義昭の落ち着いた声が渡る。応じた秀吉は「きゃきゃ」と笑い、猿の如き金切り声であった。

「まだ和子とは決まっておらんわい。義昭様も、お気の早いことで」

「いえいえ、左様に強く願うておるという話でしてな。さすれば豊臣の世は安泰にござろ

う」

禅高の背に驚きが走る。思わず出そうになる「あ」の声を、喉で押し潰して咳払いに変えた。

だから、か。

秀吉にはかつて実子・鶴松《つるまつ》があったが、病を得て幼い命を落としている。或いはこの唐入りさえ、鶴松を失った悲しみの余り捨て鉢になったのではと囁かれたものだ。ところが少し前に、秀吉の側室・淀《よど》の方が懐妊したという報せがあった。実の子を諦めていたところへの一報が、齢五十七の男を狂喜させたことは疑いない。

それに乗じようというのだろう。講和を是とさせるため、敢えて本当の話を明かさなかったのだ。名護屋に在陣する大物、家康や前田利家《まえだとしいえ》が奉行衆と談合して決めたのに違いない。

だとすれば。秀吉を騙すという話に落ち着かせたのは、他ならぬ家康ではないのか。実のところを明かせば秀吉は頑なになる。無益な戦を早々に終わらせる方便だ。嘘はいずれ明るみに出るが、その時にはこの徳川大納言が必ず秀吉を宥めてみせる――豊臣家中随一の力を持つ男がそう言えば、他の者は安堵して心を動かすだろう。

ならば辻褄《つじつま》が合う。そしてこれは、豊臣の天下を覆し、世を改めるための第一歩なのだ。

「なるほど。そういうことか」

「あ？　禅高よう。何が『そういうこと』なんじゃ」

ぎくりとした。思わず口を衝《つ》いて出たひと言を、秀吉は聞き拾っていた。

「おみゃあ、何か思うことがあるんか」

だが容易い。今の秀吉は喜悦の中にいる。その思惑を読むくらいは。

「大したことでは。淀の方様のご懐妊は、此度の戦勝の前触れだったのではないかと、左様に思うたというだけで」

穏やかな笑みで返すと、秀吉はいささかの疑念も抱くことなく哄笑を上げた。

「巧《うみ》ゃあこと言うのう。お！　もしや、何かねだる気か？　そうじゃろう。何が望みじゃ」

「然らば、殿下御自ら点じた一服を頂戴し、末代までの栄誉と致しとう存じます」

この「望み」は、あっさりと容れられた。口に含んだ茶の味は、泥の如く濁っていた。

四ヵ月ほど後の文禄二年八月三日、淀の方に子が生まれた。和子である。この赤子は拾《ひろい》丸《まる》と名付けられた。

秀吉は既に関白を退き、甥《おい》の秀次を養子と為《な》して位を譲っている。従い、関白の政庁・聚楽第も秀次に受け継がれていた。もっとも秀吉の隠居は形ばかりのことで、未だ実権は握ったままである。諸大名も京とは別に、秀吉の隠居先・伏見《ふしみ》城下に屋敷を構えていた。

拾丸が生まれて少しすると、秀吉はその伏見城に戻った。禅高を含み、名護屋詰めの面々も次第に引き上げとなる。明および朝鮮との講和は石田三成や大谷吉継《おおたによしつぐ》らの奉行衆、並びに南肥後《ひご》国主・小西行長《こにしゆきなが》などに任され、諸事談合が進められていった。

茶会の席で思ったことは、伏見に戻ってから家康に質《ただ》してみた。すると、その半分は間違いだと言われた。

秀吉を騙すと決めたのは、家康ではない。驚いたことに石田三成であった。海を渡り、将兵の惨憺《さんたん》たる姿を目の当たりにした者にとって、唐入りは悪でしかなかったようだ。

石田の肚《はら》を聞いた家康は、心中に「勿怪《もっけ》の幸い」と喜び、渋い顔の前田利家を説き伏せた。秀吉がこの嘘を咎めるなら、その時は必ず宥めて見せるからと。

「そこは私の思うたとおりでしたか。ただ……左様に見立てておりながら何ですが、まことに宥めるおつもりで？」

家康は、にやりと笑った。

「腹を切らされる者が出ぬようにはする。が、殿下の怒りそのものを鎮めようとは思わんな」

大本の怒りを宥めずにおけば、秀吉は再びの唐入りを言い出すに違いない。それこそ躓きとなるだろう。誰も望まぬ戦、諸大名が身を擦り減らすだけの戦を命じるように仕向ければ、豊臣の土台は大きく揺らぐ。

「心を揺らす者あらば、抱き込みに掛かる。禅高にも助けてもらうやも知れぬぞ」

この年の暮れ、家康は所領を差配するため武蔵《むさし》国・江戸に戻り、そのまま年を越した。以後は国許と京・大坂を行き来するようになる。禅高は秀吉の伽衆として伏見にあり、家康が上洛の折には将棋の相手に召し出されるという日々を過ごした。

そして二年、文禄四年（一五九五）七月のこと。

岡垣次郎左衛門の携えた一報に、仰天して目を剝《む》いた。

「何だと？」

「確かな話なのか。いやさ、秀次様の不行状は耳にしておったが。まさか」

岡垣は戸惑いを隠さず、しかし、きっぱりと言い切った。

「確かな話にございます。太閤殿下のご下命にて、関白殿下は高野山《こうやさん》へ流され申した。城下から追われるところを、つい先ほど、この目で見ておりますれば」

太閤・秀吉は跡継ぎと定めた秀次に謀叛の嫌疑をかけ、高野山へと追放した。

「……血迷われたか」

あまりの驚きに、禅高は言葉を選ばなかった。まさしく「血迷った」のだ。講和が進められる中、もしもこの一件が明に伝われば、付け入る隙を与えるだろう。和議談合の面々は、日本に有利なものを勝ち取ろうと必死である。天下人自らその足を掬うとは思ってもみなかった。

もっとも、秀吉は日本が勝ったと思い込んでいる。だからこその暴挙か。そして秀次を廃するのなら、その狙いは――。

「あの、殿。何ゆえ左様なお顔を？　驚いておられるのか、喜んでおられるのか、これでは」

岡垣の戸惑いが深まった。さもあろう、己が面持ちは確かに笑みを湛えているのだから。

「これより徳川様がお屋敷へ参る。供をせよ」

如何にしても押し止められぬ、そういう笑みで岡垣に命じ、家康の許を訪ねた。

屋敷に至れば、少し待たされた末に家康の居室へ導かれた。供の岡垣は控えの間に待つように言われ、禅高ひとりであった。

「秀次様のことか」

入って挨拶し、平伏を解くなり問われた。さすがに分かっている。

「矢も楯《たて》も堪《たま》らずに参じましたが、釈迦に説法であったようですな」

家康は「ふふん」と鼻で笑った。

「斯様な話になるとは思わなんだわい。じゃが、殿下もようやく御自らの命を見つめ始めたということよ」

秀吉の胸には立身出世の願いのみで、自らの死後、次の代の話など考えていない。少なくとも自らの命が長くないと思い知るまでは、そこに目が向かないだろう。初めて知遇を得た日、家康はそういう意味のことを言った。

秀吉は今になって気付いたのだ。自らにも死は訪れるという、当たり前のことに。

年老いて、実子の拾丸を儲《もう》けた。喜びゆえにこそ、かえって不安を抱くに至ったのだろう。この子が十分に長じるまでの間、己が命は続いているのだろうか。豊臣の権勢を、果たしてこの子に継がせてやれるのだろうかと。

それが秀吉から正気を奪った。人の命、永劫に続きはしないものと向き合って、自らが跡継ぎと定めていた秀次に恐れを抱いたのだ。

家康の見立てに、禅高は大きく頷いた。

「秀次様に近しき者、連なる者にも累の及ぶ話かと」

「わしは、その者たちをできるだけ多く助ける。こうも早うに味方集めの好機が訪れるとは」

交わされる言葉は囁くが如き小声であった。

七日後の文禄四年七月十五日、豊臣秀次は腹を切って果てた。謀叛の嫌疑に潔白を叫ぶための自害であったろう。だが秀吉は、これを以て「秀次は自らの罪《さいしょう》を認めた」と唱えた。

予見違わず、秀次に近しい者たちは厳しく処せられた。妻妾や子女の類《たぐい》は斬首され、親しくしていた大名たちは閉門に追い込まれている。家康はそれら大名衆のために奔走し、秀吉に取り成していった。陸奥《むつ》の伊達政宗、出羽《でわ》の最上義光《もがみよしあき》など、これにて救われた大身は多くあった。

三　決戦

「そう巧くは参りませなんだか」

家康《いえやす》から話を聞いて、禅高《ぜんこう》は溜息をつく。今日も将棋の相手をしていた。

文禄《ぶんろく》五年（一五九六）九月、長く続いていた明《みん》・朝鮮《ちょうせん》との講和が決裂した。当然ではあったろう。負け戦の末の交渉にも拘らず、秀吉《ひでよし》には日本が勝ったと伝えていたのだから。

「石田《いしだ》殿には成算があったのでしょうや」

秀吉を騙すと決めたのは奉行の石田三成《みつなり》である。若輩の小智慧《こぢえ》で謀《たばか》ろうとしたのが、そもそもの間違いだったのではないか。そう思って問うと、家康はおかしそうに笑い声を上げた。

「成算もなく動くような、軽はずみな奴ではないわい。まとまりかけておったものを、全て殿下がぶち壊したのよ」

石田の指図の下、談合には南肥後《ひご》の小西行長《こにしゆきなが》が当たっていた。しかし、そこに秀吉が口を挟んだのだという。

「まあ酷《ひど》い注文ばかりでな」

朝鮮八道のうち南の四道を寄越せ。明の皇女を天皇の妃として差し出せ。朝鮮の王子を人質としてもらい受ける。向後、朝鮮は日本に逆らうなかれ。秀吉の出した条件が語られるほどに、禅高の眉根には厳しい皺が寄っていった。

「何ともはや。それでは」

「秀次《ひでつぐ》殿を亡き者にして気が大きくなったのじゃろう」

前関白・秀次を切腹に追い込んだことで、世継ぎは実子の秀頼《ひでより》――この五月に元服して拾丸《ひろいまる》から名を改めている――と決まった。それで安堵したのなら浅はかに過ぎると、家康の目が笑っていた。

禅高は大きく溜息をついた。豊臣《とよとみ》にとって、家督争いの火種は確かに消えた。だが、それと天下の安泰は話が別である。何しろ、秀次の一件では割を食った者が多すぎた。秀吉と豊臣に恨みを抱いた者も少なくはなかろう。秀次死後の混乱を鎮めるべく諸々の掟《おきて》が定められるも、そのくらいで波風が収まるなら誰も苦労はしない。山名《やまな》家を見よ。家臣筋を律する掟は山ほどあったが、こうして家領を失っているではないか。

山名の場合は、但馬《たじま》衆や因幡《いなば》衆の手前勝手な不平を戒められなかったせいである。言ってしまえば累代当主の力量が足りなかったのだ。

豊臣は違う。そもそも秀吉という人が類稀《たぐいまれ》なる才人だからだ。ところが、その当人が諸々を乱してしまった。秀次を死に追いやったのはどこまでも秀吉の勝手、天下人の横暴である。皆の遺恨がそこから生じている以上、この先の混迷は山名家如きの比ではない。

だから、なのだろうか。家康は将棋盤に目を落とし、右手に二つ三つの駒を弄びながら、にやにやと嬉しそうにしていた。

「とは申せ、わしにとっては好都合よ。秀次殿のことも、談合の不首尾もな」

禅高は「お」と目を光らせた。

「覆せると？」

「種蒔《たねま》きはできる」

秀吉は未だ、自身の天下の形を作っていない。全国の政を如何に行なうのか。先々まで豊臣の世を続けるには如何にすれば良いか。そうした諸々を定めるより前に、先の唐入《からい》りを行なってしまったことの皺寄せである。

その上で、明や朝鮮との講和もご破算になった。かくなる上は再びの唐入りとなるだろう。天下安寧の形はまた先送りになる。

「唐入りは財と兵を損なうばかりと、皆が思い知っておる。殿下とて時を無駄に遣うと申すに」

先年の唐入りで擦り減った大名衆が、再びの負担を強いられる。そこに生まれる不平を梃子《てこ》にすれば、味方を集めるのは容易い。家康はそう言って、手持ちの駒から一枚を盤上に打った。こちらに向いた眼差しが「おまえの番だ」と促している。

「……考えれば考えるほど、難しき局面ですな」

「次の唐入りが、か？」

「いえ。内府《だいふ》様の、この一手です」

含み笑いと共に、家康は得意げに胸を張った。

「まあ、そちらだろうな。唐入りについては、わしの立ち回りは楽なものだ」

「内府様に出陣が命じられなければの話でしょう」

無駄な出兵を重ねては家康の歩みも遅れる。秀吉の狙いは、そこにこそあるのではないか。その懸念に、家康は「ふふん」と鼻を鳴らした。

「わしは老衆《おとなしゅう》の筆頭じゃぞ。出陣など如何様にもできるわい」

秀吉とて、掟のみで世は定まらぬと承知しているはず。そこを衝いて意見すれば良いのだと言う。未だ幼い秀頼を世継ぎと定めたなら、先々のために豊臣の天下が盤石となる形を作る必要があろう。それは老衆——大老の役目であるはずだ、と。

「かく言上すれば、殿下は喜んでわしの参陣を免じるわい。だがな禅高、世の形など一朝一夕に改まるものではなかろうよ」

改めた後に、少なくとも十年や二十年をかけて全ての人々を慣らす必要がある。それには世の頂に立つ者が健在でなくてはいけない。果たして秀吉は、そこまで生きているだろうか。

「殿下は既に齢六十ぞ。七十は……どうか分からぬが、さすがに八十まで生きるとは思えぬ。その間に、付け入る隙はいくらでもあるわい」

どうだ、と勝ち誇った顔である。禅高はひとつ頷き、自らの手駒を取って盤上に放った。

「参りました。投了にございます」

少しの後、果たして再びの唐入りが下達《かたつ》された。

秀吉を言い包《くる》めたのであろう、家康は出陣を命じられていない。禅高も伏見《ふしみ》に留まることとされたのは、家康が将棋の相手、或いは話し相手を欲したからだという。

そういう子供じみた差配をする一方で、やはり家康はしたたかであった。秀頼のために天下を盤石にするのが老衆の役目。とは言いつつ、遠征軍を束ねるのもまた老衆でなくてはならない。その口実の下、老衆の中でも秀吉に近しい二人に軍役が命じられるように動いていた。

ひとりは宇喜多秀家《うきたひでいえ》。父・直家《なおいえ》を早くに亡くし、以後は秀吉に養育された男である。もうひとりは毛利輝元《もうりてるもと》で、これも秀吉との縁は深い。織田信長《おだのぶなが》が本能寺《ほんのうじ》に横死した折、秀吉は毛利と戦の最中だった。それがいち早く立ち戻って明智光秀《あけちみつひで》を討ち果せたのは、毛利が——小早川隆景《こばやかわたかかげ》が——見逃してくれたからである。此度の参陣は輝元の養子・秀元《ひでもと》だが、家康にとっては毛利に負担を強いられれば十分であった。

十月二十七日、文禄五年は慶長《けいちょう》と改元される。そして慶長二年（一五九七）一月、諸将の兵は朝鮮に向けて出陣となった。

＊

海を渡った日本軍は、前回の唐入り同様に善戦した。朝鮮南西部の全羅道《ぜんらどう》を掃討し、次いで南東部の蔚山《いさん》に進んで明・朝鮮軍を打ち破っている。

だが、戦果はそこまでであった。明軍の抗戦も然りながら、糧道が延び過ぎることを嫌ったためである。文禄の唐入りでは、糧道を断たれて苦戦に転じた。広大な朝鮮で同じ轍《てつ》を踏むまいとすれば、致し方ない話だったのかも知れない。

そして出兵から一年半余り、ついにその時が訪れた。

太閤・豊臣秀吉は、慶長三年（一五九八）を迎えた頃から病を得て、快方に向かうことなくそのまま薨去《こうきょ》した。同年八月十八日であった。

以後しばらく、禅高は家康に召し出されなかった。将棋や雑談の暇など、家康にはなかったからだ。

秀吉の死後は五人の老衆――徳川《とくがわ》家康、前田利家《まえだとしいえ》、毛利輝元、上杉景勝《うえすぎかげかつ》、宇喜多秀家と、五人の奉行――浅野長政《あさのながまさ》、前田玄以《げんい》、石田三成、増田長盛《ましたながもり》、長束正家《なつかまさいえ》から成る「十人衆」の合議で政を執ることとされていた。

十人衆にとって何より急ぐべきは、遠征軍の撤兵および明・朝鮮との講和であった。無益な戦に駆り出されていた将兵は、十一月には肥前名護屋《ひぜんなごや》に戻り始めた。

その頃、意外な男が禅高の屋敷を訪ねて来た。

「おう。ようやく参ったか」

こちらが応接の間に入るなり、待っていた客が横柄なもの言いをする。禅高は心中に

「どちらが客か分からぬ」と呆れつつ、一間を隔てて差し向かいに座った。

「其許が訪ねて参られるとは、思うてもみなかった」

「亀田新之助《かめだしんのすけ》でも亀山新左衛門《かめやましんざえもん》でもないぞ。亀井新十郎《かめいしんじゅうろう》、茲矩《これのり》だ」

「分かっておる。さすがに覚えた」

溜息をひとつ漏らす。亀井は待ちきれないように口を開いた。

「近頃、徳川内府様が諸大名を労《ねぎら》っておいでだと聞く。殿下がお隠れになって、家中に味方を集めたいのだろう。何しろ唐入りで擦り減った者には何の恩賞もなし、皆が治部《じぶ》殿への不平を溜《た》め込んでおるからな」

禅高は静かに頷き、眼差しでこれを肯《がえ》んじた。

海を渡った面々の不平は、ひとり石田三成に向いていた。恩賞の差配は十人衆の合議だが、合議の席に至る以前に、奉行衆が唐入りの奮戦を軍功と認めなかったからだ。

もっとも、遠征では何ひとつ利得がなかったのだ。功を論じないのも道理である。そうと知りつつ、家康は諸将を宥めていた。皆の怒りが石田治部に向くなら勿怪の幸い、これを人身御供《ひとみごくう》に自らの味方を集めようとしたのである。ある種の二枚舌と言えた。

「で、それが？」

続きを促すと、亀井は素っ頓狂な問いを向けてきた。

「お主、俺《おれ》に許してもらいたくはないか」

「は？」

「尼子《あまご》の話だ。勝久《かつひさ》公がお腹を召し、山中鹿之助《やまなかしかのすけ》様もご落命となったのは、ひとえにお主の裏切りに端を発する。太閤殿下のご裁定にて矛を収めはしたが、俺はまだ許しておらぬぞ」

未だに言っているのかと、いささか呆れた。だが人の怨恨とはそういうものか。禅高は面持ちを変えずに、ゆったりと首を横に振った。

「許しを請えるとは思うておらぬ。私は確かに、それだけのことをした」

「いやいや！　いかんぞ、それでは」

腰を浮かせて身を乗り出し、亀井はなお捲し立ててきた。

「なぜ諦めるのだ。山名は落ちぶれたが、うぬはこうして生き永らえておる。胸につかえがあっては寝覚めも悪かろう。諦めずに許しを請え」

何だこれは。そうとしか言えない。驚きや呆れを通り越して戸惑いを覚えた。

「其許、私を許したいのか許しとうないのか、どちらなのだ」

「許しを請うてくれ。このとおりだ」

終いには頭を下げる始末である。何が何やら分からない。説明してもらわねば。

「訳を聞こう」

亀井の顔が安堵を湛える。そして胸を張り、尊大に言い放った。

「そうか。許して欲しいか。ならば俺を内府様に引き合わせよ」

得心した。秀吉が死に、豊臣家中の力が家康に集まり始めている。亀井はそれを察して、これまで縁のなかった家康との好誼《こうぎ》を求めたのか。

「ならば、初めから左様に頼まば良かろうに」

笑いを嚙み殺しつつ、禅高はこれを容れた。慶長三年も間もなく暮れる。年明けには家康に挨拶をしに行くゆえ、その折にでも共に参られよと。

そして二十日余り、慶長四年（一五九九）を迎える。徳川家中の機嫌伺い――秀吉の喪中ゆえに参賀ではない――が終わるのを待ち、禅高は家康の伏見屋敷を訪ねた。一月三日であった。

「内府様に於かれましては、ご機嫌麗しゅう。昨年は唐入りの後始末にて、ご苦労も絶えなんだこととお察し申し上げます」

家康は「うむ」と穏やかに頷いた。そこはかとなく疲れが見て取れた。

「して禅高。お主が伴うておるのは、亀井武蔵守《むさしのかみ》殿ではないか」

珍しいものを見た、という顔であった。この身が亀井に忌み嫌われていることも先刻承知なのだろう。思わず苦笑が漏れた。

「はい。旧年の内府様がお骨折りを知るにつけ、是非ともお慰めしとうなったと、亀井殿が申されますもので」

「そうであったか」

微笑を湛えて二度、三度と頷く。家康は喜びを隠そうとしなかった。

「然らば武州《ぶしゅう》殿。向後よしなに頼むぞ。ただ、ひとつだけ条件を付けたい」

「何なりと」

亀井の声はがちがちに固まっていた。何を求められるのかと慄いている。家康は、おかしくて堪らぬという風に、小刻みに肩を揺すりながら返した。

「ここな禅高への恨みは全て流し去るべし。山名は新田《につた》の本流、徳川は新田の庶流ぞ。禅高への恨みは、この家康への恨みと同じじゃからのう」

「いえ、それはもう。既に恨みなど忘れておりますればこそ、こうして取り次ぎの労を取っていただいた次第にござれば」

強張《こわば》っていた声が、すっかり浮かれている。禅高は思わず噴き出し、家康は高らかに笑った。

*

亀井を家康に引き合わせて半月余り、禅高は伏見の徳川屋敷にあった。

春まだ浅い一月の末、しかし多くの者が詰め掛けているため少し暑いと感じる。それを避けるべく、広間の隅に移って額を拭った。数日をここで過ごしたせいか、脂が浮いている。

と、右脇に座る者があった。

「お久しゅうござる」

平らかな中に滲む、厭味な響き。驚いて右を向けば、そこには垣屋《かきや》豊続《とよつぐ》の姿があった。

禅高は口を大きく開き、いったん閉じて、強く眉根を寄せた。

「なぜ、お主がここにおる。垣屋は前田方であろうに」

豊続は小馬鹿にしたような面持ちを見せた。

「しばらくお目に掛からぬ間に、我が思惑すら見通せぬようになったと？」

禅高は「やれやれ」と溜息をつき、目を逸らした。

「徳川様と前田様の、どちらが勝っても良いように……か？」

「違い申す。そのお二方なら徳川様が勝つと踏んだまで。垣屋本家がそれを認めぬゆえ、袂を分かってこれへ参り申した」

慶長四年に入って間もなくの頃から、徳川家康と前田利家の間には深い溝が生まれていた。

ことは少し前に遡《さかのぼ》る。秀吉の逝去以来、家康は豊臣家中の味方を増やすべく、諸大名との間に縁組みを進めてきた。孫の振《ふり》姫を伊達《だて》政宗《まさむね》の子・虎菊丸《とらぎくまる》に、姪《めい》の栄《えい》姫を黒田《くろだ》官兵衛《かんべえ》の子・長政《ながまさ》に娶《めあ》わせるなど、相手は大物であった。私的な婚姻は秀吉の遺命にて禁じられていたため、表立っての動きではない。

ところが、これが明るみに出た。探り当てたのは奉行衆の石田三成である。石田は家康の違背を見咎め、老衆の二番手・前田利家と共に詰問使を発した。家康は自らの威を以て使者を黙らせたが、それによって豊臣家中は二つに割れた。

以後、前田・石田に与する大名は前田屋敷に、家康に与する大名は徳川屋敷に参じ、互いに睨み合っている。いつ戦が起きても不思議ではなかった。

今の垣屋本家は恒総《つねふさ》——豊続の従甥《いとこおい》が当主である。その恒総が前田方である以上、豊続もこれに従うものと見ていたのだが。

思いつつ豊続に目を流せば、そうした事情など知らぬ話とでも言わんばかりに、平然とした顔であった。なるほど、これはそういう男だった。自らの伯父・続成《つぐなり》が田結庄是義《たいのしょうこれよし》に討たれた時も同じである。往時、禅高の下には田結庄一族の藤八《とうはち》があったが、藤八と是義は別の者だと言って咎めなかったほどだ。この割り切りの良さには恐れ入る。

そういう男が、本家と袂を分かって徳川方に参じた。つまり。

「戦になると見ておるのか」

「なるはずが、ござるまい。まさか、お分かりにならぬと？」

値踏みをする眼差しである。忌々しい。

「前田様の病、やはり重いのだな」

豊続は「クク」と含み笑いを返すのみであった。

前田利家は、昨年の末頃から病を得ていた。これが彼岸に渡れば、後を継ぐのは嫡子・利長《としなが》である。齢三十八を数えた壮士だが、家康から見れば老練な利家より与しやすいはずだ。諸々を推し量り、禅高は確かめるように問うた。

「前田様のお命があるうちに戦とならば、如何な内府様とて苦戦は免れぬ。勝ったとしても深手を負う、と。そういうことか」

　豊続は満足そうに頷いた。

「それに、もし戦の最中に前田様が陣没なされたら、向こうの結束はかえって強くなるやも知れませぬゆえ。徳川様は、危ない橋は渡らぬお人にござれば」

　きっと近いうちに和睦して、この争いを収めるだろうと言う。だが禅高には、少しばかり疑問があった。

「されど……前田様と和しながら、かの人がご生涯となった時に戦を起こすのでは、内府様は信望を失うことになろう」

「手管くらい、幾らでも捻り出すに相違ござらん。まあ徳川様は、禅高殿に見抜かれるほど甘いお方ではないということですな」

　相変わらず厭味な男である。禅高は「失敬な」とだけ返し、以後は口を開かなかった。

　徳川と前田の諍いは、果たして戦にはならなかった。二月半ば、家康が前田屋敷を訪ねて病の利家を見舞い、和睦したためであった。

　これで肩の荷が下りたのか、ほどなく前田利家は世を去った。慶長四年の閏《うるう》三月三日、享年《きょうねん》六十一であった。

　そして、まさにその晩である。

　禅高は夜半に目を覚ました。寝屋の中は真っ暗、朝はまだ遠い。しかし、外はこの上なく騒々しかった。

「これは」

息を呑む。この音は若き日に幾度も耳にしている。百か、二百か。或いはもっと多くか。それだけの数が駆け足を運ぶ音だ。

「まさか。この伏見に戦だと？」

伏見は亡き秀吉の隠居所、しかし隠居とは形ばかりで、政の中心だった地である。今は老衆筆頭の家康が治めている。そこに軍兵が押し寄せるなど、何かの間違いではないのか。思わず寝床を離れ、闇に慣れた目で歩みを進める。そして障子を開けると、屋敷の塀の向こうには確かに兵の姿があった。

「あの幟《のぼり》は福島正則《ふくしままさのり》殿。加藤清正《かとうきよまさ》殿に、黒田長政殿も」

徳川と前田に分かれて睨み合っていた時、加藤は前田屋敷に、福島と黒田は徳川屋敷に参じていた。それが揃って兵を動かしている。なぜだ。まさか家康を襲いに来たのか。訳が分からない。だが如何にせん、こちらは兵を持たぬ身である。できることと言えば、これが何の騒ぎなのかを調べるくらいだ。

「次郎《じろう》。次郎やある」

声を上げ、岡垣次郎左衛門《おかがきじろうざえもん》を呼ぶ。少しの後に参じたのは岡垣ではなく、川辺《かわべ》に隠棲《いんせい》していた頃に押し掛けて来た大坪一之《おおつぼかずゆき》であった。

「お主か。次郎は？」

「この騒ぎが如何なることか、先ほど確かめに向かい申した」

さすがだ。やはり昔から諸々を探らせてきたせいで、身に染み付いている。ともあれ岡垣が既に動いているなら用は足りよう。禅高は大坪を下がらせ、身を横たえることなく朝を待った。そして。

「どうやら、あの兵は大坂にある石田治部殿を襲ったもののようです」

日の出間近に戻った岡垣から、分かる限りのことが語られた。

昨晩の兵を率いていたのは、福島正則、加藤清正、黒田長政の他、藤堂高虎《とうどうたかとら》、細川忠興《ほそかわただおき》、蜂須賀家政《はちすかいえまさ》、浅野幸長《よしなが》の七将であるという。それらは徳川屋敷に詰め寄り、石田三成の身柄を渡すように求めていたそうだ。

「それでは、徳川様が治部殿を匿ったことになってしまうが」

戸惑いながら返す。岡垣は「はい」と応じ、こちらも困惑顔であった。

「徳川様にとって、石田様は明らかに敵にございます。されど福島様たちの申し入れは確かな話でして」

どうにも腑《ふ》に落ちない。家康に聞く以外にあるまいと思われた。

騒然とした伏見城下も、数日すると落ち着きを取り戻してきた。そろそろ頃合かと徳川屋敷を訪ねれば、四半時《しはんとき》ほど待ったくらいで家康の居室へと案内された。

仔細《しさい》は、岡垣が報じたとおりで間違いなかった。

「何ゆえ治部殿は、内府様を頼って参られたのです」

禅高の戸惑いに向けて、家康は面白くなさそうに鼻で笑った。

「治部が襲われたは、今までに恨みを買ったがゆえじゃろう。利家殿という重石《おもし》が外れて、抑えが利かなくなったということよ」

石田は常陸《ひたち》の佐竹義宣《さたけよしのぶ》に守られて、大坂から逃れて来たそうだ。もっとも、七将を動かしたのは家康ではない。それは石田や佐竹も承知していて、だからこそ徳川屋敷を頼ったものらしい。

「匿ってやらねば、誰もが思うじゃろう。この家康が治部を潰さんとして、あの七人を焚《た》き付けたのだ……とな」

それでは世の誹《そし》りを受け、味方を減らしかねない。家康にしてみれば、痛いところを衝かれた格好である。しかし、向かい合う目はかえって不敵に光っていた。

「これとて好機に作り変えるまでよ」

世を騒がせた七将には一方の責めを負わせねばならない。だが騒ぎの大本は、石田が皆の恨みを買い過ぎたせいだ。ならばこちらにも一半の責を問い、罰を与えれば良い。

「老衆筆頭として治部を叱《しか》らねばならぬ。そうであろう?」

石田から奉行の職を免じ、領国に蟄居《ちっきょ》させる。それが家康の肚《はら》であった。

禅高は舌を巻いた。件の七将は責めを負わされるが、これなら家康に恨みを抱くまい。何より、より大きな叱責が石田に加えられることで、むしろ溜飲《りゅういん》を下げるだろう。そして何より、家康に歯向かう者を豊臣家中から一掃できる。

「損して得取れ、ですか」

笑みと共に、頷きが返される。家康の中に遠謀の影が膨らんでいるように見えた。

半年ほど過ぎて九月、家康は大坂に上がった。豊臣秀頼に謁見し、重陽の節句に於ける祝辞を申し述べるためである。

この時、家康を闇討ちにする企《たくら》みが明るみに出た。

だが、全ては偽りであった。大坂に上がった理由も、闇討ちの一件も。

家康は「闇討ちは前田利長の企みである」と唱えた。かつて利長の父・利家と反目していたことを以て、勝手に恨みを募らせたのだ、と。そして、これを「豊臣への謀叛」に置き換える。老衆は幼い秀頼を守るべき者、その筆頭を害さんとするのは秀頼への叛意――この言い分に逆らえる者はなかった。

以後、家康は大坂城西之丸《にしのまる》に居座り、前田領・加賀《かが》を征伐すると戦触れを発した。

「斯様な時に、よろしいのですか」

禅高は、わざわざ大坂まで呼び出されて、家康と将棋を指していた。大戦を前に、こうも悠長に構えていて良いのだろうか。

「負ける気遣いのない戦だからな。分かるか禅高。これは『豊臣のための戦』よ」

そう聞いて愕然《がくぜん》とした。手中の駒も取り落としている。

「豊臣のため。秀頼公のためとは、つまり」

なるほど、負けないだろう。数の力で圧倒できる。豊臣への謀叛人を討伐するという大義名分があれば、如何なる者も参陣を拒めないのだ。

加賀を征伐した暁《あかつき》には、豊臣は諸大名の軍功に新恩を施さねばならない。新たに下される所領は、豊臣の蔵入地を割いて宛《あて》がうのが筋ということになる。

前田利家が没し、石田三成が除かれた今、十人衆の合議による政も消え失《う》せた。そうした中で新恩を差配できるのは、老衆筆頭の家康のみ。だとすれば、諸将は家康にこそ恩義を感じる。

「豊臣の実入りを減らして力を削り、一方で内府様は……より多くの味方を得ることに」

垣屋豊続が言ったとおりである。家康は危ない橋を渡らない。それでいて、確かに世を覆そうとしていた。

*

加賀征伐は行なわれなかった。前田利長が家康に膝を折り、母・芳春院《ほうしゅんいん》を人質に出して身の潔白を訴えたためである。家康にしてみれば、当てが外れた思いだったろう。だが前田の降を容れれば加賀百万石の力を意のままにできる。兵の数にしておよそ四万、戦う以上に得るものが多かったとも言えた。

そして年が改まり、慶長五年（一六〇〇）六月。

「いざ、出陣じゃ」

家康の号令一下、西国大名の軍兵が行軍を始めた。禅高も家康の指図を受け、亀井茲矩の副将として軍列に身を置いていた。

「加賀の次は会津か。よくもまあ、懲りずに謀叛を企む者が出るものだな」

馬を進めながら、亀井が小声でぼやいた。禅高はその後ろに馬を進めながら、心中に

「やれやれ」と嘆いた。亀井は分かっていない。確かにこれは、会津中納言・上杉景勝を征伐するための軍である。だが上杉がまことに謀叛を企んだのかと言えば、真っ赤な嘘なのだ。

ことの発端は、越後《えちご》の堀秀治《ほりひではる》から寄せられた一報である。上杉では道を整え、新たに城普請をし、武具兵糧を蓄えている。これは謀叛の支度に相違なしと。二ヵ月ほど前、四月であった。

しかし、堀秀治も家康に抱き込まれたひとりだった。そもそも道や城の普請、武具兵糧の買い入れは、国持ちの大名なら誰もがすることである。これを謀叛の企みと看做《みな》すなら、謀叛の芽は至るところにあると言えよう。言うなれば家康は、加賀に代わる謀叛人を仕立て上げたに過ぎない。全ては「豊臣のための戦」を起こし、危難なく豊臣の力を削るためである。

ともあれ、堀からの「報せ」を得た家康は、上杉に詰問使を送った。すると上杉の家宰・直江兼続《なおえかねつぐ》が書状を返し、猛然と嚙み付いてきた。

「直江という男は、亡き太閤殿下にも才を愛《め》でられておったそうだが、少しばかり思慮が足りぬのかも知れぬな」

亀井は前を向いたままだが、問いは後ろに向けられている。禅高は前を行く背を見て、ごく短く「何ゆえに」とだけ問い返した。すると。

「身の証《あかし》を立てるべく書状を寄越しながら、その書状で内府様の怒りを煽《あお》っておるのだぞ。面と向かって交わす言葉と違うて、文に記された言葉というのは棘《とげ》が立ちやすい。そこに気を配っておらなんだから、こうして征伐されるのだ」

「なるほど」

多くを語る気になれず、ひと言だけで切り上げた。

亀井の如く太平楽な男でも、相次いで謀叛人が出たことには違和を覚えている。三度、四度と重なれば、嫌疑の目は家康にこそ向くだろう。前田利長を赦免してしまった以上、家康は此度《こたび》こそ大戦を構えねばならない。如何に申し開きをしたところで無駄なのである。直江が決戦に踏み切ったのは、そこを見通したがゆえであろう。

あれこれを思って、こちらの口数は少ない。それゆえか、亀井はなお声をかけてきた。

「どうした禅高殿。久しぶりの戦で息が詰まっているのではないか」

「怖《お》じけておるのではない。ただ、少し気懸かりがある。石田治部だ」

昨今の大坂では、家康が大坂を離れれば石田三成が兵を挙げるという噂《うわさ》があった。噂は飽くまで噂、真偽の定かならぬ話である。だが火のないところに煙は立たない。家康が上杉の謀叛をでっち上げたのと違って、何かしらの真実がなければ多くの人の口には上らぬものだ。

亀井は「ふは」と気の抜けた笑いを漏らした。

「取り越し苦労であろう。治部の力は、一族の所領まで併せても四十万石足らずではないか」

揃えられる兵は一万五千から、どう多くとも二万。諸大名でも石田を嫌う者は多く、味方を集めるにも苦労するだろうと言う。

「江戸まで下れば、東国の衆も兵を揃える。我らは十六万にもなろうというのに」

「そうか。お主の申すとおりであって欲しいな」

「気にしすぎだ」

なお歯切れの悪い禅高に、亀井は何とも気楽な笑い声を向けた。

豊臣の本拠・大坂を始め、上方には多くの大名が詰めている。それらは常に兵を連れている訳ではない。会津征伐に際し、西国大名は国許から兵を呼び寄せた上で出陣となったが、東国大名は道すがら国許に立ち寄って兵を連れる手筈《てはず》である。必然、大坂から京、京から近江《おうみ》、美濃《みの》、尾張《おわり》へと進むのにも多くの時が費やされ、征伐軍が家康の本拠・江戸に至った頃には七月の声を聞いていた。

以後は関東の大名が兵を整えるのを待ち、いざ会津へと進む。そして七月二十四日、下《しも》野《つけ》国の小山《おやま》で評定が開かれた。亀井と共に参じたこの席で、それは家康の口から明かされた。

「石田治部が、わしを討たんとして兵を挙げた。既に伏見城が襲われておる」

十三日前、七月十一日の挙兵であったという。皆が息を呑んだ。しかし「家康が大坂を離れれば」の噂は、誰もが耳にしていたのだろう。驚いた顔はひとつもなかった。

「とは申せ、嫌われ者の治部ですぞ。大した数ではないのでしょう」

禅高の左前で亀井が声を上げる。応じる家康の顔は幾らか青ざめていた。

「数か。総勢十一万と聞こえておる。総大将の名目は毛利輝元だ」

途端、満座がざわつく。禅高もこの数には目を丸くした。石田には味方が少なく、懇意にしているのは老衆の宇喜多秀家、南肥後の小西行長、越前敦賀《えちぜんつるが》の大谷吉継《おおたによしつぐ》くらいであった。そういう男が西国一の大身・毛利まで巻き込み、十一万を糾合したとは。会津征伐軍十六万に対し、戦にならぬほどの大差ではない。太閤・秀吉が信を置いた男は、見掛け倒しではなかった。

主座にある家康の面持ちから、また少し血の気が引いた。

「加えて、常陸より会津に入るはずの佐竹が怪しき動きを見せておる。佐竹の二万を引き剝がされたら、我らは十四万、治部は十三万ぞ」

おまけに、征伐すべき会津にも三万五千の兵がある。味方が十四万、敵方は十六万五千となってしまうのだ。

とは言え、幸いにも徳川方は一ヵ所にまとまっている。これを活《い》かし、各地に散らばる石田方を個別に叩くしかない。

家康が狙いを付けたのは、上杉でも佐竹でもなかった。敵の本隊、東国に攻め下ろうとしている石田三成である。

「我らは疾《と》く取って返し、治部を叩かねばならぬ。とは申せ、秀頼公が敵の手の内にあるからには、皆に無理を強いる訳にもいかん。豊臣の恩を重んじて治部に味方せんという者あらば、快く送り出そう。各々方の思いや如何に」

家康の声に、評定の座がしんと静まった。

「禅高殿。どうする」

亀井が囁き声を寄越した。肩越しの眼差しには決然としたものが宿っている。

「毛利か」

小声で返す。わずかに、しかし力強く亀井が頷いた。

亀井が率いるのは尼子の旧臣である。そして毛利は、かつて尼子を滅ぼした仇敵《きゅうてき》なのだ。立場こそ違えど、山名も毛利には散々に悩まされた。挙句、織田に――秀吉に攻められる破目になって所領を失った。

以後の禅高にとって現世の日々は苦痛であった。嫡子・庄七郎《しょうしちろう》を死なせながら、自らがなぜ生き残ったのかと悩み、嘆きもした。秀吉に無理やり召し出された挙句、娘まで側室に差し出さねばならぬ自らの無力を呪《のろ》いもした。

そうした闇の中、家康こそが光明を見せてくれたのだ。この恩人を狙う敵、その総大将が毛利輝元だというのなら――。

「切り拓かねばなるまいよ。お主も、私も」

決意を宿した眼差しを向ける。亀井が満面に喜色を湛えた。

「わしは内府様に従い申す」

「石田治部、何するものぞ」

真っ先に床几を立ったのは福島正則であった。次いで遠江国《とおとうみ》掛川《かけがわ》の山内一豊《やまうちかずとよ》。我も我もと皆が座を立つ。亀井と禅高も立ち上がり、渦巻く熱に身を投じた。

二日の後、福島正則を始めとする先手衆が西へ返して行った。

*

石田方に襲われていた伏見城は八月一日に落城し、城将・鳥居元忠《とりいもとただ》も討ち死にとなった。だが鳥居は、徳川宿老の面目を施したと言って良い。何しろ千八百の城兵で石田方の四万に抗い、半月の時を捥《も》ぎ取ったのだから。結果、石田方は家康の先手衆を迎え撃つ態勢を整えられなかった。先手衆がすんなりと尾張まで返し、八月二十三日に美濃の岐阜《ぎふ》城を落とし得たのは、ひとえに鳥居の大功と言える。

以後の先手衆は、岐阜の南西二十五里ほど、石田方の大垣《おおがき》城を睨みつつ徳川本隊を待った。

もっとも、家康はまず常陸の佐竹義宣や会津の上杉景勝への備えを講じねばならない。ゆえに徳川重臣を中心とした三万八千、つまり本隊を三子・秀忠《ひでただ》に任せて信濃路《しなのじ》から先行させた。

　そして九月一日、ようやく北方への手当てを終えた家康は、江戸を発《た》って東海道《とうかいどう》を取った。率いる兵は三万三千、しかし先んじて本隊を発しているがゆえ、大半が寄合衆——小勢の寄せ集めである。亀井茲矩と禅高も寄合衆の一としてこれに加わっていた。

　九月十四日、家康は大垣の西・赤坂《あかさか》に着陣し、先手衆と共に大垣城を囲む。まさに、その晩のことであった。

「お達しがあった。今宵のうちに陣を移すらしい」

　そぼ降る雨の中、亀井から沙汰を告げられて、禅高は「え」と目を丸くした。

「秀忠様が参じておられぬのに？」

「ああ。治部が毛利の兵を呼んだようでな」

　形の上では、敵の総大将は毛利輝元である。そうした立場ゆえ、毛利勢は「秀頼を守る」という名目で大坂に留まっていた。これを動かすとは、つまり。

「治部め、我らを挟み撃ちにする肚か」

　禅高はそう言って唸った。

　家康隊は小勢の集まりで、備え——敵を迎え撃つ守りの形を組みようがない。満足な備えを組めるのは、徳川随一の猛将・井伊直政《いいなおまさ》の「赤備え」三千のみ。そうした陣容ゆえ、将の幟や兵の指物《さしもの》はあまりにも多種多様である。大垣の城方にもそれは見えているはずで、こちらの弱点は既に察せられている。

この見立てに、亀井も「だろうな」と頷く。

「こちらは挟み撃ちに遭わぬ地へ陣を移す。毛利が至らば、治部も大垣城を出るだろう。だが、その頃にはこちらも秀忠様が到着なされておるはずよ。その形を作って敵を迎え撃つべし……内府様は左様にお考えなのだろう」

初めは頷きながら聞いていた。だが途中から、そこはかとなく違和を覚え始めた。次第に頷きが消え、禅高は首を傾げている。

「少し、おかしいような」

毛利勢は四万と聞くが、大坂城の守りは残すはずで、動かすのは三万ほどか。それでも大軍には違いない。大坂から京までは、どう急いでも一日かかる。京から近江、美濃へと至るにも三日を要するだろう。毛利勢が大垣の城方と合流するまで概ね四日である。

対して徳川方はどうか。遅参した秀忠が幾日で到着するのかは、家康にはもう報じられているだろう。しかし行軍とは、たとえば激しい雨ひとつで遅れるものである。

ならば家康はこう考える。秀忠が必ず間に合うとは言えない、と。

否。違う。もっとだ。

毛利は必ず四日で到着するが、秀忠は絶対に間に合わない。なぜなら既に一度遅れているのだから——そのくらい慎重に考えるのではあるまいか。

長く傍にあったから分かる。家康は石橋を叩いても渡らぬほどで、確かな裏付けもなしに動きはしない。その人が、今夜のうちに陣を移す狙いは何だ。思惑を読めと、頭を働かせる。

「……あ」

少して、思い当たった。ひとつだけある。家康が選ぶだろう確かな道が。

「そうか。だから」

呟くと、亀井が「ん？」と首を傾げた。禅高は眼光厳しく小声で返した。

「陣を移す前に、兵たちにたんと飯を食わせたが良いと思う。恐らくは明日、戦になるぞ」

挟み撃ちを避けるには、亀井の見立てた形にするか、或いは大垣の城方を崩す以外にない。しかし毛利勢が至るより早く城を落とすのは難しく、また秀忠が毛利より早く到着するとは言えない以上、家康はどちらの道も選ばないだろう。

「内府様は大垣の城方を誘《おび》き出し、蹴散《けち》らすおつもりではなかろうか」

「どうやって」

「分からん。だが、治部が必ず城を出るように仕向ける策は、きっとあるはずだ」

さもなくば、あの家康が軽々しく動くはずがない。

亀井は半信半疑という顔である。だが家康を知るに於いて、禅高に一日の長を認めてはいた。

「分かった。お主がそう申すなら、兵たちの夕餉《ゆうげ》に多くの兵糧を施しておこう」

兵たちに山ほどの飯を食わせている最中、禅高の見立ての正しいことが明らかになった。

家康の小姓が各々の陣を訪ね、聞こえよがしに「佐和山《さわやま》城を落として大坂に上る」と唱えて回ったからだ。

戦場には透破《すっぱ》が付きものであり、この話は間違いなく大垣の城方に伝わる。その時、石田三成はどう出るだろう。

佐和山城は石田の本拠であり、これが落ちれば大垣勢は大坂への道を封じられる。そして、佐和山攻めは容易い。石田の率いた数から言って、ほぼ空になっているからだ。

その上で家康が大坂を指せば、毛利は必ず風向きを読む。大垣勢が大坂に戻れない中で徳川と戦うのは、毛利にしても大博奕《おおばくち》なのだから。これにて戦の勝敗は完全に決する。家康は幼君・秀頼の身柄を押さえ、石田三成とそれに与する者を賊に落とすだけで良い。

辣腕《らつわん》の石田なら、この筋書きは易々《やすやす》と見通すだろう。佐和山を落とされる前に家康を叩く以外にないと判じ、きっと城を出て戦おうとする。それこそ家康の狙いなのだ。よしんば大垣勢が動かなかったとしても、その時は本当に佐和山を落として大坂に上れば良い。二段構えの策であった。

この策は図に当たった。大垣勢もほどなく城を出て、徳川勢の行く手を阻む地に陣を構え始めるに至った。

両軍は近江の手前、関《せき》ヶ原《はら》で対峙《たいじ》した。家康の本陣は、関ヶ原の東に聳《そび》える桃配山《ももくばりやま》。亀井や禅高らの寄合衆はその前、西側に陣取って、右翼と左翼の間を埋めた。

そして九月十五日、夜の闇が払われていった。

昨夜の雨は既に止《や》み、野には一面に濃い霧が立ち込めている。どこも彼処《かしこ》も真っ白で、たった十間の先も見通せない。そういう時がどれほど過ぎたろう。未だ濃い乳色の中、不意の音が鳴り響いた。鉄砲である。

亀井が「これは」と床几を立つ。禅高は目を閉じて耳を澄ました。再びの銃声は左翼先手、福島正則の陣に近い。思う間もなく、槍《やり》と槍のぶつかる音、馬蹄《ばてい》の音が渡って来た。

「東山道《とうさんどう》の辺りではないだろうか。今のところ小競り合いだが……」

禅高の声に、亀井も「ああ」と頷いた。毛利が到着する前に大垣勢を大きく削っておかねばならないのである。小競り合いで済ませるはずがない。

二人の見立てを肯んじるように、右翼、黒田長政の陣と思しき辺りからも鬨《とき》の声が上がった。次いで左翼、これは福島正則の兵か。小山評定の後、先手衆として西上した面々の兵は多く、戦場の喧騒《けんそう》も大きい。

「いざ、参る」

前方遠くから大音声が上がり、太鼓が小刻みに拍子を刻んだ。中央に布陣した寄合衆より少し右寄りは、細川忠興か。併せて寄合衆の先手からも喊声《かんせい》が上がり、これを聞いた亀井が引き締まった声を発した。

「我らも支度をしておかねば」

寄合衆は小勢の集まりで、斯様な時には数の多い細川隊を助けて戦うことが求められる。小勢の利、小回りの良さを活かすためだ。一方、そうした戦い方は動きが多くなりがちで、兵も疲れやすい。先手が疲れきる前に次が、それに疲れが見えたらまた次が出て、損耗を減らす必要があった。

禅高も「よし」と立ち上がって槍を取る。そして自らの家臣たち――岡垣次郎左衛門や大坪一之、用瀬伯耆守《もちがせほうきのかみ》らと共に出番を待った。

しばしの後、薄れ始めた霧を突き抜けて光が差し始めた。日の高さから見て、概ね昼四つ（十時）頃か。戦場も少しばかり見渡せるようになってきた。

その矢先、桁外れの轟音《ごうおん》が届いた。ドンと耳に届き、次いで腹に響く。大筒の音は遠く右側の向こう、敵方の真の大将・石田三成の陣だ。

大筒の弾は、味方右翼の野に幾つもの土煙を上げた。天高く舞い上がった土くれは、中央にある禅高の頭巾《ずきん》にも少しばかり降り注いでくる。

土と弾薬の作る夥《おびただ》しい煙が、霧の代わりに日の光を遮るようになった。昼日中にも拘らず、辺りは夕暮れ時と見紛うばかりに暗い。その薄闇の向こう、亀井の陣の真っすぐ前で、兵たちの喚《わめ》き声がじわりと下がって来た。

「そろそろだ。皆々、気を張れい」

亀井の声に応じ、尼子の旧臣たちが「おう」と吼《ほ》える。禅高も馬上に槍を構え、その周りを家臣たちが囲んだ。

「掛かれ」

号令ひとつ、亀井隊の三百五十が前に出る。そして「えい」「おう」と鬨の声を上げながら、戦場へと駆け込んで行った。

「奮戦ご苦労、後は任せよ」

亀井の声に戸川達安《とがわみちやす》が「助かった」と応じ、兵を下がらせた。その中に見知った姿がある。黒糸縅《くろいとおどし》の桶側胴具足《おけがわどうぐそく》は垣屋豊続であった。

「禅高殿、頼み申す！　御身は暴れ回るだけなら強うござる」

戦場にあって、なお厭味なもの言いをするとは。少しばかり苦笑を漏らしつつ「任せよ」と返し、自らの家臣、および亀井から預かった五十の兵を従えて敵兵へと突っ掛けた。

「そら！」

馬上から槍を振るい、敵の右腕を後ろから叩き据える。木っ端武者が「あっ」と声を上げて長槍を落とし、打たれた腕を押さえた。隙ありと見るや、用瀬が槍を伸ばして太腿《ふともも》を穿《うが》つ。

「一之、前へ」

禅高の指図に従い、大坪一之が十の兵と共に前へ出る。それらが敵兵と叩き合っているところへ馬を進め、足軽の陣笠《じんがさ》を蹴り飛ばした。

「下がりおれ」

大坪率いる十の脇から、敵の横合いへと襲い掛かる。それだけで敵は――この指物は小西行長の兵か――恐れを成し、うろたえ始めた。如何にも呆気《あっけ》ないが、罠《わな》ではなかろう。こちらは寄合衆が入れ替わっては、遮二無二突っ掛けていた。敵方は兵を入れ替える間もなかったろう。しかし、つい先ほどになって、こちらの戸川達安を押し返した。そのせいで、勢い任せに疲れた兵を前に出してしまったのだ。

ならば——。

「満足に動けぬ者など」

禅高は長柄を振り回し、ひとり二人と雑兵を叩き飛ばした。

「ものの数に入るか」

突き下ろした槍の先が、士分らしき者の左目を深く穿つ。禅高の背を心地《ここち》好《よ》い痺れが駆け上がった。これほど荒ぶるのは初陣以来か。往時の居城・岩井《いわい》奥山《おくやま》城に夜襲を受け、家臣や兵が駆け付けるまでに敵方を六人討ち取ったものだ。思い起こせばなお血が騒ぐ。これほど左様に己は武士、荒々しい源氏《げんじ》の血を引く者なのだ。

「し、死ねえ！」

敵の足軽が果敢に槍を打ち下ろしてくる。しかし岡垣が「下郎め」と割って入り、自らの槍でこの一撃を防いだ。

「甘いわ！」

腹心の働きに応えて馬の鐙《あぶみ》から右足を外し、これでもかと雑兵の鼻面を蹴り潰した。叩き、蹴飛ばし、斬り払う。突き、穿ち、打ち据える。総身の熱に任せて暴れ回っていると、やがて亀井の「退くぞ」が聞こえた。辺りを見れば、味方の兵は肩で息をしている。禅高自身も息が上がり始めていた。

「よし、大将に従うて下がれ」

任せられた手勢は四十に減っており、それらも四半分は何らかの手傷を負っていた。いったん休ませたところで、次に出る時には此度《こたび》ほどの働きは望めないかも知れない。

だが、できる限り手を尽くすのみ。少しなりとて敵の数を削ぎ落とせば、それだけ家康の勝ちを手繰り寄せられるのだ。思いつつ馬首を返し、亀井に代わって前進して来た生駒《いこま》一正《かずまさ》に戦場を譲る。そして、元々の陣に近付いたその時――。

「放てい」

左翼、先手のすぐ後ろ辺りに際立った大音声が上がる。寸時《すんじ》の後、夥しい数の鉄砲が一斉に放たれた。驚いて目を遣れば、金扇の馬印が高らかに掲げられている。

「内府様が」

家康の馬印であった。本陣から動き、戦場の只中《ただなか》に出ているとは。それほどの勝負どころということなのか。あり得ない。こちらは七万三千、向こうは八万、大軍同士のぶつかり合いに於いて、半日やそこらで勝負の分かれ目が訪れるはずが――。

思う間もなく、右後ろの高みに喊声が上がった。大地を踏み鳴らす人の足音が続く。

「これは」

自らの目を疑った。味方左翼の正面に聳える松尾《まつお》山。そこに陣取っていた小早川秀秋《ひであき》の兵が駆け下り、東山道を挟んだ北側、同じ石田方の大谷吉継を襲っている。

戦に於いて調略は常なる手管である。そうと知りつつ、今さらながら家康の周到さに驚きを禁じ得なかった。大垣城から石田方を誘い出すのみならず、一万五千の兵を持つ小早川を寝返らせていたとは。

長くかかるはずの戦は、これを機に一転した。大谷吉継の千五百が崩れ始めると、石田方の小勢が続々と徳川方に寝返って、今まで味方であった者たちを襲ってゆく。

やがて大谷が蹴散らされ、石田方の主力・宇喜多秀家が横合いを脅かされる。宇喜多勢が壊乱に陥ると、傍らにある小西行長の陣もまた、正面から押し寄せる徳川勢に踏み潰されていった。

関ヶ原の戦いは、ただの一日で決着した。徳川方の大勝であった。

四　定数

関ヶ原《せきがはら》の戦いが終わり、石田三成《いしだみつなり》は捕らえられて斬首となった。慶長《けいちょう》五年十月一日であった。石田方の総大将・毛利輝元《もうりてるもと》は、西国八ヵ国から周防《すおう》・長門《ながと》の二ヵ国に減俸の上で隠居を余儀なくされる。その他、石田方の大名は多くが改易や減俸となり、会津《あいづ》の上杉景勝《うえすぎかげかつ》も家康《いえやす》に膝を折った。

世の騒乱が鎮まって年が明け、慶長六年（一六〇一）を迎えた。

「謹んで、新年のお慶びを申し上げまする」

大坂城西之丸《にしのまる》、浅野長政《あさのながまさ》が主座の家康を前に祝辞を述べ、諸大名が揃って平伏した。禅《ぜん》高《こう》と亀井茲矩《かめいこれのり》もこの列に加わっていた。

「参賀、大儀である。面を上げて楽にせよ」

家康は穏やかに笑った。少しばかり声が掠《かす》れているのは、昨年末から風邪で寝込んでいたせいだろう。それがゆえに参賀も今日、一月十五日を待たねばならなかった。

皆が顔を上げると、浅野が心配そうに問うた。

「未だお声を出しにくいご様子なれど、参賀を受けられて障りございませんのか」

居並ぶ面々も口々に家康の体を気遣った。皆が皆、我こそは家康を慕い、徳川《とくがわ》に従う者であると示したいのだろう。覚えめでたくありたいと思うのは人の常である。

察してか、家康は呆れ顔で応じた。

「そう病人扱いにせんでくれ。もう熱もないし、咳《せき》も出ておらぬのだ。喉の悪いのもじきに治るわい」

そして満座を眺め回し、幾度か頷きながら続けた。

「こうして見ると、かつては我が近くにおらなんだ顔が増えたのう。先の戦で味方してくれた皆には、篤く報いねばならぬな」

関ヶ原では石田三成を嫌って徳川に与した者も多い。だがそれ以上に、世の流れを読む者が多かったのも事実であった。

「お」

一同を見る家康の目が、禅高の左脇、亀井に止まった。

「そこな亀井殿など特に慧眼《けいがん》よな。そも尼子《あまご》旧臣は、太閤殿下にひとかたならぬ恩を受けた身であろう。それが、進んでわしに味方してくれたのだからな」

亀井は「これはまた」と恐縮し、一礼して応じた。

「慧眼とは畏れ多きこと。確かに尼子は長く豊臣《とよとみ》のご恩を受けて参りましたが、そも尼子が滅んだは、昔年の毛利との戦に於いて太閤殿下に見捨てられたがゆえにござります。加えて、それがしは海を渡って戦《たたこ》うたひとりにございますれば」

唐入《からい》りの後には、他の諸将と同じく大きく擦り減っていた。その上で、かねて石田を嫌っていた面々に不穏なものを覚え、いつまでも今のままでは危ういと判じたのみ。亀井はそう言って、幾らか恥じ入るが如き笑みを浮かべた。

「言うなれば、少しばかり世渡りが巧かったに過ぎませぬ」

家康は大いに笑った。

「そうか、世渡りか。とは申せ、亀井殿の如く自ら進んで動ける御仁は信用できるぞ。関ヶ原では小早川《こばやかわ》中納言の寝返りを見て多くの者が続いたが、左様な者と亀井殿は全く違う」

確かに、家康に与した者の全てが厚遇を得た訳ではない。何かしらの恩を受けたのは、戦より以前から通じていた面々に限られる。戦場での寝返りについても、賞されたのは調略の上で寝返った者のみであった。

「小早川に引き摺られただけの者には、己というものがない。日和見《ひよりみ》で生きる者など、いつ再び裏切るか分からん。左様に思われることとさえ見通せぬとは、とんだ粗忽者《そこつもの》ぞ」

そして家康は、こちらへ眼差しを流した。

「なあ禅高。お主もそう思わんか」

正直なところ面食らった。どうして己に話を向けるのだろう。とは言え、何かしら返さない訳にもいかない。とりあえず当たり障りのない話で繕っておくべきか。

「まことと仰せのとおり。そうですな……朽木《くつき》殿など、粗忽者の中の粗忽者と申せましょう」

朽木元綱《もとつな》――織田信長《おだのぶなが》が朝倉義景《あさくらよしかげ》に敗北して逃げた折、これを助けて織田家中に身を置いた男である。信長の命を助けた功で西近江《おうみ》の代官に任じられたが、すぐに免じられているとおり、厚遇されてはいなかった。信長の死後は秀吉《ひでよし》に仕え、伊勢《いせ》国安濃《あのう》郡の蔵入地《くらいりち》にて代官を任せられはした。だが所領については本領を安堵されたのみで、一切の加増はされなかった。信長と秀吉、二人の天下人に嫌われたと言えよう。

この朽木も、小早川の寝返りに引き摺られたひとりだった。戦後には寝返りの功を誇り、代官地の安濃郡をそのまま所望したと聞く。しかし家康はこれを容れず、やはり本領を安堵するに留《とど》めていた。

その男の名を挙げると、家康は、にやりと笑った。あたかも「掛かったな」というような、子供じみた笑みであった。

「朽木は確かに粗忽者よな。されど、お主の言えた義理ではあるまい。そも、あの者はずっと本領だけは守っておる。翻って山名《やまな》はどうじゃ。かつて日の本六十六州の十一を従えて『六分一殿《ろくぶんのいち》』とまで呼ばれた家柄なれど、お主は全ての家領を失うたではないか」

居並ぶ大名衆が、くすくすと笑う。家康は得意顔であった。

禅高は「おや」と違和を覚えた。家康の面持ちには悪意が滲んでいない。どうも、この身を笑い者にしたい訳ではなさそうだ。もっと別のものを望んでいるように思える。

と、家康の目元が笑みを深める。なるほど、得心した。山名は清和源氏《せいわげんじ》・新田《にった》の本流、徳川は新田の傍流だと改めて示すべく、互いの仲の良さを見せ付けたいのか。

ならば――。

「いやはや、参りましたな。これまた内府様が仰せのとおり。私も『六分一殿』ほどではなくとも、せめて『百分一殿』とは呼ばれたいものです」

朗らかに返す。満座が、どっと笑った。

家康の顔には苦笑い、そこには心底からの満足が漂っている。

その眼差しが語っていた。山名禅高は確かに粗忽者だが、人生の岐路に於いて一度も道を過たなかった。百分一殿くらいの値打ちは十分にあるぞ、と。

この後、禅高には六千七百石の所領が下された。但馬《たじま》国七美《しつみ》郡、懐かしい村岡《むらおか》である。

かつて七美郡を治めていた垣屋豊続《かきやとよつぐ》は、本家を離れるに当たって所領も捨てていたため、脇坂安治《わきさかやすはる》の家臣となって家名を保った。

二年後の慶長八年（一六〇三）二月十二日、家康に征夷大将軍の位が宣下された。徳川は未だ豊臣の家臣、しかし朝廷は家康をこそ天下人と認めた。

もっとも家康は、わずか二年で三子・秀忠《ひでただ》に将軍位を譲った。

理由は二つある。ひとつは、かつて秀吉が関白から退いたのと同じであった。秀吉は唐入りに専念するためであったが、家康は豊臣を潰すためである。

もうひとつは、世を作り変えるためであった。

秀吉は自らの天下の形を定めきる前に、齢六十二で世を去っている。将軍位を退いた時の家康は既に六十四、秀吉の行年よりも歳《とし》を重ねていた。

早々に将軍位を譲ったのは、自らの命もいつまで続くか分からないという覚悟ゆえであったろう。秀忠に多くの能臣を付けて世を治めさせ、日本を徳川に慣らしてゆく。一方で家康は、徳川の天下が長く続くように諸々の形を改めていった。秀吉は嫡子・秀頼《ひでより》が生まれるまで、自らの死後を思えなかった。対して家康は端から自身の死後を見据えていた。以後、家康は実に十年をかけて少しずつ豊臣を締め上げてゆく。そして二度の大坂城攻めを経て、慶長二十年（一六一五）の五月、ついに豊臣を滅ぼした。

天下が徳川の下にまとまり、新たな世の形――幕藩体制と将軍位の世襲に道筋が付いたのを見届けると、家康は齢七十五の生涯を閉じた。豊臣滅亡から概ね一年、元和《げんな》二年（一六一六）四月十七日であった。


そして、時が過ぎた。


「殿。殿」

年老いた声が京屋敷の廊下に近付いて来る。えっちらおっちら歩を進めるのは、岡垣次郎左衛門《おかがきじろうざえもん》であった。禅高は、愛好する蘇軾《そしょく》の詩集から目を離した。

「どうした次郎。何かあったか」

徳川の天下が定まって十年、寛永《かんえい》二年（一六二五）も五月を迎えている。禅高も齢七十八を数え、すっかりしわがれ声であった。

岡垣は二度、三度と頷きながら腰を下ろす。そして大きく喉を上下させ、張り詰めた声で囁くように告げた。

「毛利輝元殿、去る四月二十七日にご逝去召されたそうでございます」

「何と……。そうか、毛利殿も」

自らの若き頃は、戦乱の只中で毛利と織田に揉《も》まれる日々であった。あの頃を思えば、この報せに思うところは大きい。とは言え、今さら遺恨も何もない。ただ寂しさが募るのみである。

己が生涯を彩った人は、皆が向こう側へ旅立ってしまった。

誰よりも慕った伯父・山名祐豊《すけとよ》。その子・堯熙《たかひろ》は嗣子のないまま没し、今や山名宗家は禅高の二子・平右衛門《へいえもん》豊政《とよまさ》と定められている。

鮮烈な驚きを覚えた織田信長は本能寺《ほんのうじ》に横死した。この人では世が改まらないと落胆した――有り体に言えば嫌っていた豊臣秀吉が没したのは、もう三十年近くも前か。己に再びの光明を見せてくれた徳川家康も、既にこの世にない。

毛利を支えていた吉川元春《きっかわもとはる》や小早川隆景《たかかげ》も、とうに泉下の人である。口を開けば厭味ばかりの垣屋豊続でさえ、常世に渡った今となっては慕わしき師であったと思うばかりだ。用瀬伯耆守《もちがせほうきのかみ》、大坪一之《おおつぼかずゆき》、山口伝五郎《やまぐちでんごろう》、高木越中守《たかぎえっちゅうのかみ》、紆余曲折あって再び我が家臣となった者たちも、もう顔を見ることはできない。

「次郎。おまえ、幾つになった」

「殿より六つ上、八十四でございます」

「なるほど。戦乱の世の生き残りも、もう……私とおまえくらいか」

思った刹那《せつな》、禅高の胸に去来するものがあった。

己はなぜ、今以て生きているのだろう。

同じことは、長子・庄七郎《しょうしちろう》を失った時にも考えた。先のある我が子が先に死に、使い古した自らの命がなぜ残っているのだろうかと、ひたすらに嘆いてばかりいたものだ。

しかし、今は違う。我が命が続いているのは、この日のためではなかったのか。そう思えてならない。

禅高入道・山名豊国《とよくに》は、天に愛でられなかった凡夫である。自らの無力を棚に上げ、古いものを引き摺る世の中を恨む日もあった。信長が見せた幻——新たな時代の兆しに浮かれたのも、元はと言えばそれゆえなのだろう。家康に諭され、光明を示されるまで、己は自らと向き合おうとしていなかったのである。

ふと、最前まで見ていた詩集に目が落ちた。目に入ったもの、今の己を言い表した一節を、静かに読み上げる。

「我が生、定数あり」

そして穏やかに、それは穏やかに「ふふ」と笑った。

「定数？　定数とは」

岡垣の戸惑い顔に手招きし、詩集の一文を指差して見せた。

「これだ。人の生には役目がある、という意味でな」

蘇軾はこの一節を以て、自らの役目が終わり、老いさらばえてゆく無念を嘆いた。

だが今の己は、むしろ安らかな思いでこの一節を口にできる。

いたずらに新しき世を求め、それに凝り固まっていたせいなのか、我が生には知らずに役目が与えられていたのかも知れない。

祖先の宗全《そうぜん》入道が、世を戦乱に導いた。その時代を生きた人々が世を去り、人と共に古き世も消えようとしている。

ならば我が生の役目とは、乱世の終わりを見届けることではなかったか。

そうとも。新たな世の光明を確かめることこそ、我が定数だったのだ。いみじくもこの禅高は、乱世を作った男の後胤《こういん》なのだから。

徳川幕府は既に三代・家光《いえみつ》の治世となって、乱世の荒々しさも少しずつ薄らいできた。家康が土台を築いた形、泰平の世の息吹は確かに芽生えていると言えよう。重きに過ぎる役目は、ようやく終わったのだ。

この上なく心が軽い。深く、静かに「嗚呼」と嘆息が漏れた。

「私は、今こそ自らの生を誇れる気がする」

この胸に渦巻くものは、岡垣には伝わっていないらしい。それでも我が面持ちの晴れやかなるを見て、嬉しそうに、しみじみと頷いていた。

翌寛永三年（一六二六）十月七日、禅高は齢七十九の生涯に別れを告げた。側室の希有《きう》、そして永らく仕えた岡垣次郎左衛門は未だ存命で、二人に看取られながらの安らかな死であった。

禅高は、得度したのと同じ妙心寺東林院《みょうしんじとうりんいん》に葬られた。東林院の住持は、奇《く》しくも禅高の孫に当たる竺翁《じくおう》禅師が継いでいた。

主要参考文献

山名豊国　小坂博之／吉川広昭
山名家譜　山名義路　著・宮田靖国　編著／「山名家譜」刊行会
出石町史第一巻（通史編　上）　出石町史編集委員会　編／出石町
山陰・山陽の戦国史　渡邊大門／ミネルヴァ書房
城下町鳥取誕生四百年　監修　徳永職男・濱本愿　編／鳥取市教育委員会
戦国史研究（32）　戦国史研究会　編／戦国史研究会
蘇東坡詩選　小川環樹・山本和義　選・訳／岩波書店

時代小説文庫
よ 12-2

乱世《らんせ》を看取《みと》った男《おとこ》 山名豊国《やまなとよくに》

著者 吉川永青《よしかわながはる》
2023年7月18日第一刷発行

発行者 角川春樹

発行所 株式会社 角川春樹事務所
〒102-0074 東京都千代田区九段南2-1-30 イタリア文化会館

電話 03(3263)5247[編集] 03(3263)5881[営業]

印刷・製本 中央精版印刷株式会社

フォーマット・デザイン＆シンボルマーク 芦澤泰偉

ISBN978-4-7584-4579-5 C0193
http://www.kadokawaharuki.co.jp/[営業]
fanmail@kadokawaharuki.co.jp[編集] ご意見・ご感想をお寄せください。